遠の眠りの

谷崎由依

JN030548

集英社文庫

遠の眠りの

1

狐川《きつねがわ》にはそのころまだ橋が架かっていなかったので、対岸へゆくには舟を使った。夕暮れどきに川べりに立つと、群生する葦《あし》が水を吸いあげて、湿った土の噎《む》せ返るような匂いがした。昼間の空はあんなに乾いていたのに、日が暮れた途端、霧のようなものがもう立ち込めている。渡し場もなく、ただひとの掻《か》きわけて通った跡だけあるあたりを、着物の裾を蹴るようにしてたくしあげながら、絵子《えこ》は水辺へ近づいた。背中に負ったヨリのむずかる気配がした。右手で裾を、左手でねんねこ袢纏《ばんてん》を押さえる。軽く揺するとヨリはおとなしくなった。藁《わら》草履だけの剝《む》き出しの脚に草の先がちくちくとする。丈高く茂ったすすきの穂のあいだから顔を出すと、向こう岸に舫《もや》った一艘の小舟と、傍らで何か洗っている人影が目に入った。

絵子は、す、と息を吸い、その唇のかたちのまま、細く、遠く、声を張った。「ほーい」

人影が顔をあげた。髪を覆った白い布を取り、濡《ぬ》れた手と額を拭いながら首を動かし

て探す。やがて絵子の姿を認めたらしく、合点したように首を振って、

「ほーい」

と言った。

舟が渡ってくる前に、声が川を渡ってくる。絶え間なく流れる水音にも掻き消されないよう、見えない橋梁《きょうりょう》をなぞるかのように緩く長い弧を描いて。投げ返された女の声を受け取ると、絵子はもう一度、ほーい、と呼んで、裾を放して手を振った。間もなく舟が、川面に水輪を描きながら近づいてきた。

ようぃしょ、と踏ん張って、水底へ突っ張った竿《さお》をぐっと取りまわし、絵子の立ったそばの窪んだ岸に舟を横づけにした。

「ありがと、おばちゃん」

「早《は》よ乗んねの」

勢いをつけて飛び乗ると、舟は均衡を失っておおきく傾《かし》いだ。右へ左へ揺れるのがおかしく、絵子は声をたてて笑った。石田《いしだ》のおばちゃんは竿を突っ張ったまま、迷惑そうに腰を低くしている。背中のヨリが泣き出す前に、揺れはちいさくなって止まった。

おばちゃんは何も言わずに、竿を使って舳先《へさき》を動かし、もといた岸へと舟を進めていった。水が舷《ふなばた》を、どん、と叩《たた》く低い音がする。やがてそれもなくなって、さらさらと流れる川のおもてを舟は静かに滑りはじめた。青い闇のところどころに含まれた夜の色

が、ひかりとなって水のかたちをくっきりと照らし出す。絵子はその眺めに目を細めていた。背中でヨリがどんな顔をしているのかわからないが、やはりおなじく息を凝らして、はじまりの夜の景色を見つめているような気がした。ヨリはまだちいさいけれど、美しいものやめずらしいものを見わけるちからは備わっている。人間は生まれたときからそうなのだ、と絵子は思っていた。

「まいちゃんとこか、今日も」

おばちゃんは泥だらけのもんぺに、擦り切れた上衣を着ている。紺地に白く抜いた絣《かすり》の紋が浮かびあがって見える背中で、振り返らずに問いかけた。

「うん」絵子が答えると、

「暗《くろ》なってきたで、早よ帰らんと、かあちゃんに叱られっぞ」

「うん」

対岸に着くとふたたび竿を取りまわして舟を着けた。おばちゃんは絵子を先に降ろし、自分も降りてから舟を舫った。

ヨリが、うんま、と声を出した。言葉ではない、意味もわからないが、満足そうだった。おばちゃんは「おう」と応えて近づき、その頭を撫《な》でた。ヨリはおばちゃんを呼んだのだろうか。おばちゃんには意味がわかるのだろうか。

「子守りか、今日も」

「うん」

ヨリがおくびを洩《も》らした。襟もとに乳臭い匂いが漂う。おばちゃんは「おうおう」と言って、またヨリの頭を撫でた。「偉《えれ》えの、絵子ちゃんは。いつも手伝いして」

赤ん坊を見て気持ちが和んだのか、気紛れな、取ってつけたような褒め言葉だが、絵子は素直に受けることにした。自分の家の子どもではないから、無責任に褒めるのだ。子どもを甘やかすとろくなことにならないと、この村の大人たちは考えていた。自分の親に褒められることなど、絵子は年に一度もない。手放しで褒めてくれるのは余所《よそ》の者ばかりだ。

石田の家は川のこちら側の農家で、おばちゃんは遅くまで畑に残っていることが多かった。狐川の渡しを頼むと、渋々ながらもやってくれた。夕餉《ゆうげ》の支度は嫁がした。村の外からやってきた嫁の作る煮物の味つけを、おばちゃんは好きでないのだが、嫁の夫である息子やおじちゃん、まだちいさい孫たちは気に入っているようだった。だからかまどは若い者に任せて、自分は日がな野良仕事をしていた。舟を着けた岸の傍らに目をやると、大根の山が洗いかけのまま、半分は泥をつけてごろりと転がっていた。

「遅ならんようにしねの」

すすきの高いのを掻きわけて道へ入ってゆく絵子に、おばちゃんは後ろから声を掛けた。「おばちゃんも」と返そうとして、やめた。かわりにただ子どもらしく、「わかってるって」と不平を言った。

頷《うなず》いたかどうか、わからなかった。おばちゃんは背中を向けてふたたび川岸にしゃがみ込み、先ほどの続きで大根を洗いはじめた。その姿が、なんだかぽつんと見えて、絵子はふと戻りたくなった。けれども戻ることはせず、すすきの道を進んでいった。

小屋にはあかりがともっていた。薄い戸板や壁の板材の隙を洩れるひかりを目にして、絵子のこころは躍った。この場所は、絵子を迎えている。それにあかりがあれば、本を読むことができる。

そっとあけたつもりだったが、立てつけの悪い引き戸はごそりと重い音をたてた。向かって右に農具や什器《じゅうき》の類いが所狭しと置かれており、その奥のほうにまい子が、洋燈《ランプ》を傍らに座っているのが見えた。まいちゃん、と絵子は呼びかけた。

まい子はあかりを掲げた。あたたかみのあるひかりがたちまち小屋に満ちていく。だが開口いちばんまい子の言ったのは、

「また、ほの子つれてきたんか」だった。

「しょうがないげの」

「ほやけど」

「いいが。静かにしてるんやで」

「また泣くざ」

「泣かんがのう」

のう、と呼びかけざま、肩口で首をまわして振り返ると、ヨリは合点したかのように、

「うま」と応えた。

まい子は窓辺に洋燈を置き、大仰に溜《た》め息をついてから足許《あしもと》の木箱に腰を下ろした。思い切り座ったものだから、床から埃《ほこり》が舞いあがる。絵子は唇を尖《とが》らせた。言い返したいけれど、弱みがある。それにまい子がこんな物言いをするのは自分に対してだけだともわかっていた。まい子は普段、思っていることをろくに口に出せない娘だった。

絵子も座るところを見つけて、ヨリを背中で押し潰さないよう気をつけながら腰掛けた。そして腰の落ち着くが早いか、ねんねこと帯のあいだを探って、そこに隠したものを取り出した。

「これ、ありがと」

「もう読んだんか」

「もう、じゃないわ。やっと、やわ」

「ほうなんか」

「だってぜんぜん読む暇ないし。読んでるとこ見つかると、おこられるもん」

最後はいくらか消え入るようになった。絵子は下を向きかけたが、いま懐から出したばかりの読本がそこにあった。南総里見八犬伝《なんそうさとみはっけんでん》。犬の気を継ぐ犬士たちの冒険を思うと

気持ちが膨らんだ。黄ばんだ表紙を指先で撫でる。それはまだ体温でぬくもっていた。

顔をあげると、眉を顰《ひそ》めたまい子と目が合った。気の毒だと思われただろうか。絵子は振り切るように催促した。「のう、続き」


「はいはい」

とまい子は、先ほど腰掛けていたあたりに戻って、続きの巻を取って差し出した。

「読んでいい？」

「ええー。いまかあ」

不満そうに語尾をあげる。妹が背中でぐずりだした。「ほら、さみしがってる」

まい子のそう言ったのは、赤ん坊にかこつけて自身の感情を述べたようだった。

「絵子ちゃんそんなやから、なんか、うち使われてるみたいな気がするわ」

まい子はこのところ、とみにこうした物言いが増えた。恨みごとというのか。それもはっきり言えばいいのに、言わない。斟酌《しんしやく》してくれと言わんばかりだ。女っぽくなった、と思う。面倒くさくなった、とも。

「ごめんって」

「いいんや、べつに」

今度は絵子が溜め息をつく番だった。「読むの、帰ってからにする」ひらきたくて仕方のない本を、傍らに置いた。

まい子はその仕草を横目で見ていた。いいんや、と言いながら、絵子がこの場で相手をしてくれることに、喜び、安堵《あんど》しているのだ。絵子はそのとき、まい子が左手に何か握っているのに気がついた。どうやらずっと弄んでいたようだ。

「ほれは」

問うとひとこと、「ひ」と言った。

杼《ひ》のことだとわかるまでに、少しかかった。

絵子が呑《の》み込んだのを確かめて、まい子はあかりを持って立ちあがった。「見て、これ」

はじめに洋燈を置いていた場所、まい子が座っていた場所だった。卓があるように見えたが、それは一台の織機だった。

「こんなとこにあったの、うちも知らんかった。昔使ってたんやって。のう、こんなの見たことある？　バッタンより古い、手織機やよ。ちょっと前までは、みんなこんなんで織ってたの」

まい子は洋燈を掲げたまま、足許の踏み木を踏んで見せた。経《たて》糸を動かす綜絖《そうこう》がその動きに合わせて上下し、たくさんの細い金属が橙《だいだい》色のひかりを受けて輝いた。絵子は目を細めた。まるでそれじたいが一箇の織物のように美しい機械だった。

「こうやって、手で緯《よこ》糸を通すんやって」言いながら洋燈を左手に持ち替え、楕円形《だえんけい》をした木製の杼を右手で動かしていった。それはいましがた絵子の乗ってきた舟のようなかたちをしていた。

このごろでは猫も杓子も機《はた》を織っている。絹織物がここまでの需要を得るとは、数十年前には考えられなかっただろう。欧州が主たる戦場となった先の大戦の影響で、世のなかは好況に沸き、海外向けの絹羽二重の生産量は鰻《うなぎ》のぼりに伸びていた。文明開化の恩恵がつねに遅れて届く田舎でも、電力が通るが早いか、機屋は次々と力織機を導入した。それまで手動で行っていた作業は、あっという間に動力を使ったものに切り替わっていった。

このあたりは福井の中心部までも歩いていける距離、田舎というほどでもなかったが、けれどこれだけ街から離れていれば田んぼと畑と森ばかり、電気の通っていない家もなくはない。そのようなかで、早朝から深夜まで機械音をたてている機屋というものは異様だった。

「杉浦《すぎうら》屋って、機屋やったんか」

問うとまい子は手を止めて、「ううん」と首を振った。「機、織ろうとしたこともあるらしいけど、なんかうまくいかんかったんか、やめたみたい。よう知らん」

まい子の家は旅籠《はたご》屋だった。はたごや、と、はたや。一字違いでよく似ている。杉浦屋はここからもう少し北、狐川の上流にあって、かつては福井の城下町を前に、ひと休みしていく客を相手にしていたらしい。いまも宿屋をしているが、父親は顔の広さであれこれと商売を手がけていた。何をしているのかまでは絵子にはわからなかったが、杉浦屋がそこそこおおきな旅館であることはわかったし、まい子の父の商売がそれなりに成功していること、そしてそれゆえに、田んぼの手伝いを放り出してまい子と遊ぶことを、絵子の親が大目に見ているのもなんとなくわかっていた。

まい子は杼を傍らに置くと、まるで見えない経糸をなぞるかのように織機の表面へ手を滑らせた。かつてそこに通されていた、いまは通っていない、その経糸。

「機屋なんかやらんでよかったわ」とまい子は言った。「そんなの手伝わされるの、かなわん」

尋常小学校で一緒だった友だちの顔が浮かんだ。家が機屋をしている娘たちは、暗いうちから起き出して織機の仕込みをしてから来るので、学校でもいつも眠そうだった。それは家が農業をしている絵子もおなじだったが、農閑期のある農家と違って機屋は冬でも休むことがない。

それでもなおまい子は、洋燈のひかりに照らされた木製の台を愛《いと》おしそうに眺めていた。

「うち、織り子になりたい」

「はあ？　いま機屋やらんでよかった、って言ったが」

「ほやけど。ええと、ほうじゃなくて」

「なんや」

「えっとの」

まい子が続けられなくなったので、絵子はじっとその顔を覗《のぞ》き込んだ。色白のもったりとした頬。野良仕事で日焼けした絵子の肌とは違う、旅籠屋の娘の肌。まい子のほうが背が高いので、見あげるような具合になる。この一年ばかりで、その差はまたひらいた。

まい子は下を向いて、自分のうちを探すようにしている。絵子はせっかちな性分だが、こういうときは待つことができた。家庭環境の違いにもかかわらず、まい子と友だちでいられるのはそのためだった。

とうとうまい子は言った。「うち、これを織りたいんや」

やっと出てきたその言葉に、満足して顔をあげた。絵子は頷いた。機械ではなく、手《て》機《ばた》を織りたい。凄《すさ》まじい速さで回転し、ざくざくと布を仕あげてゆく最近の機屋の仕事は、ひとの手でなく機械のやっていることだとまい子は言っているのだ。だから、そういうのではなくて。何か、自分の手で作りたい。

「ほうか」

と絵子は、どこか溜め息めいた、この地方独特の相槌《あいづち》を打った。まい子はまったくこの土地の娘らしかった。雪が多く、湿度が高いなかで、黙って何かを想《おも》っている。採算を考えずに敢えて手で織るなんて、夢みたいなことを考えている。これだから女は、と男たちに言われてしまうような娘。けれどその少女らしい夢想のなかに、まい子の想いや意志を超えたものもあるような気がした。いまさら、手織りをやろうなんて。

洋燈のまんなかで、灯芯《じ》が焦れるような音をたてた。

いつの間にか寝入っていたヨリが、ふいに背中でぐずりはじめた。まい子のほうが先に気づいた。「あー、よしよし」けれどもヨリは泣きやまなかった。腹が減っているに違いない。

「もう帰るわ」

そろそろ時間だった。飯どきに遅れると、ひどい目に遭う。

小屋を出ると、来《き》しなは薄い骨のようだった月が、確かなひかりを放ちはじめていた。

洋燈を手にしたまい子が先に立って歩く。岸辺に、おばちゃんはもういなかった。

舳先に洋燈を置いて、舫った縄を解いて乗り込む。帰りは、まい子が舟を出した。

虫のすだく音、蛙やほかの生き物の声。すべて岸辺とともに遠ざかる。

まい子が振り返った。「のう、舟歌、うたって」

「ええ。知らん、そんなの」

「じゃあなんでもいい。歌」

「船頭がうたうもんやろ」

「うちは漕《こ》ぐのに忙しいもん」

狐川の流れは遅い。秋雨もしばらく降っていないから、ことさらゆっくりとした晩だった。戯れに手を差し入れると、ちゃぷん、と水が跳ねた。

ゆるゆるとした流れの底に、音が呑み込まれていく。絵子は目を閉じて、耳のずっと奥のほうでその音を聞いた。歌の言葉が、口をついた。

――長き夜の、遠の眠りのみな目覚め、波乗り舟の、音のよきかな。

舌の上だけで転がした。お婆《ばあ》の教えてくれた歌だった。上から読んでも下から読んでも、おなじ。和歌の韻律を持っているのに、回文にもなっている。不思議な歌。このまじないのような歌を、まい子のところへ行って戻るとき、思い浮かべることがあった。こんなふうに、夜になるときにはとくに。ながきよの、とおのねむりの、と船出して、めざめ、で折り返して、戻ってくる。出発したその場所へ、ふたたび。

「なみのりふねの、おとの、よきかな」

まい子がまた振り返った。

「うたった？　いま」

「ううん」

「嘘《うそ》。おっきい声でうたってま」

絵子は笑った。「今度の」

「ずるい」

対岸へは戻らずに、このままどこかへ、船出してしまいたいと思った。川の流れるのに任せて。

まい子の漕ぐ舟は安定していた。まい子のことを、女っぽい、と思うことが多いけれど、こうして乗り物を動かしていると、男っぽい、と感じる。親や世間の言いたてる、男らしさや女らしさというものを、絵子は嫌いだった。けれど、疎ましい、面倒だと思えば思うほど、男っぽさ、女っぽさというものについて考えてしまう。去年初潮を迎えてからはなおのことそうだった。またいっぽうで、女っぽい、と、女らしい、は違うことのようにも感じていた。

そんなさまざまな思いつきが、川を渡っていると、浮かんでは消えた。本を読むみたいだな、と思った。それから絵子は、先ほどのまい子が握っていた杼を思い出した。この舟のようなかたちの杼。そしてまい子の手で織られていった、透明なまぼろしの布。いっぽんの糸が織物になっていく。線が面となっていく。それは絵子の好む書物というもの、文字の繋《つな》がってできた文章が、そのいっぽんの線が連なって連なって、やがてはおおきな一枚の物語になっていくさまにも似ていた。目の詰まった織物であればあるだけ、たくさんの文字が密にならんで、白い紙を黒く埋め尽くせば尽くすだけ、絵子の気持ちは豊かになる。

「ついたよ」

言葉と同時に、舳先が、とんと岸にあたった。絵子は夢から醒《さ》めたように、岸辺に降りた。

舟が帰っていく。杼が、右から左へ、また左から右へと、片側を飛ばすことなくきちんと往復していくように。舟もかならず、川を渡って戻る。

洋燈のあかりが見えなくなってしまう前に、絵子はねんねこの帯をきゅっと結び直すと、草の道を家へと急いだ。


初等教育が義務化されたのは、明治十九年のことだった。この国ではじめて学制が定められたのが明治五年。当初は学費や校舎の建築費といったものは国民に任されており、ほとんどの者が教育を受けられなかったが、義務教育となってからはそうした費用も免除され、就学率も著しく伸びていった。

子どもとは教育を施して、守り、育てる存在だという考え方はあたらしかった。それまで子どもとはただ大人のちいさいもの、大人ほどの労働はできないけれど、そこそこの働きはできるから、そのぶんだけはさせるべきものだった。とくに繁忙期の農家など、人手が足りないから子どもだって容赦なく働かせねばならない。それまでに較《くら》べれば多少の機械化はされ、楽になってきてはいたものの、だ。

絵子の両親も当然のごとくそうした考えの持ち主だった。何しろ働き手が必要だった。一家七人の食い扶持《ぶち》を賄わねばならないのだから。尋常小学校までは出してもらったが、その先の学校に行かせてもらうなど、とても無理な相談だった。

そんな百姓の家の子どもが、なぜ本など好んで読むようになったのか。それはみなの訝《いぶか》るところだったし、絵子自身にも謎だった。絵子は文字を読めるようになると、字の書いてあるものはなんでも片端から読むようになった。飢えた子どもが飯を求めるように、もっと、もっと、もっとと読もうとした。いつでも腹を空《す》かせていた。家には本が一冊もなかった。

村に貸本屋は一軒だけあった。だが本を借りるための小遣いなど与えられるはずもない。ほんな銭、どこにあるんや、と親は言った。

杉浦の家のまい子とは、尋常小学校でおなじ組だった。旅館で土地を持っていて、杉浦さんとこ、と言えば、村の誰もがよく知っていた。

まい子の家には何冊も本があるらしいとわかってから、時折遊びにいくようになった。まい子の親は絵子の親とは違い、子どもにはなるべく多くの本を読ませる教育方針だった。まい子は本が嫌いではなかったが、美しい挿絵がついていればその絵を眺めているほうが楽しく、文章のほうは渋々ながら読むというふうだった。黒々とした文字のならびに興味を示す、日に焼けて痩せて小柄な絵子。彼女自身が文字そのもののような級友が、いったいどういう了見なのか、まい子のほうでも不思議がった。それでだんだんに仲よくなった。

本を読むには時間が掛かるし、そのぶんだけ農作業の人手が減る。親たちは忌々しく思っていたが、杉浦の家と繋がっておけば後々よいことがあるかもしれないと、小ごとを言いたいのを我慢した。またときに、遊び場の小屋ではなくて旅館の建物のほうへ行く場合には、その日採れた野菜を持たせることもあった。本を貸してもらううえに商売をするなど厚かましいと、絵子ははじめ嫌がったけれど、西野《にしの》の畑で採れるものはそれなりに質がよかったので、杉浦屋でも、少なくとも表面上は喜んで買った。農家にはまれで貴重な現金収入となった。

坂道を登っていくと、柿の木が月を反射して、まるく実ったいくつもの柿が暗く輝いていた。西野の家の目じるしだった。

もうすっかり暮れている。母親はずいぶんと気を損ねているはずだ。絵子は身構え、懐に隠した八犬伝の続きを着物の上から大事に抱えた。これは見つかってはなるまい。表向き許されてはいても、目の前にあると癇癪《かんしゃく》を起こされる。とくに小説は、嘘のことばかり、ひとつも事実を述べていないくせに、だらだらと字がならんでいる。限りなく無駄であり、不可解なもの。それを読むこともまた無駄だと、父母は思っているのだった。

やはり少しでも、小屋で読んでおきたかった。立ち止まっていると、妹が背中で急《せ》かすようにぐずりだした。ヨリを背負っていることは免罪符だった。子守りも楽ではないけれど、畑仕事のようには両手を取られずにすむ。怒られたら、そのことを言おう。ヨリが散歩を続けたがった、って。

生け垣をまわりこんでいくと、煮物の匂いと、魚を焼く香ばしい匂いが漂ってきた。炊事場を覗くと、意外なひとがいた。

「ねえちゃん、帰ってきてたんけ」

姉の和佐《かずさ》だった。この春に結婚し、家を出ていったところだった。「ほうや。おかあちゃんが具合悪いっていうさけ」

「どうしたんや」

「なんかお腹《なか》痛いんやって。夕方、ミアケが呼びにきて。医者は要らんって、いま寝てなるわ。絵子、あんたどこ行ってたの」

懐のなかで本が重くなる。「うん、ちょっと」

へっついに屈《かが》み込んで菜っ葉の煮物をよそい、隣の鍋を軽く掻き混ぜながら、伏せたまぶたで和佐は絵子を見た。たしなめられている、静かに。和佐はいつもそうだった。けっして声高に注意はしない。けれど絵子のこころの芯を、確かにゆさぶることができる。表面のおこないを、あらためようとするのではなくて。

絵子は慌てて草履を脱ぐと、板の間を横切って奥の寝部屋へ行った。暗いなかに薄い布団を敷いて、背中を向けて横たわっているのは母だった。目は、覚ましているらしい。

「かあちゃん、大丈夫け」

「うん」

「てきないんけ」——具合が悪いのか、と。

「大丈夫や」

まるまったその背中を、恐る恐る撫でた。母が弱っていると動揺する。

「ヨリは」

「一緒やよ。一緒に帰ってきた」

「ほこに寝かしね」

「わかった」

絵子はヨリを、母の隣へ寝かせた。妹はまるまった手足をじたばたと動かした。ヨリは手の掛からない子どもだったが、そのかわりに母の命を削った。和佐を産んでから十九年が経《た》つ。ヨリは姉の子だったとしても、つまり母にとっては孫だったとしてもおかしくない年齢だった。歳を重ねてから思いも掛けずできたその子を産んでから、母の血の道は時折病むのだった。

「大丈夫やで」と母はまた言った。「寝てたら治るさけ。和佐の手伝い、してこい」

「はい」

絵子は板の間に取って返して、ちゃぶ台を片づけはじめた。十歳になる妹のミアケは、すでに和佐を手伝ってお菜を運んでいる。間もなく畑から父と、弟の陸太《りくた》が戻ってきた。

西野の家の夕食は静かだ。食事どきに喋《しゃべ》りすぎるのは行儀が悪い、何より食べ物への感謝を込めて大事にいただかねばならないと、両親は考えていた。時折、父がひとことふたこと、確認のような問いを発する程度だ。父に訊《き》かれたら答えねばならないが、答えすぎるのもよくなかった。一家はまるいちゃぶ台を囲み、そのまんなかの天井から吊《つ》られた電球のひかりに照らされつつ、食事を取った。夜にはいつもこの電球が家族の中心にあるので、電球がこの家の神さまみたいだと絵子は思うことがあった。

ミアケと陸太は黙って食べているが、それぞれに様子が違う。畑仕事で疲れ切った陸太は、成長期であるのも手伝って、和佐のよそう麦飯をひたすらに咀嚼《そしゃく》している。ミアケのほうは箸を運びながらも、いちばん上の姉がいるのがめずらしく、きょろきょろと瞳を動かしている。母は赤子に乳をやりながら、ひとり寝床で食事を取った。

父が言った。

「和佐の煮物は、味が薄いな」

すると姉は謝るでもなく、「はあ」と曖昧に微笑《ほほえ》んだ。絵子はしかし、このほうが旨いと感じていたところだった。姉の味つけは嫁に行って洗練された。砂糖や醬油《しょうゆ》で甘くどく煮詰めたものでなく、ちょっと食べた感じは薄味だが、舌を凝らせばその奥に出汁《だし》の利いているのがわかる。婚家の義母が敦賀《つるが》のひとで、もとは京都のほうにゆかりがあるらしいと、以前和佐が話していた。

ひさしぶりに顔を見た和佐に、父はさらに、「孫はまだか」と訊いた。当然予想できた問いだったが、絵子は嫌な気持ちになった。なぜ嫌なのかは、自分でもわからない。

和佐はまた、諾《うべな》うでも否定するでもなく、「はあ」と曖昧に微笑んだ。

父は満足そうに、「ほうか」と言った。

和佐のこの笑みを、なぜかしら父は承諾のしるしとずっと捉えているのだった。だがかならずしもそうではない。和佐に確かめたわけではないが、絵子にはわかる。

やがて父は食事を終えると、「ちゃんと陽治《ようじ》さんにお仕えせんとあかんぞ」と言い残して、奥の部屋へと行った。

ミアケと陸太も二階――というか、平屋の屋根付近に据えつけた、天井に頭が支《つか》えそうなほどの狭いところへ引きあげていった。そこが子どもたちの部屋だった。この家は父親が次男で、本家から分家した新家《あらや》だった。部屋の数も少なく、和佐が出ていったあとでもなお、ずいぶんと手狭だった。

絵子は和佐とともに洗い物をすますと、ふたりで板の間に戻ってきた。

「かあちゃん、大丈夫かのう」

「畑で無理したでや。稲刈りの疲れも取れてなかったんやろ。落ち穂まで拾《ひろ》てたみたいやし」

絵子はまた気持ちが沈んだ。今年の稲刈りはほんとうに大変だった。連日の残暑のなか、和佐が抜けて人手も少なく、一家全員、休む間もなかった。今日まい子のところへ行ったのは、収穫が一段落したからでもあった。それなのに母は、落ち穂も拾っていた。

それはほんとうならば、自分のような子どものする仕事であった。まい子のところで借りた本を、和佐に見せたいと思っていた。けれどもそれはもう、懐のなかで石ほどにも重くなっていた。

ちゃぶ台の下に人形が落ちていた。ミアケの作ったものだった。端布《はぎれ》を継ぎあわして針と糸で縫ってある。白い顔と手足は襦袢《じゅばん》だった布、着物の部分は去年和佐のを解いてミアケに縫い直したとき出た布で、鴇《とき》色の艶《つや》のあるそれはだからミアケの晴れ着とお揃《そろ》いだった。

「不器用なのう、ミアケは」

和佐はあきれたように、けれども指先は慈しむように、幼い妹のつたない手作りを撫でた。

「まだちいさいさけ」

「でも小学校にも通ってるんやし」

ミアケの縫った目はがたがたで、針のおおきく飛んだところは穴になり、綿が飛び出していた。太番手で織った深い藍染めの布を細く裂いてからほどいたらしい髪は、かろうじて頭皮にくっついてはいるが、明日にも取れてしまいそうだった。墨で描かれた目鼻が可愛《かわい》らしいだけに、余計哀れな人形だった。なんだか怪我《けが》でもしているようで、絵子は見ているのが忍びなかった。

「かずちゃん、それ直してやって。人形がもつけねえんてなわ。うちがしてやろうかと思ったんやけど、かずちゃんのほうがよっぽど上手やし」

すると和佐は人形をひと撫でしてからちゃぶ台に載せて、

「ほっときね」と言った。

「これはミアケの人形やで。うちや絵子が手を入れたら、ミアケのもんではのうなってまうで」

絵子はしばらく人形を見ていてから、

「ほうやの」と答えた。

和佐はちゃぶ台に手をついた。「はて。ほんならうちは行くでの」

「また来る？」

「そうそうは来られんわ。あっちのうちの仕事があるで」

「ほうか」

「おかあちゃんのこと、見てての」

「わかった」

「ちゃんと手伝いもせんと」

「うん」

いいお嫁さんになられんよ、とは、和佐は言わなかった。誰も彼もがふたこと目にはつけ加えるその言葉。絵子が初潮を迎えたことを、まるで村じゅうが知っているかのように。手伝いせんと、お嫁に行かれん——呪いのようにみなが言った。そしてその呪いとは、嫁に行けないことではなく、嫁に行くことそのもののように、絵子には感じられる。

和佐が去っていってしまうのは寂しく、引き留めたく思った。この姉はときに、ほんとうの母よりもずっと母らしい。絵子にとっては、ということだが。実際のところは和佐のような母親は、世間ではめずらしいだろう。

ああ、でも、と絵子は思う。和佐が母親になったら、まさにその、めずらしい母親、になるのだ。父の言う、孫ができる、というそのこと。うまく想像のつかないそれが、けれどいつかは起こることを考えると胸が塞いだ。

送ってもらわんでいいんか、と訊くと、近いから大丈夫と姉は答えた。婚家までの道は村の大通りで、数年前からは県道にも指定されていた。日が暮れても人通りがある。姉は提灯《ちょうちん》ひとつだけ借りていった。

その提灯が柿の木のところをすぎると、絵子も木戸を閉めて家に入った。近くても、そうそうは来られないのだ。仕事があると和佐は言ったが、それ以上に姑に気兼ねするのだろう。実家のほうが居心地がよいらしいと思われては困る。

今日はまい子を見送り、姉を見送った。姉とまい子は似ているだろうか。似ているような気もするし、まるで違うような気もした。ただ、少なくともふたりとも、絵子よりはずいぶん、女っぽい。

流しに行って、甕《かめ》に汲《く》み置きの水で顔と手足を洗った。さっぱりとはするものの、痺《しび》れるようにつめたかった。体を竦《すく》めて二階へあがる。ミアケはもう眠っているようだった。

煎餅布団に入って包《くる》まると、枕許の蠟燭《ろうそく》をともした。懐から八犬伝を取り出す。ずっと、ずっと読みたかったもの。こうして本をひらくときだけ、時間は絵子のものだった。決闘、忠義、仇討ち。乞食に身をやつしての逃亡や、出生の秘密、物の怪との戦い。来る日も来る日も田んぼと畑ばかりの暮らしからは遠いもの。その遥か遠い世界に、蠟燭のあかりだけの狭い暗がりが連れていってくれるのだった。母が寝込んでいる今晩は、きっと見つからないし、咎《とが》められない。不謹慎だと知りながら、ありがたく思わずにはいられなかった。まい子には、わからないだろう。どんなに仲よくなっても、絶対に。本を読んだり勉強をしたりすれば怒られる、などということは——。

「ねえちゃん」

とミアケが、くぐもった声を出した。「まぶしいで、消してま」

「うん」

と答えるだけは答えて、絵子は文字を追い続けた。ミアケはふたたび寝息をたてた。階下からは父親のいびきも聞こえはじめた。絵子はそれでも読み続けた。

眠ってしまうなんて、もったいない。体はひどく疲れているのに、気持ちは先へ、先へと進む。どんどん頁をめくろうとする。この続きに、何があるのだろうか。早く見たい、先へ行きたい。ここから出たら何が起きるのか。

けれども絵子はまだ子どもだったし、狐川のほとりの村から出ていくこともできなかった。

あかり取りの窓の向こうには、星がちりばめられていた。白く輝くひとつふたつが、銀河の果てへと流れて消えた。

2

秋祭りが終わると、季節は急速に冬へ傾いていく。お宮さんに飾った提灯や神輿《みこし》の仕舞われていくのを、絵子は畑からの帰りに通りかかるたび、惜しむように見送った。秋祭りはそれなりに楽しかった。休む間もなく働いた稲刈りのあとの、束《つか》の間《ま》の祭り。豊作とまではいかなかったが、その収穫を感謝できるだけの米が今年も実ったのだった。

祭りの日には父も神輿を担いだ。まだまだ若いもんには負けん、と言って、近所のほかの氏子に交じった。男たちは日に焼けた顔を赤くして、太い肩に太いかき棒を担いだ。そのさまを眺めていると、祭りは男のものだという気がした。村じゅうを練り歩いたあとで、神輿はお宮さんに戻っていった。賽銭《さいせん》箱の脇に立って神社の内陣を覗くと、父は組の者たちと神酒《みき》の杯を交わしていた。顔を赤くした父親は、へいぜいよりもちいさく見えた。いくらか背をまるくして、村方の男たちに気を遣っているようだった。笑い方が普段と違った。内陣までは階梯《かいてい》と、ひらいた鎧戸《よろいど》があるだけだったが、ひどく遠いように思えた。

じっと見ていると、大人に、「子どもは立ち入り禁止や」と咎められた。子どもも、そして女も、内陣には入れてもらえない。

神輿を担ぐかわりに、女たちはお萩を作った。絵子は母親や妹と一緒に、その手伝いにいった。そして神輿が通る刻限になると、沿道に出て見物した。

見物人のなかに、まい子がいた。

もったりと白いあの頰に白粉《おしろい》をつけているらしいのだが、ひとが多くて汗ばむのか鼻先に脂が浮いていた。銀杏《いちょう》返しに結った髪こそ見事だったが、紅の色は唇にも頰にも合っていなかった。着物は絵子がはじめて見るもので、緋色《ひいろ》だが子どもらしさがなく、かといって大人びても感じられなくて、ただいたずらに派手だった。周囲の景色に少しも溶け込んでいない。まい子の化粧した姿をこれまで見たことがあっただろうかと絵子は考えた。そして、ないな、と思った。

声を掛けようか迷っていると、まい子は首を傾けて、隣へ何か囁《ささや》いた。連れがいるようだった。何を言うのかまでは聞き取れない。ちいさな背を伸ばして覗くと、まい子とおなじような年格好の娘がいた。つまりは絵子ともおなじ年格好、ということなのだが、なぜかそのようには考えなかった。その娘も、また反対側にいるべつの娘に話しかけた。どうやら三人で連れ立っているようだ。連れの娘たちも化粧をし、子ども用ではないらしい着物を着ていたが、このふたりは着慣れているようで、板についていた。

女学校の友だちだな、とぴんと来た。尋常小学校を出たあと、まい子のほうは福井の中心部にある高等女学校へ通っていた。あれは街に住む娘なんだろう。一度も見たことのない顔だったし、このあたりに住んでいるふうでもなかった。

街のほうへは絵子も行ったことがないわけではない。二時間も歩けば着く距離ではある。だが用事も滅多にないので、そうそうは行かない。その街へ、まい子は日々通っているのだ。

　級友らしい娘たちと言葉を交わす姿を見ていると、絵子は不思議な気持ちになった。小学校時分、まい子には友だちらしい友だちがいなかった。除《の》け者にこそされなかったが、年齢が高くなるにつれて裡《うち》に籠もる性質が強くなり、自分の意思を表明するのにひどく時間がかかるので、本人もまわりも面倒になって、積極的には遊ぼうとしなかった。家が裕福であることも、ほかの子どもには共感しにくかったかもしれない。学校が引けてからのつきあいは、ほとんど絵子ばかりだったと思う。それがいまでは級友を、わざわざ自分の村にまで呼んで交流を持っているのだった。女学校への入学を機に、違う自分になろうとしているのかもしれない。

　そうした目で眺めてみると、まい子のおこないはどこか痛々しかった。以前にも級友らしい娘たちと、女学校の帰りに連れ立っているのを見たことがあった。埃っぽい馬車道で、絵子は手押し車で野菜を運んでいた。まい子は自分の連れと話すのに必死で、絵子には話しかけてこなかった。笑みを浮かべた横顔は引き攣《つ》れたように見えた。あれは夏前のことだった。

　やがて神輿が通っていった。かけ声とともに揺れ、金箔《きんぱく》を貼った神具が触れあって音をたてた。歓声があがったが、街の娘たちにはさしてめずらしくもないらしい。見物人が散っていくのを潮にふたりも帰ることにしたようだった。県道を東へ、街のほうへと歩いていった。

あとに残されたまい子を、それでも近づかずにしばらく見ていた。やがてまい子のほうでも絵子に気づいた。目が合ったが、ぷいと逸《そ》らされた——。

それが秋祭りの日の出来事だった。祭りを知らせる貼り紙が剝がされ、提灯飾りの仕舞われたお宮さんの前を通るとき、その出来事を絵子は思い出した。そして自分が、それをどう思ったらいいのか決めあぐねていることを意識した。何度か思い出し、意識したあとで、自分は怒っている、ということに決めた。怒っているが、許さないでもない。まい子から謝ってきたら、そのときは許す。それくらいの、怒っている、だった。絵子はときどきこんなふうに、自分の感情を自分で分類することがあった。絵子の生きている世界には、自分で決めることの叶《かな》わないものがあまりにも多かったので、せめて自分の内側くらいは律していたかった。

絵子は鋤《すき》を引き摺《ず》りながらお宮さんの前を離れた。こんなふうに鋤を扱っているところを見られたら、刃が欠けると言って叱られるに決まっていたが、あたりに人目もないときには横着をして引き摺った。畑に通うのもあと幾日かで終わりだ。もうじき冬がやってくる。

お宮さんから向こうは田畑《でんばた》だが、ここから坂を下ったあとは集落が続いていた。軒先に大根を干した家がちらほらと目についた。太く白くて長いのが、重たげにぶら下がっている。こうしておくと甘みが出るのだ。軒先に連なった大根は、やがて来る冬のさなかに、屋根に積もった雪がもたらすおおきなつららを思わせた。

大根を見ると絵子はまた、石田のおばちゃんを思い出した。おばちゃんは元気だろうか。このごろ舟に乗っていない。つまり狐川を渡って、まい子の家の小屋に行くということがしばらくなかった。祭りの日の出来事が気になっていることもあったけれど、それ以前に本が読めておらず、続きを借りにいかないからだ。稲刈りは終わったものの、脱穀したあとの籾《もみ》を干すといった作業が残っていた。母の体を労《いたわ》らねばならず、絵子は父親や陸太と一緒に、おおいに働いた。それに畑は田んぼのあとまでも仕事がある。

もう少ししたら、と思う。もう少しして、雪が降るようになったら——軒先に大根みたいなつららができるころになったら、そうしたら畑にも出られないから、家のなかで好きなことができる。農閑期の内職はあるけれど、作物たちの生長に追いたてられるような春や夏や秋の忙しさと較べれば、冬はずいぶんとゆったりしていた。

坂の途中には機屋が建っていた。力織機を抱えた工場《こうば》で、何年か前にいきなりできた。絵子がちいさかったころ、ここは竹藪だったはずだ。しんと静かな村のうちで、大仰な音をたてて回転する機械は不気味に感じられた。がっしゃん、がっしゃん、と生き物のようなリズムでもって動いている。織り子をする女工が早朝から吸い込まれてゆき、夜も更けてから吐き出されてくる。朝が早いのは絵子もおなじだが、野良仕事は夜はできない。機屋ではちいさな電灯がぽつぽつと天井からぶら下がっていて、夜はその窓が明るいので、硝子《ガラス》越しになかを見ることができた。鉄でできた巨大な化け物めいた織機がならんでいた。

いまはまだ昼間なので、なかのほうが暗く、曇った窓から様子を窺《うかが》うことはできない。機屋の前を通りすぎようとすると、空き地を挟んだ家の傍らで、誰かの話すのが聞こえた。

「もう、あかんてなわ」

それは山羊《やぎ》の小屋の陰から聞こえていた。坂の途中の農家が、二、三軒、共同で飼っている山羊だ。絵子は耳を澄ませた。山羊の動きまわる気配のなかで、べつの声が応じるようだ。

「あかんて、羽二重がけ」

ほうや、と最初の声が答えた。「もう羽二重はあかんのやわ」

絵子ははじめ、それは山羊のことだと思った。ここの仔《こ》山羊はしょっちゅう柵を抜け出し、隣の畑の青菜を食べてしまうというので、揉めごとになっていた。また母親の山羊はこのところ元気がなく、寒くなってくると乳の出も悪くなって、病気ではないかと言われていた。もうあかん、というのは、仔山羊か母山羊かどちらかのことだろうと。

しかし、いけないのは羽二重、機屋で織っている絹織物だという。

片方は男、もう片方は女の声だった。最初に聞こえたほうが男だ。「売れんのやと」とそれはまた言った。「取引所行ってきたんやけど、もうぜんぜん値がつかんて。輸出があかんようになった」

「ほんならここ、どうするんや」

「どうするかのう」

「ほやで言ったがの。こんなにようけ機械入れてもてからに。借金どうするんや」

「……どうするかのう」

「織り子に払う賃金かってあるし」

どうやら機屋を経営している夫婦の会話らしかった。村の外から来て機屋を建てたので、絵子は夫婦の顔をあまり知らない。

そのとき、べえ、と仔山羊が鳴いて、柵から抜け出そうとした。声のぬしが気づき、あとを追いかけて出てこようとする。絵子は引き摺っていた鋤を肩へ掛けると、慌てて坂を駆け下りた。

心臓が早鐘を打ったのは、走ったからだけではない。聞いてはいけないものを聞いたと、なぜとはわからないが思った。そうした類いの会話だと。それはお前の悪い癖や、と父親にときどき言われること。ほかの娘たちのように女どうしで連れ立たず、村のそこここをひとりでふらついては、余計なことを見聞きしてくる。本を読むことに次ぐ悪癖だと、咎められること。

絹織物は明治の半ばから、日本の国力をつけるための主な輸出品目であった。それが急速に売れはじめたのは、大戦中の好景気に乗じてのことだ。この福井県でも、絹の原料となる蚕《かいこ》の生産から、座繰《ざぐ》りによる製糸が流行《はや》り、そして何より機屋の工場が、雨後の筍《たけのこ》のような勢いで次々できていったのである。しかし好況は長くは続かず、大正十年ごろには早くも翳《かげ》りを見せはじめたのだった。

坂の途中の機屋が倒産したと聞いたのは、それから間もなくのことだった。

商売の浮沈というのは、ほんとうにわからない。一夜で富を成したかと思えば、翌日にはもうそれを失っている。まるで賭け事のようだ。

「農業がいちばんや、百姓してるのが間違いない」昼飯時に父は言った。「おめえらも覚えとけ、儲《もう》け話には気をつけなあかんて。苦労して、しんどい思いして、なかなか銭にならんでも、こうやって毎日地面を耕して生きてるのがいちばんなんや」

あれよという間に財を成していく機屋の様子を横目で見ながら、地道に鍬《くわ》を振るっていたころの悔しさもあっただろう。幸運を得た他人が不幸に転落していくのを見て、天罰だのばちが当たっただのと教訓めいたことを言う。溜飲《りゅういん》を下げるような調子が父の言葉には感じられた。結局は、みなで苦労をしているのが正しいのだと。誰かひとりだけ楽をするようなことは許さない、という村の心性だった。

心なしか嬉《うれ》しそうな父の様子を横目で見ながら、絵子は冷えた麦飯を嚙《か》み、機屋はあのあとどうしただろうかと考えていた。どこかへ夜逃げしただろうか。それとも借金取りに追われて首をくったのだろうか。父の言うことはつまらない。あたらしいことをはじめたり挑んだりすれば失敗する、出る杭《くい》は打たれる、ということだから。けれど首をくるのも、夜逃げして身売り同然の暮らしをするのも嫌なことではある。かといって、いまの暮らしに自由があるかと問われるとわからない。

十二月も半ばになっていた。外は凍えるようなのに、練炭を節約してわずかしか火鉢を焚《た》かない畳の間は寒々しかった。

農閑期に入っているので、昼も野良仕事の合間ではなく家で取った。ちゃぶ台に載った食べ物は麦飯と菜っ葉の煮たの、たくあんの炊いたの、それと魚の干物。魚は二尾だけ出ている。すなわち父と、弟の陸太、ふたりの男のぶんだけだ。母親と絵子、妹のミアケは穀物と野菜ばかりだった。こんなものでは体も温《ぬく》まらない。絵子はぼんやりと、まい子の家の食卓のことを考えた。あの家のご膳には、三国《みくに》港からの行商が置いていく生きのよい魚がのぼる。杉浦には土地があるから、機屋みたいに急に没落することもないのだ。ましてうちみたいに、干物一匹をめぐって諍《いさか》うことなどない。

かつて絵子は、なぜ陸太ばかりが魚を与えられ、自分は喰《く》わせてもらえないのかと文句を言った。すると母は、男は力仕事するさけ、と言い、また、男の子はようけ食べなあかんで、と言った。——体のつくりが女とは違うんやで、と。はじめはそれで納得したが、どうやらそれだけではないらしいことが、このごろには絵子にもわかってきた。

尋常小学校から帰ってきた陸太は、鰯《いわし》の頭を無表情に嚙み砕いている。特別扱いされていることに、気づいているのかいないのか。弟はこの家の嫡男だった。うちごときで嫡男といってもたいした意味はない。だが父の芳造《よしぞう》が生まれた本家、長男が継いだその家にはわずかだが土地もあり、そしてその家にはいまのところ男の子がいなかった。あわよくば陸太を本家の跡取りにしたいと、芳造がはかない望みを持っていることを絵子は知っていた。

陸太が魚を尻尾まで食べ尽くし、味噌汁《みそしる》も飲んで「ごちそうさま」と言うと、母はその頭を撫でた。愛おしそうな仕草には、自分やミアケ、末っ子のヨリには見せない何かがある。我が子に対する愛情という以上のもの。その表情を前にすると、見てはいけないものを見てしまったようで、目を背けたい気持ちになる。嫉妬や羨ましさだけではない、何か苛立《いらだ》たしく、不気味な気さえする。

「よし、ほんなら勉強せえ」

父の言葉に弟は憮然《ぶぜん》として、「遊びにいきたい」と言った。

「あかん。宿題があるやろ」

「ほやけど」

「お前は勉強せんならん。偉《えろ》うならなあかんで」陸太はしばらく黙っていたが、やがて「わかった」と、梯子《はしご》を伝って二階へ行った。

「うちも」と絵子が箸を置き、あとを追って上へ行こうとすると、

「絵子はこっちやよ」

母が裾を引いた。土間に積んであった藁束の山を示している。稲刈りで出た大量の藁で、縄を綯《な》ってそれを草履にする作業の下拵《したごしら》えをしろと言うのだった。

ミアケはもう椀を片づけて、そちらへ向かっていた。妹の細い背中を絵子は凝視した。ミアケは視線を感じたのか、藁束をいくつか抱えて振り返り、困ったように首をかしげた。どことなく、申し訳なさそうでもあった。

絵子は言葉を探した。「ほやけど……」指先がつめたくなっていく。それは寒さのゆえではなかった。

「なんやの」

と返す母親もまた、藁束に手を伸ばしている。

「本、読んでいいって言ったが」

収穫がすみ、脱穀から籾干しまで、その始末もすべて終わったら、しばらくは好きな

ことをしてもいい。冬のあいだは束の間ゆっくりできる。そのはずではなかったか。

するると母は縄を綯う手を止めて、「今年はあんまり米が売れんのや」と言った。「内職もしっかりやらんと、あんたら食べさすだけの蓄えができんのじゃ」

「でも陸太は」

絵子の言葉に父が脇から、「陸太は男や」と言った。「あれは中学校に入れるで。勉強させなあかん」

「ほうや」母も続けた。「絵子は女の子なんやで、ほんな勉強なんかせんでもいい。和佐が嫁に行って、あんたはいちばんお姉ちゃんなんやで、しっかりせんとあかんざ。家の手伝いせんと」

母は絵子を見ていなかった。横顔は日に焼けているうえ、かまどの煤《すす》に黒ずんでいた。不機嫌に眉根を寄せている。険のある口調からも、娘としての和佐と絵子を較べているのがわかった。和佐は聞きわけのよい娘、出来のよい娘で、絵子はそうではない。また陸太は男であるゆえ優れているが、絵子は女なのでそうではない、手伝いだけしていればいい、と言うのだ。母もまた女なのに。

絵子は藁束を取りにいこうとしたが、その場に立ち尽くしてしまった。生活のため、生きるため。生きるために食べる、食べるために働く。つまり労働は生きるためだ。けれど生きるということは、絵子の日々には感じられない。すべては労働で埋め尽くされている。生きるための労働なのに、働いても働いても、生きることには追いつかない。ほんとうに生きることはできない。ただ果てしない徒労があるだけ。

小学校を出て以来、この半年以上ずっと考えていたことだ。頭を使い、考えて、それを言葉にするということ。勉強がその道のりならば、それは男にしか許されていない。陸太はあきらかに勉強が嫌いだし、賢いとも思われなかった。でも男だから、それを許される。女は、男の子を産んで育てて、その子の将来に託すようにしか夢を描くことを許されない。そのようにしてしか生きることができない。

「……毎日、毎日」と絵子は言った。その声は低く震えて、自分のものとも思われなかった。ずっと考えてきたことだ。何かがおかしい。間違っている。けれど言葉にしようとすると、この訛《なま》りの強い地方の、方言で声に出して言おうとすると、まるでうまくいきそうになかった。考えることは絵子にとって、本を読むことと繋がっていた。文字から成る書物の冷静な思考と地続きのものだった。いっぽう声は、ここの方言は、ここの生活そのものだった。訛りに乗せて話そうとすると、言葉は詰まり、思考は崩れて、まるで煮すぎた餅のように、ぐずぐずとかたちをなくしていった。

それでも絵子は言った。

「毎日、食べるための仕事ばっかり。ほんなにせな生きていかれんのか」

いま言わなければ、ずっと言うことはできない。ずるずると不満を抱えたまま、日々を恨み、父母を恨んで、恨みを溜めていくことになる。「生きていくために働いてるのに、ぜんぜん生きてるって思われんわ。とうちゃんもかあちゃんも、なんのために生きてるんや。かあちゃんなんて、陸太の将来しか楽しみがないんやが。かあちゃんみたいになるんやったら、生きてても仕方ない……」

その台詞《せりふ》が終わるか終わらないかのうちに、分厚いものが飛んできた。絵子のちいさな体は壁へ吹き飛ばされた。頑丈な手のひらで、父が頬を打ったのだ。打たれたところが熱く脈打っている。頬っぺたが心臓になったかのようだ。

「屁理屈《へりくつ》ばっかり捏《こ》ねてからに。おかあちゃんに謝らんか」

片隅から見あげると、軒先から入るひかりの陰になった父は真っ黒な顔をしていた。逆光のせいだけではない、感情の読み取れなさゆえに、得体の知れない淵《ふち》のようだった。幼いころ折檻《せっかん》を受けたことはあっても、娘と呼ばれる年齢になってから打たれたのははじめてだった。絵子は痛みや反抗心より先に、驚きのためにその場にへたり込んでいた。

母の表情は見えなかった。ミアケはますます困惑し、どうしていいかわからずに泣きそうな顔をしている。陸太が降りてくる気配はない。騒ぎのおおもとが自分であると、聞こえないはずはなかろうに。

「早よ、謝れ」

「だって、かあちゃんは……」

「まだ言うか」

ふたたび張り倒されそうになり、咄嗟《とっさ》に体を躱《かわ》したのがさらに怒りを買ったらしい。芳造は今度は足を振りあげた。絵子は短く悲鳴をあげ、這うようにして土間へ逃げた。藁の山を突っ切ったので、あたりに黄色いものが飛び散った。叫び声が聞こえるのは、ミアケがとうとう泣き出したのだろう。木戸を開け放ったところで振り向くと、芳造が拳を握ってそこへ迫っていた。――誰か止めて、と祈るように念じた。けれども誰も止めなかった。絵子は戸外へ転がり出ると、思い切り木戸を閉め、柿の木のところまで一気に走った。もう一度振り返ったが、追いかけてくるのは声だけだった。

――出ていけ。

とそれは言った。

――謝らんのやったら、出ていけ！

街道はしんとして、静まりかえっていた。誰かが焚き火をしていたが、空は低く垂れ込めて、いまにも何か落ちてきそうな気候は重く湿っていたから、炎も高くは燃えないらしかった。暖を取ろうと近づくと、「もう終《しま》いや、終い」と追い払われた。木の乾いてまるまった枯れ葉が、からころと音をたてながら道を駆けまわっていた。木の葉ばかりが騒がしかった。師走の喧騒《けんそう》がはじまるまでには間があって、いまはみな、家で冬支度を整えているころだった。足許でつむじを描いて走っていく赤や黄色の葉に急きたてられるように、絵子もふたたび走り出した。家を出てからずっと走っていた。はじめは芳造から逃れるために。次には寒さから逃れるために。けれどほんとうは、もっとべつの何かから逃げようとしている気がしていた。

辿《たど》り着いた家を裏手から覗くと、果たして和佐は台所にいた。「ねえちゃん」と小声で呼ぶと、小窓から顔を出した和佐は目を見ひらいたが、木戸をあけて招じ入れた。

夕餉はこれから拵えるところらしくて、かまどはまだつめたかった。火の気はないがあたたかく感じるのは、土間の片隅にしつらえた厩《うまや》のせいかもしれなかった。湿ったまぐさの匂いがして、輓馬《ばんば》が鼻づらを覗かせていた。絵子はそのそばに、馬に頭を齧《かじ》られないくらいの距離を置いて、ぺったりと座った。

「とうちゃんに追い出された。あんなに怒ったの、はじめて見た」

怖かった、と絵子は言った。

「ほうか」

和佐は相槌を打って隣に座った。その体温が伝わると、絵子はほっとして、少し泣いた。一通り事情を話してから、

「だいたい陸太になんか勉強させても、どうもならんわ」

絵子がいきり立つと、和佐は苦笑した。

「だってそうやろ。なんで自分が魚喰わせてもらってるかもわかってない。ぼんくらなんやもん」

こんな罵倒は和佐の前くらいでしかできない。

ほうやのう、と姉は呟《つぶや》いて、「絵子はちいさいときから、はしこかったでの」と笑った。「あんたを連れて歩いてると、みんなが顔を覗き込んだもんやわ」

和佐は昔の話をした。絵子が四つか五つのころ、和佐は十か十一で、しょっちゅう手を繋いで出かけていた。「放っておくと、あんたはどこへでも行ってしまうから、家にひとりではおいておかれんかった」父母が田畑の世話に行くあいだ、和佐は家の仕事をしながら絵子の相手をした。「おかあちゃんに頼まれた用事をするのにも、あんたと手を繋いでの。いつやったかのう、福井の街のほうの、郵便局まで行かなあかんことがあって、絵子も連れていったんや。ほこで順番待ちしてたら、隣にならんでた、なんか身なりの綺麗《きれい》な、ちょっと年寄りの女のひとが、あんたの顔じいっと見ての。あら、こんな賢い顔した子は見たことないわ、って言ったんやざ」

「あったっけ、ほんなこと」

「あんた、まだちいさかったもん。憶《おぼ》えてえんやろ」

「ううん。憶えてる。郵便局のこととか、電車走ってたこととか、かずちゃんに飴玉《あめだま》買ってもらったこととか」

くたいていのことを、絵子は忘れない。大人たちが忘れてしまうことでも、なんでもよく憶えていた。そうして矛盾を指摘するので、あきれられたり怒られたりした。大人は自分の気づいていないことを子どもに——自分より愚かであって然るべき相手に、指摘されると腹が立つのだ。……父の芳造が今日、あんなに怒ったのも、絵子の言ったことが真実だからだ、とそのとき思いあたった。

和佐は続けた。「うちはほのとき恥ずかしくなって、この子の顔、隠してしまわなあかん、て思った」

妹について老婦人の言ったことは、姉もまた感じないわけではなかった。しかしそれは、賢そう、なんてものではなく、むしろ妹は子鬼のような目つきの子どもだと思っていた。いつか何か、してはいけないことをしでかすのではないかと。その資質を、他人にも見抜かれてしまったと慌てたのだ。

「うちに言わせたら、絵子は正直すぎるんやわ」

「うん」

「憶えてるんか」

「……知ってる」

「とうちゃんやかあちゃんからしたら、絵子は子どもなんやで。ほんで今日絵子の言ったことは、子どもの言うことではなかったんやろ」

絵子が悪いとも、父が悪いとも、和佐は言わなかった。ただ言っていいことと悪いことがある。そういうことなのだろう。

「でも、つまらん」

「つまらんもんやよ、絵子。生きていくことは、だいたいほとんどつまらん」

和佐はやわらかに笑い、立ちあがった。

「さ。家、帰んね。ほんでおとうちゃんとおかあちゃんに謝んねま」

絵子は意外の感に打たれて、姉を見た。

「ここん家《ち》では置いてあげられんの。ごめんの」

うちの家ではないで、と、姉はつけ加えた。和佐はまだこの家に何の権利も持たない。といって、もう西野の者でもない。和佐もまた、どこにも属していないのだということに絵子は気がついた。姉が婚家の人間となれるのは、晴れて子どもを、それも願わくは男児を授かったときに限られる。そう思うと、口惜しさに、一度は止まった涙が溢《あふ》れそうになった。

外へ出ると風はいっそうつめたくなっていた。木々や家々をかすめて通るつむじ風が渦を巻いて、そのたび低く唸っては、不気味な歌をうたっていた。絵子は背中をまるめ、両肩を抱くようにして歩いた。咄嗟に飛び出してきたから裸足だったし、袢纏なんかも着ていない。せめて和佐に借りればよかった。あしうらは硬く丈夫だったが、いくら土の道といってもこう寒ければ氷の上を歩くのとおなじだった。手も足も徐々に感覚がなくなる。木枯らしのなかを彷徨《さまよ》い続けて、このまま、死ぬのだろうか。生きていても仕方ないなどと、親に言ったからだろうか。ばちが当たったのだろうか。正しいと思うから言ったことなのに、それはやっぱり罪だったのか。生きていても仕方ない、とは、死ねということなのだろうか。それとこれとはどのくらい違うのだろう。

丈高い草に囲まれていた。狐川の岸辺へ来ていた。

葦の茂みは心なしかあたたかく、掻きわけると川面に舟が浮かんでいた。絵子は目を疑った。こちら側に舟が停めてあるのはおかしい。舟は村うちでも川向こうのものだから、こちら側に舫ってあるはずがないのだ。ここにある限り、向こう岸からは使えない。誰かが舟でこちらへ来て、そのまま放ってあるのかもしれない。

分厚い雲に覆われた空は夕焼けを映すことがなく、青い灰色はそのままに輝度だけを落としつつあった。水音に、ひかりよりも暗さのほうが目に迫る。川面と舟とをじっと眺めていると、明暗が反転するようで、気づくと風はふいとやみ、あたりはいちような仄《ほの》灰色に包まれたまま、静かだった。ほう、と寒さがゆるんだから、見あげると、かたまりの雪が、ほとり、ほとりと、景色に落ちてきた。舟と、川面と、草と空、すべてを薄墨に塗り込めた視界に、真っ白な雪のおおつぶの点がゆっくりと満ちていく。

絵子は舟に乗った。縄をほどいて竿を取った。この舟を使ってしまったら、こちらに来ているその誰かは帰途に困るかもしれない。それともただの不注意で、戻す手段がなくなったまま放ってあるだけなのかもしれない。わからない。わかるのはただ、これ以上川べりに立っていたら凍えて死ぬということだ。

朦朧《もうろう》とする頭で対岸へ着くと、かじかんだ指の先で本来あるべき場所に舟を舫い、小屋までの道を進んだ。小屋は暗かったが、錠が下りていなかった。訝しむ余裕もなくて、そのままなかへ入っていった。体を落ち着ける場所を探した。奥に、あの日まい子が弄んでいた織機があった。それだけではない、おおぶりの布が、木製の機械を覆うようにしてふんわりと載せてあった。なんだろう、これは。まい子の織ったものだろうか。まぼろしの見えない糸を、右へ左へ杼で通したその残像が見えるのだろうか。手を触れ、さらに肩に羽織った。ぬくもりが、密に詰まった織り目の内側から沁《し》みてきた。肩を、背中を、体を包み、骨の奥まで伝わっていく。絵子は目を閉じた。そして意識を失った。

かったん、ととん。かったん、ととん。

誰かが機を織っている。踏み木を踏んで、手前に筬框《おさかまち》を引いて、糸を整え、布とする。そこにはどんな模様が織り込まれていくのか、絵子に見ることはできない。右へ左へ滑らすように杼を動かしていくたびに、舟のかたちをしたその道具が、しゃ、しゃ、と音をたてる。川を渡ってまた戻る。

そう、わたしは川を渡ったのだ。そうして向こう岸に来た。背中が妙にふわふわする。なんだか浮かんでいる心地だ。死んだのだろうか。けれどここがどこか見ようとしても、頭をあげることができない。額のあたりが重いようだ。そもそも目蓋の降りているのに気づいて、絵子は目をあけようとした。そのちいさな器官を動かすのにもずいぶんと苦労した。

「あ、起きた」

見おろしていたのは知った顔だったが、こうして俯いているのを真下から見ると、へいぜいとは違って見えた。まい子は、心配そうというより、困惑したような表情だった。そうだ、小屋に行ったのだ。けれど小屋にしては寒くない。体はあたたかいものに包まれ、手をやった額には、濡れた手拭いが載っていた。まい子は絵子の手の下から奪うように、ひょいとその布を摑《つか》み取り、傍らの桶《おけ》で濡らしてから絞った。「まだ寝てなあかんざ」

「ここ、どこ」

「うち」

「まい子の」

「そう。母屋」

ようやっと体を起こすと、障子が遠くに見えた。片隅に赤く火鉢が燃えている。畳の間は広く、ほかにひとはいないようだった。母屋にある、たくさんの部屋のひとつなのだろう。いったいいくつ部屋があるのかと考えると目眩《めまい》がした。それは熱のせいでもあった。

絵子を見つけたのはまい子だった。小屋には毎日来るわけではないが、ひとりになりたいとき、家族や使用人に見つかりたくないときに使う。昼間にふらりと小屋へ来て、手機の傍らに蹲《うずくま》っている絵子が高熱を出しているのを発見した。旅館のほうへまわって若い番頭を捕まえ、絵子を家まで運ばせた。それが三日ほど前のことだという。

「びっくりしたざあ、もう。ひさしぶりに来たと思ったら、これやでの」

絵子はふたたび体を倒した。寝かされているのは分厚く上等な布団だった。道理でふわふわしているはずだ。このまま一生出たくないくらい、寝心地のよい床だった。

「うちがあのとき小屋に行かんかったら、どうなってたと思うんやって」

あきれたように言い放ち、手拭いを絵子の額に載せた。ひんやりと熱が奪われて、そのそばからもう手拭いのほうが温まっていく。

そういえば、自分はまい子に腹を立てていたのではなかったか。だがあの日絵子を無視したまい子は、こうして向かい合っていると、ひとかけらも以前と変わったところがない。どっちがほんとうなんだろう。あちらは偽りの、嘘のまい子で、こっちがほんとうなんだろうか。でもだからといって、友だちを無視していいことにはならない。無視するのは友だちだと思っていない証拠だ……。思考がそこまで辿り着くと、きりきりと頭痛がした。どうやら考えられる頭ではないらしい。

杉浦の家にいることは、西野の家にも伝えてあるという。絵子は気づかなかったが一度医者が来て、肺炎を起こしかけているため寝かせておくよう言われたらしい。ある程度治るまで杉浦の家で預かってくれるらしかった。そう頼み込んだのはまい子だと、絵子はあとから聞かされた。

熱はその後も下がらなかった。ほとんどの時間を眠ってすごし、いつが昼で夜なのかもわからないまま時がすぎた。ふたたび医者が来て脈を取り、煎じ薬を飲ませていった。絵子はたくさんの夢を見た。誰かが機を織る夢、または母の夢、あるいは広い部屋がさらに伸び広がって、天井がどこまでも遠ざかる夢を見ては魘《うな》された。

あるとき厠《かわや》へ行こうとして、廊下を通ると声が聞こえた。まい子の声でも、また家族の声でもない。がさがさとひび割れて、そのくせ妙に甲高くて鼓膜を引っ掻くような声。絵子は、そっとふすまをあけた。いまでは顔も憶えた杉浦のひとびとが、真っ黒な装束に身を包み、膝を揃えて額を垂れていた。喪服だろうか。まい子が顔をあげた。

「誰か、死んだの」

するとまい子の母親が気づいて、

「絵子ちゃんも、ここ来て座んね」絵子がその通りにすると、「陛下が、崩御されなったの」

恐ろしく寒い日だった。これもまた、高熱ゆえに見ている夢かと訝しんだ。それくらい奇妙な光景だった。嗄《しゃが》れ声は茶簞笥《だんす》の上の、喇叭《ラッパ》のついた黒びかりするおおきな木の箱から聞こえており、つまりはラジオの放送だった。大正が終わり、昭和のはじまったその日、ずっと病に臥していたのは自分だけではなかったことを絵子は知った。嘉仁《よしひと》陛下の病状は、その数日で一気に悪化していた。

日本国じゅうが喪に服した。年のあらたまるまで、昭和の初年は残り七日しかなかった。けれどその七日というもの福井平野は雪に降り込められ続け、正月を迎えていよいよ止《や》まず、豪雪であることがあきらかになった。大人の背丈をゆうに越え、屋根を追い越してなおも積もろうとする雪に、絵子は気持ちがざわついた。家は、大丈夫だろうか。

不安に思い、また熱が下がっても、絵子には帰ることができなかった。外に出ることはできたとしても、岸辺の積雪を掻きわけて狐川を渡るのは危険だった。病みあがりの子にほんなことさせられん、と、杉浦の者たちは言った。空はいつまでも際限なく雪を降らせることができるようだった。明日には、明後日《あさって》には、止むだろうと思うのに、三日後も四日後も降り続けた。そのころには杉浦の家のことを少しずつ手伝いはじめていた絵子は、まい子とともにラジオへ耳を傾けた。平野部であるこのあたりはそれでもまだましなほうで、大野《おおの》や勝山《かつやま》といった山がちなあたりは、軍が支援物資を送っているということだった。雪の重みに潰される家から火の手があがり、火事になった。死者も出ているという報を、かすれた声が雑音混じりに告げた。——白魔との戦いが続いております、と。

一月がすぎ、二月も末に近づいて、蕗《ふき》のとうの花茎が雪の下からちいさな顔を覗かせるようになると、やっと街道にも出歩けるようになった。旅館の台所を手伝っていた絵子を、まい子の母親が呼んだ。このひとは、おかみさん、と呼ばれ、絵子の母親より年上のはずだったが、畑仕事を知らない肌はまい子に似て色白で、皺《しわ》もほとんどなく、むしろずっと若く見えた。ふっくりとした手のひらに、白粉の匂い。物腰はやわらかだが、どこか本音の読めないところがある。とはいえ転がり込んだよその子どもに対して、親切すぎるほど親切であることは間違いなかった。

茶の間にふたりきりになって、絵子は落ち着かない気分になった。

火鉢の灰を掻きまわすと、おかみさんは言った。「うちの若いのが、用事ついでにあんたんとこまで行ったらしいんやけど」

「はい」

「芳造はん、なんやえらい怒ってるらしいて。もういい、って言うてなるて」

意味が摑めずに、絵子は問い返すように相手を見つめた。おかみさんは、少し言いにくそうに視線を横へずらし、火箸の頭をいじってから、

「もう帰ってこんでもいい、て」

「ほんな」

「うちの伝え方が悪かったんかもしれん。雪のせいで帰さんかったの、絵子ちゃんが帰りたくないでやと思てなるんやわ」おかみさんは溜め息をつき、顰めた眉の下から絵子を覗き込んだ。「ほやけど、なんや、聞いたら酷《ひど》い喧嘩《けんか》して出てきたって言うでねえけ」

「すんません」

絵子は体をちいさくした。絶望に似たものを覚えながら、それでもこのまま、ここに置いてもらえたらと思わないでもなかった。熱が下がって以来、丁稚《でっち》のように働いてきたが、西野の家の農作業より旅館の仕事は楽だったし、何よりあいまに本を読んでも叱られることがなかった。けれど希望を抱いた次の瞬間、

「ここにもいつまでも置いてあげられんでの」

おかみさんのひとことで、それは潰《つい》えたのだった。

火鉢のなかで灰がさくりと崩れた。

根無し草。いつか何かの本で読んだ言葉がよみがえる。どこにも属さない。どこも自分の居る場所ではない。絵子はみなし子ではなかったし、二親とも血は繋がっていた。それなのに、幼いころからその感覚を抱いていたと思った。この世界のどんな場所にも、自分は属していないのだと。そしていま、そのことはとうとう、現実のものとなったの

だ。茫漠《ぼうばく》として何もないところに、たったひとりで放り出された。そんな気がした。

「考えたんやけど」おかみさんが前掛けの塵を払った。「絵子ちゃん、女工に出るか」

「女工って、機屋ですけ」

おかみさんが頷くので、絵子は早口に問うた。「ほやけど機屋は、羽二重は、もう斜陽やって」

「羽二重でないんや。人絹《じんけん》や」

「じんけん」

咄嗟に字が当てはまらなかった。それはほんとうの絹ではない――お蚕さんの吐いた糸ではなくて、人間の作り出した糸で紡がれる偽の絹なのだとおかみさんは言った。すなわち、人造の絹糸。

「増えてるんや、このごろ。ちょうど佐佳枝《さかえ》のあたりに工場ができて、織り子を探してるんやって」

佐佳枝といえば福井の中心部、都会であった。寮があり、生活も世話してくれる。ほかに選択肢はなかった。

昭和のほんとうにはじまっていく年、絵子はほんとうに家を出た。そうしてじんけんの工場で、働くことになった。

3

棒は三本あった。

一本は上の兄に、もう一本は下の兄、三本目は弟に与えられた。三人の兄弟に、父はそれぞれおなじ棒を与えて、この棒でもって好きな仕事をはじめるようにと言い渡した。三人の兄弟は、自分の背丈よりもまだ高い木の棒を一本ずつ持たされ、家を出ることになった。

上の兄は太郎《たろう》といった。責任感が強く真面目で、もう大人といってもいい年齢だった。峠を越えると野は春で、はるばると晴れやかな陽気のもと、蓮花《れんげ》や蒲公英《たんぽぽ》が赤や黄色の明快な色で景色を飾っていた。だが太郎の気持ちは晴れなかった。彼は幼いころから跡継ぎとして、家を支えて立つよう言い聞かされて育てられてきたのである。それなのに父は、その謂《い》いを理由も告げずに覆し、彼を家から追い出した。こんな棒いっぽん持ってどうしろというのか。

次男は名を次郎《じろう》といった。彼もまた長い棒を持てあますように肩に預けて歩いていた。太郎とは年子だった。兄を支えて家を盛りたてよと、幼いころから言われ、育ってきた。ゆえに長兄を慕い、何につけても意見を乞うた。棒を渡され、仕事を見つけよと、謎々のようなことを課されたいま、彼の真っ先にすることは兄の考えを訊くことだった。ふたり長い土手をゆきながら、太郎と次郎はいまもまた互いに意見を交わしていた。ふたりの影を追いかけるように、のろのろと後ろからついていくのが三郎《さぶろう》だった。

太郎と次郎は長身だったが、三郎は背が低かった。棒の先端は頭のずっと上だった。成長期はほぼ終わっていたので、今後伸びる見込みはなさそうだ。三郎は背が伸びなかったのを、自分に与えられて然るべき栄養を上の兄たちが吸い取ってしまったからだと信じていた。まず母の胎内の栄養。太郎と次郎を産んだとき、母はまだ若くふくよかで、頬も豊かで美しかった。けれど年を経て三郎を産むころには、娘らしいその肉は削《そ》げ落ちて、苦労ばかりした腕は骨っぽく痩せ細り、三郎には栄養ばかりか愛情も与える余裕はなかった。

名前だってそうである。太郎と次郎は一対、よく響きあう立派な名だが、自分はいかにも余りもの、三人目だから三という、記号のような数字があるだけだ。前方をゆくふたりの兄の、男盛りの姿を離れたところから眺めながら――兄たちは三郎の歩みが遅くても、合わせてくれようとはしなかった。当人たちはそんなことに気づいてもいないだろうが――彼はとあることをこころに抱いていた。

三本の、何の変哲もない棒。自分たちに与えられた資本はこの棒以外にない。三人が三人とも、棒をいっぽんずつである。これまでのように長兄には焼き魚、次兄には干物、三男には野菜だけというような、家督相続の順序に基づいた不平等はここにはない。これは純粋な知恵くらべ。平等な条件下での競争だった。太郎は確かによくできた兄だ。何事にも熱心で、いつも成果をあげてきた。だがそれはやるべきことを示され、進むべき道を、それも王道の一本道を与えられてきたからだ。こんな頓知のようなことを課されたら、戸惑うのに違いない。対して自分はいつもない道を、ふたりの兄が上等の分け前を持っていってしまった後から探す羽目に陥ってきた。いっそこちらに分があるはずだ。

　三人はそれぞれにそれぞれの思惑を抱え、うらうらとした春の川べりを歩いていった。やがて川は海へと通じた。

　ざざり、ざざりと波音がする。

「やあ」と長兄が声をあげた。「あそこに潮を汲む海女《あま》があるぞ」

指さすほうには女たちが、海水を汲んでは浜にあげていた。その先ではべつの女たちが、おおきな釜で炊きあげ、塩に焼く。水を運ぶのも、できあがった塩を運ぶのも、ずいぶんと苦労そうだった。

　太郎は近づき、声を掛けた。潮汲み海女の塩を運んで、市場へ売る中商いをやる。それが彼の思いつきだった。幸いにしてこの長い棒――天秤《てんびん》棒はその役に立つ。太郎はいずれ生家に帰って跡を継げるものと信じていた。これは父親が兄弟三人に与えた試練にすぎないのだと。だがほんとうのところ彼らの生家は、父があたらしくはじめようとした商いの投機が失敗したため、誰かが跡目を継げるような状態ではなかったのである。太郎も次郎も三郎も、そのことは知らなかった。

長兄と次兄が塩運びについて、三郎もあとへ続こうとすると、手拭いを額に巻いた海女が、「三人もは要らん」と言った。心なしか、上から下まで彼を眺めて、品定めされたような気がした。上のふたりに較べて容姿の劣ることを、彼は必要以上に自覚していた。

憤りと口惜しさ。けれどいつかこうなるべきだったし、いざなってみるとこれ以上なくしっくりくる成りゆきとも感じられた。

三郎はひとり海を離れて、もときた道を戻っていった。生家のある村へ帰ることもできず、仕方なく分岐路を街のほうへと進んだ。棒はいっそ邪魔なようで、捨ててしまおうかと思った。捨てる場所を探しながら見るともなく地面を眺めていると、彼はあることに気がついた。道の辺《べ》には、なんとたくさんのゴミ屑《くず》が落ちていることだろう。それは一寸《ちょっと》異常な光景であった。あたりに人家が増え、街に近づくほど、ゴミも増えていくのだった。生まれ育った村ではこのようなことはなかった。彼はやがて得心した。村では肥溜めにあたるものが、都会ではゴミ箱なのだった。肥は堆肥となり、よく売れる。ゴミ屑だってよい値がつくに違いない。

果たして屑はよく売れた。鉄屑、廃材、古雑誌。天秤棒の両端に、それらの屑をぶら下げて、三郎は店から店へ、家から家へと訪ねてまわった。彼らは要らなくなった屑を寄越《よこ》して、必要な屑を籠から取った。屑はべつの屑に化け、あるいは金に化け、天秤棒一本の振り売りは、とうとう一家を構えるまでになった。知恵くらべに勝ったことを三郎は知った――。

桜井興産《さくらいこうさん》の、それがはじまりであった。

世のなかの移り変わっていくときには、死にものもゴミも多く出る。「先見の明っちゅうもんや」と、起業家・桜井三郎は得意げに語る。

彼はすなわち、絵子の勤めることになった人絹工場の雇いぬしだった。盛んに語られる会社の誕生秘話には、桜井自身の吹聴《ふいちょう》する自慢と、女工たちが揶揄《やゆ》混じりにつけ加えた逸話とが半分半分に入っていた。桜井自身の主張したいのは、負けが込んでいるところからでも巻き返せる、自分は知恵が働く、ということだった。女工たちの暗に含めているのは、桜井の卑しさとがめつさ、それゆえの成りあがりようだった。太郎と次郎、ふたりの兄とは遥か昔に縁が切れ、どうしているかもわからないし、知りたいとも思わないのだ。潮汲みなどでそうそう儲けが出るはずもなく、海辺の漁村で貧しい暮らしを海女たちと送っているのかもしれない。そのこともまた、いい気味だと桜井は考えているに違いない。

桜井興産は屑屋からはじまった。最初はなんでも売ったし買った。「だから布になんか興味ないんや。銭さえ入ったらなんでもいいんや」と女工たちは言う。倒産し、壊されかけて、まさに屑にされそうになっていた絹織物の機屋の工場に桜井は目をつけた。二束三文で織り子ごと購入し、人絹の生産をはじめたのだった。これが大当たりした。羽二重よりも人絹が桜井の性には合っていた。絹織物の輸出先は合衆国やヨーロッパの国々だったが、その代替物である人絹は、中国やインド、東南アジアなどの比較的貧しい国々に買われていったのである。

えげつない、という形容を、女工たちは桜井によく使ったが、それはまさにぴったりの言葉だった。

なるほど社長――と桜井は、自分のことをそう呼ぶよう従業員に言い含めていた――は、寸の詰まった小男で、狡猾でいかにも他人の裏を掻いてのしあがりそうな人物だった。ひとの身体的特徴をあげつらうのは不公平だと絵子も知っていたが、小柄な彼の体格は、もし桜井が好人物であれば愛らしいおじさんとして称《たた》えられる性質のものに違いなかった。

揶揄されるのは桜井の人柄ゆえのことなのである。人絹工場での生活はなかなかにつらいものだった。

朝は日の出とともに起き、宿舎の食堂で飯を喰って日の入りまで働かされる。昼の休憩は大急ぎで味噌汁を啜《すす》るだけの時間しかない。工場には電気が入っているけれど、それはモーターを動かすためのもので、作業のためのあかりは自然光を用いていた。木造の建物にはふんだんに窓が取ってあり、天井近いところの壁は、ほぼすべてが硝子窓だった。建物のかたちだけ見れば尋常小学校の校舎にも似ていて、はじめて来たときはなんとなく懐かしい気持ちにもなったものだ。もっとも絵子の通った学校は、こんなに広くはなかったが。

奥へと長い建物の、板張りの床にはどこまでも機械がならんでいた。力織機の大半は木で枠組みを作っているとはいえ、地機《じばた》や高機《たかばた》などの手織りの機械とはまったく違うものだった。遥かにおおきく、迫力がある。村にいたとき、坂の途中の機屋を覗いたことはあったが、間近で見るとこれはやはりたいへんなものだった。止まっていても何かしら恐ろしげで、動き出すとまるで手に負えない。天井に据えつけたモーターと、シャフトを通して馬革のベルトで繋がっており、モーターの回転に合わせて凄い速度で動いている。これはいったい、まい子の小屋で見たあの機械と、ほんとうにおなじ機能を有するものなのだろうか。機を織る、とひとくちに言っても、こうも違うものなのだ。

女工ひとりの担当する織機は三台から五台ほどにもなり、四半刻ごとに飛び杼のなかの緯糸がなくなるので、寸前に補充しなければならない。また経糸が切れた場合、機械は勝手に止まったりせずそのまま動き続けるのだが、これを目敏《めざと》く見つけなければその布は不良品となってしまう。作業は目と神経とを酷使させた。休みは月に二日だけだった。

農村とここと、どちらがマシかと問われるとわからない。ただおおきく違うのは、工場では報酬を賃金として受け取ることだった。

女工たちの、それが誇りであった。多くは農家の出身であり、自給自足の暮らしをしてきた彼女たちにとって、現金収入は何か、いっぱしの人間として認められた気持ちのするものだった。米や野菜は自分で食べるものだし、交換するにしても高が知れている。けれども銭というものは、あたらしい帯や着物など何にでも化けることができ、劇場へ芝居を観《み》にいくこともできる。ここは地方のちいさな街とはいっても都市は都市であり、女工たちの出てきた村よりは格段に多くの刺激があった。賃金のほとんどは田舎の家族へ送らねばならず、手許には何ほども残らないという者も少なくなかったが、それでも着古して擦り切れた着物を色の綺麗な新品と取り替えることの喜びは、女工には勲章のようなものだった。

その貴重な賃金を、隙を見ては減らそうとするのが桜井なのだった。あるいは賃金は減らさなくても、労働のほうを引き延ばそうとする。工場ではのちに出来高制となったが、このころは日当が決められていた。日の出が早く、日の入りが遅くなっていく夏のころには、日照時間に伴って労働時間も増やそうとした。それでいて賃金は据え置こうとした。屑屋から商いを興した桜井は、そもそもが元手ゼロ、道ばたに落ちていたゴミ屑を資本とした男である。といって、いくら正絹《しょうけん》ではない人絹であっても、屑から布を織るわけにはいかない。安くとも原材料費というのが掛かる。吝嗇《けち》な桜井はそれが気に入らなかった。そこで安くあげられるところ、削れるところはどこかというと、人件費なのだ。

賃金労働のからくりだった。日当三十銭で雇っておいて、十時間を十五時間に、支払額はそのままにいくらでも引き延ばせばよいのである。

——それでも昔よりはずいぶんマシだと、古くから羽二重を織っていたり、よその県から出稼ぎに来た女たちは言うのだった。それというのも、人絹というのがそれだけ手軽で利益を得やすい産業だからなのだ。経営者の側でも、そこまで躍起になって搾り取る必要はないということである。

人絹は太い商売やと、桜井が口の端をゆがめて笑うのが記憶に残っていた。目を細めて、もともと取れていない左右の頬の釣り合いをさらに崩して。ほくそ笑むという言いまわしはこういうときに使うのだろうと、絵子は考えた。絹羽二重の原料となるのはお蚕さんの吐いた糸。つまり生き物に頼っている。蚕という虫の調子が悪ければそれだけ原料も入らなくなるし、病気などが出るともういけない。ところが人絹はひとの作り出す糸だから、材料に過不足が生まれるということもないのだ。

人絹とは何でできているのか、絵子は工場に勤めはじめてからも長いあいだ知らずにいた。ひとの手で生み出されるというのだから、空気とか水とか、それか何もないところから、まじないみたいな技でもって作るのだという気が漠然としていた。いつかまい子の家で借りて読んだ西洋のお話を思い出したものだ。それはこの世でもっとも美しく豪奢《ごうしゃ》な衣装を欲した王さまの話で、あるとき異国から来た商人がひと揃いの装束を持ってあらわれる。けれどその布や装飾の豊かさは、それを見られるだけの目のある人間にしかわからない、見えないというのである。自身に徳がないことを知られるのが怖さに、王は装束を褒め称える。実際は見えはしないのに。それはほんとうは、ない布なのだ。城を出て街のひとびとに姿をあらわしたとたん、彼は指をさされ、笑われる。王さまは裸だと。

この工場で織っている布も、何もないところから作ったのだとすれば、ふいと突然消えてしまっても不思議はないような気がした。着ている人間や織った人間、布に携わっている者たちがその存在を信じることをやめてしまったら、なくなってしまう。何かそうした泡のようなものを、自分たちは織っているのではないか。

「あんた本やら読むくせに、なんも知らんのやのう」

寮でおなじ部屋をあてがわれているムツにそんな話をすると、たちまち笑い飛ばされてしまった。「いいか、人絹ていうのはの、木でできてるんや。麻やらと一緒で植物の繊維なんやよ」

　木材から採ったパルプを液状にして、それを成型して糸にしたのが人絹なのらしい。絵子はほっとすると同時に、正体がわかってしまうとつまらないような気も少しした。

　工場の宿舎である女子寮は、四人から六人の相部屋で、畳の部屋に布団を延べて寝た。ムツは三方《みかた》村の出身で、絵子のすぐ隣で起居していた。夜中にはいびきを掻くし、寝相もよくなく、おおきな尻が布団をはみ出てこちらへ迫ってくる。寝つきの悪い絵子は、それでたびたび目を覚ましてしまった。文句を言いたかったけれど、絵子のほうでも寮に暮らしはじめのころに南京虫《なんきんむし》を湧かせたことがあった。杉浦の家から直接ここへ来て、西野の家には荷物を取りに戻ることもしなかったため、洗い替えの着物がなく、ずっと一着を着たきりだったからだ。しばらく働いて、ようやく近ごろメリンスの着物を買うことができた。ムツはそのとき顔を顰《しか》めたけれど、がんらいが頑丈なのか、南京虫など物ともせずにいびきを掻いて寝ていた。絵子のほうがよほど神経が細かった。ムツは和佐より少し下の年齢で、ふくよかな体つきをしていた。自分の嫁入りの日のことばかり考えていて、寝る前にしょっちゅうその話をしては絵子を辟易《へきえき》させていた。和佐のことを思い出し、嫁になんて行っても幸せにならん、と言ってやるのだが、ムツの考える嫁入りは、いわゆる玉の輿なのだった。こうして都会にいるのだから、村に留《とど》まっているよりはよい縁談があるに違いないと、呑気に信じているのだ。

ムツは和佐とは違うし、まい子とも違う。いかにも村娘という風情だった。まい子はどうしているだろうかと、絵子は時折考えた。まい子の通う高等女学校も確か佐佳枝にあったはずだが、こちらへ住みはじめてからまだ一度も出くわさない。陽のあるあいだはほとんど工場に籠もりきりのせいかもしれなかった。いつかの会話を思い出す。織り子をやりたいと言っていたのはまい子のほうなのに、絵子のほうがそうなった。いや、でもあれは手機の話だっただろうか。そうだ、こんな力織機の、人絹の織物ではなかったはずだ。

まい子の小屋でそんな話をしてから、まだ一年も経っていない。それなのに、もうずいぶん昔の、遠いことみたいに感じられる。まい子のことだけではない。狐川のほとりの村の、景物のすべてが遠かった。さらさらとした川音も、水のおもてに映った月のひかりも。街灯のあかるい中心街では、夜空に浮かぶ天体も霞んで見えるのだった。

それから稲穂。午後のやわらかな陽に照らされて、金色の穂を重たげに垂らしていた秋の田んぼ。稲刈りはつらい仕事だったけれど、こがね色の海原を風が次々撫でていくようなときには、絵子はすべての重荷を忘れることができた。あこがれ、という言葉を思った。その美しさは、いつか絵子の見る世界――村を出たあとで遭遇するに違いない、数々の未来を予兆させるもののように感じられた。脳裏に焼きついたあの光景。それもまた、あるいは夢だったような気のすることがあった。思い出せないほどの長い時間を、この単調な工場労働をしてすごしてきたかのような。実際、ここはあの黄金のあこがれとは何の関係もない場所だった。子ども時代なんてものはまぼろしで、絵子は過去も、そして未来永劫《えいごう》に、ただ機械仕掛けの女工として存在し、また存在し続けるのかもしれない。父のことも、母のことも、別世界のひとみたいに思える。両親が絵子をどのくらい怒っているのか想像することはつらかったし、考えないようにもしていたが、いずれにせよ村でのことは勝手に遠ざかっていった。

寮の夕食は、女工全員まとめて講堂で取ることになっていた。低い膳を床にずらりとならべて、みなでおなじものを食べる。こうしてあらためて見ると、工場にはたくさんの女たちが働いていて、そしてその数は日に日に増えていくようだった。人絹はそれだけよく売れ、生産が追いつかないくらいなのだ。女工は各地から募集され、人集めのためのパンフレットには、この女子寮の設備がいかに整っているかが謳《うた》われていた。なかでも強調されていたのは婦女教育というもので、また学校へ通えるのだと思うと絵子の胸は高鳴った。けれどここで教えているのはおおかたが和裁や生け花で、期待していたものとは違っていた。

彼女たちはどこから来ているのだろうと、みな一様にうなじの上あたりでまるめて結った髪がならぶ、女工たちの後ろ姿の列を見ながら絵子は考えた。交わされる会話はたいていは福井弁だったけれど、このごろではまるで聞き取れない方言も混ざっている。絵子の村はここから歩いて二時間ほどなので、ほんとうなら寮に入るまでもなかった。杉浦屋のおかみさんが、この子は行くとこがないで、と言って口を利いてくれたのだ。相部屋になった女工以外とは親しく知りあう機会も少ないが、晩飯時に講堂をゆきかう娘たちの横顔を眺めているのは好きだった。なかに痩せた頬に髪をきつく結わえて、どこか思い詰めたふうな表情をした女工がいた。背の高いその姿を見かけるたびに、絵子はこころに何かの印象が強く浮かぶのを感じた。それが何かはわからなかった。

あるとき、夕飯に正体不明のものが出た。茶色くてどろどろしていて、体臭に似た匂いがする。絵子とならんで座っていたムツは、排泄物《はいせつぶつ》のようだと言ってその皿を遠ざけた。

すると斜め向かいに座っていた娘が、「もったいない」とたしなめたのだった。絵子ははっとした。時折絵子が目で追っている、あの背の高い女工だった。よく通る声で彼女は言った。「特別献立なのに」

不思議と訛りのない言葉遣いだった。どこから来たのだろう、と思っていると、傍らの匙《さじ》を右手に取って、茶色い汁を唇へ運んだ。そのさまが堂に入っていて品がよく、絵子は思わず真似《まね》をした。口に入れると臭みはあるが、慣れれば確かに旨い気もした。ビーフシチューというもので、牛の肉が入っているらしかった。

牛肉を食べる習慣のことはもちろん知っていたけれど、実際に口にするのははじめてだった。ムツのほうでは、ちょっと都会風の目の前の女に対抗心を燃やしたのか、「あら、ほうやわ、ビーフシチューやわ」などと呟いて、いかにも忘れていただけだというふうにどんどんと皿の中身を平らげた。斜め向かいに座った女工は、首をかしげてその様子を見ていた。

翌朝ムツは腹を下したし、絵子もまた同様だった。絵子の無知を笑ったムツだけれど、知らないことはあったのだ。田舎から出てきた女工たちにはむしろ知らないことのほうが多かった。「あんなおかしなもん食べさせてからに。やっぱり桜井は悪いやっちゃわ」渋り腹のムツは悪態をついた。

あとで例の長身の女工に会ったとき、絵子はその話をした。「ゆっくり食べないと。肉は消化に悪いから」と彼女は言った。「それにバターも」牛の乳から取った脂で、あの汁は厚みを出しているらしい。

吉田朝子《よしだあさこ》というのがその女工の名前だった。

人絹工場での日々は、そんなふうにしてすぎていった。春はあっという間に終わり、工場では外よりも早く夏が来た。というのも、糸の湿度を保つために窓を閉め切っていたから、すぐに温度があがったためだ。そのせいで空気は悪く、結核に罹《かか》る者が少なくなかった。風が通らず熱が籠もって倒れる者もいた。

力織機の操作に携わっていると、ふっと意識の遠ざかることが絵子にも多かった。ただし、絵子の場合は暑さゆえではない。春先にもそうだったし、晩夏をすぎて工場の室温が適正になっていくころにもそうだった。がっしゃん、がっしゃん、という機械の轟《ごう》音は耳を聾《ろう》するほどであり、はじめは心臓がびっくりして飛び跳ねるような気がしていたが、慣れれば単調なその音は、眠気を誘うようになった。

田んぼや畑仕事と工場と、どちらが楽でどちらがきついか。ムツや相部屋のほかの娘たちは、しばしばそんな話をし、ここのほうが多少はマシ、というところに落ち着いた。魚や、ときどきは肉も食べさせてもらえるし、病気になれば一応は医者もいる。確かにそうかもしれないと絵子は思ったが、ただ自分にとってはその限りではなかった。絵子には工場の仕事が、まったく向いていなかった。

無数の糸が目の前でくるくると入れ替わっていく。音が、絶えず響き渡っている。神経を張り詰めていなければならないのに、いや、そうしなければと思えば思うほど、絵子はなぜだかひどく眠たくなってくるのだ。織機の前でうとうとしかけて、一度などは着物の袖を機械に巻き込まれるところだった。隣で働いていたムツが、気づいて動力を止めさせた。

いつまでもここにはいられないことが、絵子にはだんだんわかってきた。村を出て、ここへやってきた。この工場からもまた逃げ出すのだろうか。逃げる、という言葉を思って、絵子は自分が自分に水を浴びせられた気持ちがした。――あそこから、逃げてきたのだろうか。あの村から、そして父や母から。絵子は追い出されたのであり、逃げたわけではない。けれどあのとき、芳造の振りあげた拳を受けていたら、一度だけの折檻に堪えて、謝罪の言葉をおとなしく唇に乗せていたならば。そうしたら、あの家を出ることもなかったはずなのだ。つまり自分はそうしたことから、父の拳や母への謝罪といったことから、結局は逃げたのかもしれない。

西野の家のことは、朦朧として思い出せない時期をすぎると、次には記憶の作り直しというかたちでよみがえってきた。相部屋の女工たちは、工場の仕事のつらさや給金で買ったものの自慢のほかには、故郷に残してきた家族の話をした。絵子は自分が家を放り出されたことは黙ったまま、娘たちの話に耳を傾けた。どの家でも女たちは一様に魚を与えられず、尋常小学校より上の学校へは行かせてもらえていなかった。それでいてとくに不満も持たずに、娘は父の言うことを黙って聞き、母は息子の立身出世を何よりも望んでいるのだった。まるで自身の出世のように。

自分は間違っていないと、絵子は思い続けてきた。内職を拒んで父親に頬を張られた十二月の昼下がり、けっして間違ったことは言わなかったはずだ。けれど彼女たちの話を聞いていると、わからなくなってくるのだった。世のなかがどこも西野の家のようであるならば、父や母が間違っていると言うことはできない。ではなぜ、自分は家に帰ることができないのだろうか。誰かが、間違っているはずだった。彼らが間違っていないのなら、わたしが間違っていたのだろうか。

誰が悪いのか、誰が間違っているのか。事の成りゆきをすっかり話して、見極めてもらいたいと絵子は思った。寮でいちばん仲がいいのはムツだが、彼女に話せばきっと、ほれはあんたがおかしい、と言われるだろう。ムツは和佐のように出来た娘ではなさそうだが、それでも絵子の村と似た環境でうまいことやってきたのだ。西野の家で暮らしたとしても、大喰らいを咎められるくらいがせいぜいに違いなかった。

相部屋の女工たちは、眠る前のひとときに集まって話に花を咲かせるのだが、絵子は次第にその輪へ入るのが苦痛になりはじめた。安物ではあるものの愛らしいハンドバッグや、あたらしく手に入れた帯といった、月に二回の休みに出掛けて給金で買うという品々にも、さして興味は持てなかった。絵子は工場労働で得た給金を、すべて貸本屋に注ぎ込んでいた。

休みの日になると女子寮を出て、裁判所を前方に見ながら大通りを歩いていった。あたりには煉瓦《れんが》造りの建物も多く、こんな中心街に工場があるという事実にあらためて驚かされた。貸本屋は角地に建っていて、まい子の通っているはずの女学校も遠くなかった。絵子は校舎を覗きにいった。絵子の休日は学校の休日でもあり、校舎はいつもがらんとしていた。それは木造の二階建てで、寮や工場の建物に似ていたが、内側で行われているのはまるでべつのことなのだ。こうも間近にいながら、まい子に会うことができないのは奇妙だと絵子は感じた。手紙を出すことも考えたが、何を書けばいいのか見当もつかない。まい子との会話は、方言による話し言葉で交わされてきたのだ。それは書物の、文字の言葉とはかけ離れていた。

貸本屋の主人は頭の禿《は》げあがった親父だった。店先の土間におおきく取った平台には、流行の婦人雑誌や子ども向けの本がならんでいた。八犬伝はとうに読み終えていた。このごろでは絵子は、戯作《げさく》には飽き足らなくなっていた。冒険活劇は心躍るものだが、それよりいまは、相談相手が欲しいように思うのだった。何かを一緒に考えてくれる本が欲しかった。

あるとき棚の前で迷っていると、主人が番台から立ちあがり、ふっと奥へ行ったかと思うと戻ってきて、布装の書物を一抱えばかり持ってきた。イプセン、トルストイ、ゾラといった、外国の作家だった。それらは、貸本ではなく売り物だった。重たい本のひとつふたつを、絵子は思い切って買った。

十一月も終わりに近づいていた。工場内の熱と湿度がありがたく思える季節だった。本を抱えたまま、女子寮と工場を繋ぐ渡り廊下へ行った。そこには糊《のり》づけした糸を乾かす乾燥室があり、つねに火鉢に炭が燃えていた。室のなかは綛《かせ》のかたちに捩《ねじ》った糸の束がいくつもぶら下がっていた。天井の低いその室に入ることはないけれど、すぐ手前に火の番をするためのちいさな畳の間があった。絵子はその部屋にそっと入った。工場のある日には誰かいることが多いけれど、休日には宿直係が見まわりにくるだけである。

イプセンをひらいて読み進めた。『人形の家』はとある夫婦の話で、借金をめぐる証文が取り沙汰され、途中までは近松門左衛門《ちかまつもんざえもん》みたいだと思った。近松の心中物ならまい子が好きだったけれど、これはそんな話ではないらしい。金銭のごたごたに端を発した事件は、男女が手を取って死ぬことではなく、女が家を出ていくことで終わるのだ。絵子は村芝居くらいしか見たことがなかったので、西洋風の演出の舞台を想像するのは難しかったが、ノラの日常を追っていくと和佐のことが思い出された。姉はノラとは違い、人形のように可愛がられたわけではなかったが、幼いころから何かしら、優しく愛らしいものであることをつねに求められているように見えた。絵子がそうではなかったぶん、なおさらそうだった。和佐はあの村で、うまく立ちまわっている。けれどもそれでいいのだろうか。出ていくべきでは、ないのだろうか。

「何を読んでいるの」

頭上から声を掛けられて、見あげると吉田朝子だった。髪を結わずに背中に垂らし、すとんとした洋装に外套《がいとう》を羽織っている。ハイカラな出で立ちにどぎまぎしながら、「さっき買った本」と差し出すと、彼女はページをめくってから、「面白い？」と尋ねた。

絵子はおおきく頷いた。

「ちょっと待ってて」

そのまま渡り廊下を女子寮のほうへ行き、しばらくすると雑誌の束らしきものを抱えて戻ってきた。その束をあいだに置いて、朝子は絵子の隣に座った。表紙にはさまざまな画風で女の絵が描かれていて、そのすべてに添えて、青鞜《せいとう》、という題字が象《かたど》られていた。「読んだことある？」

絵子は首を振った。朝子のひらいたページには、イプセンの戯曲についての文章が載っていた。手に取ると、最近のものではなくて古い雑誌だということがわかった。絵子は活字に目を凝らした。〝新らしい女〟という言葉がその目に飛び込んできた。雑誌を作った平塚《ひらつか》らいてうというひとが、自分たちのあるべき像として掲げたものらしかった。つまり従属的な、陰としての存在ではなくて、女性そのものが主体となり、太陽のように生きること。

雑誌「青鞜」とその結社について、朝子は説明してくれた。落ち着いた口調の底に、秘めた熱が感じられた。「もう廃刊になってしまった雑誌なのだけど」と彼女は言った。「まだ続いていたら、参加してみたかった」

らいてうの思想もさることながら、絵子は朝子の言葉遣いに気を取られていた。独特の話し方だった。前にも思ったが、訛りというものがない。なんだろう、これは、と考えて、本の言葉だ、と思い当たった。目の前にいるこのひとは、書物の言葉を話している。

ほうやの、と相槌を打とうとしたが、やめた。そうではなく、本の言葉では、こういうときどう言うのだろう。わからなくて、絵子は「うん」とだけ言った。そうして朝子の声に耳を傾けていた。彼女が話し終わったとき絵子は、もしかしたら、と思った。

「吉田さんやったら、うちの、……えっと、わたしの話、聞いてくれるかな」

絵子は本を読むときの気持ちで、そのことを話そうとした。村に住む家族のこと、父に言われたこと、母の生き方。和佐のこと、弟の陸太のこと。書物の言葉を、つっかえつっかえしつつ口に出そうと試みた。朝子の発音を真似ながら。喉を通ってくる自分の声を、耳が拾うとてつもなく不格好に感じられた。頬が熱くなり、恥ずかしくてやめてしまいたくなった。でも、いま絵子には話すことが必要だと思われたし、そしてこのことは、本の言葉で話さなければ伝わらないと思った。生まれ育った村の方言が、嫌いなわけではけっしてない。ただ、それではうまく伝えられないのだ。読むように、つまりは書くように、言葉を使うことをしなければ。絵子はこれまで自分の名前くらいしか書くことはなかったけれど、自分のやろうとしていることを頭のどこかでそのように理解した。

朝子は、黒く艶やかな髪を耳に掛けて、不器用な発音の一語一語に耳を澄ませていた。

聞いてもらっているということが、絵子には心強かった。いままで誰も、こんなふうに話を聞いてはくれなかった。いや、そうではなくて、こんなふうに話したことがこれまで一度もなかったのだ。話し続けるうちに絵子にも、少しずつだが正しい発音がわかるような気がしてきた。標準語というものは、長いこと埋もれていた種子だった。絵子のなかに、ずっと静かに、誰にも知られずに眠っていた。それが目を醒ましつつある。本を読むとき、いつもその声を、耳のなかで聞いていたとも思った。

語り終えると、朝子は、ひとつの迷いもなく言った。「西野さんは、悪くない」

ありがとう、と絵子はちいさく応じた。嬉しさよりも気後れが先に立った。そのことが我ながら不思議だった。

「西野さんは、間違ってない」彼女は続けた。「世のなかが、間違ってるの。この工場だってそう。みんな騙《だま》されてる。一時凌《しの》ぎの給金で、ちょっとしたものなんか買ったって仕方ない」

それは絵子もまた漠然と感じていたことだった。けれど朝子の、きっぱりした口調に乗せて言われると、何かしらべつのことにも感じられた。

このままではいけない、とも彼女は言った。この土地はほんとうに保守的だとも。よそのことを知らない絵子には、なんとも言いかねた。

絵子は、普段の吉田朝子の様子を思い出していた。ほかの女工が髪を振り乱して働いているなかで、彼女だけは鬢《びん》にほつれ毛の一本すら見られなかった。それは余裕があるしるしでも、また身だしなみに細心の注意を払っているからでもなかった。そうではなく、意志の強さのあらわれだったのだ。まっすぐなまなざしで、朝子はつねに何かを堅く見据えていた。彼女の何が気になっていたのか、絵子は次第にわかりはじめた。どうしていつも目で追ってしまっていたのか。

わかった気がしたけれど、それでもまだ、わかったそのことを、言葉にすることはできなかった。そして言葉にするというそのことこそが、絵子がこれからしていかなければならないことだった。

「よかったら、貸してあげる」と、吉田朝子は「青鞜」の一冊を絵子に手渡した。とても大切な宝物だけど、何冊もあるから、一冊だけならと。「西野さんも読んで。それで、また話しましょう」

外套の裾をひらめかせて彼女は寮へ戻っていった。どの部屋に寝起きしているのか、訊けばよかったと絵子は思った。

4

〈長い間の因習を打破し、覆いかかる黒雲を排除するは、女性自らせねば誰れも知つた

事でない。それには夫をも捨て、子供をも捨て、家庭をも見くびらなくてはならぬほどの悪闘をせねばならぬ。〉
〈ノラが、今こそ父から夫から不当な取扱を受けてゐたことを覚つたのである。あゝ実に、何億万の女性は、ノラくらいでない、もつともつと、不当な取扱を受けて甘《あまん》じてゐるではないか。ノラの自覚は世界の女性の自覚である。否、そうあらせたい。ノラのこの自覚が起ると共に、ノラの奮戦苦闘は始《はじま》る。〉
葉《よう》、と一文字だけ署名された文を、絵子は繰り返し読んだ。批評、と呼ばれる種類の文章だということだった。絵子がこれまで読んできたお話とはずいぶん違う。けれど面白い。どちらがより面白いかは決められないが、いまの自分が求めているのはこちらだという気がした。イプセンの『人形の家』と、それを演劇に起こした舞台について、あれこれの思いが綴《つづ》られている。そういうのが批評なのだと吉田朝子は教えてくれた。だがそこに書かれているのは、『人形の家』のこと以上に、女というもののことだった。
〈静《しずか》に考へて見ると、ノラの将来は、即ちわれわれ女性の将来である。ノラの取るべき態度は即ちわれわれ女性の取るべき態度であらねばならぬ。「人形の家」にあらはれたるノラは、とにかく、娘時代、妻時代、母時代といふ形式を踏んで来た。いはばノラの自覚は已《すで》におそかつた。とはいへ、気が付いた以上は、後ればせながら新生活を始めねばならん。〉

一九一二年一月。すなわち絵子の生まれる前年に発表された号の文章だった。絵子が生まれる前から、女たちは女というもののありかたに疑問を抱き、変革を起こすことを訴えていた。

「青鞜」は確かにひとつの運動であると思えた。この運動は、ではこの先どうなったのだろうか。彼女たちが〝新らしい女〟を訴えて、それで世のなかの女たちは変わることができたのか。もしそうであるならば、こうしたことはすでに起こったこととして、世のなかが通過してきた古いものとして、目に映じるはずである。けれど十五年の歳月を経ても、絵子にはまったくあたらしい、新鮮な思想と感じられた。まるでここととは関わりのないどこかの世界で誕生し、いまはじめて輸入されてきた、そんな何かであるように。

すでに終わってしまったはずのもの。けれど、絵子にとってはこれからはじまる何かの予感であった。

冬のあいだ絵子は時折、乾燥室の手前の部屋で朝子と話した。火の番の者がへいぜい使う算盤《そろばん》や暇つぶしの碁盤が散らばる隅、一畳ばかりのその部屋で言葉を、文字を交わした。絵子は給金でちいさな帳面を手に入れていた。ザラ紙を綴ったその手習い帳に、朝子が一篇《ぺん》の詩を書きつけた。

山の動く日来《きた》る。
かくいへども人われを信ぜじ。
山は姑《しば》く眠りしのみ。
その昔において
山は皆火に燃えて動きしものを。
されど、そは信ぜずともよし。
人よ、ああ、唯《ただ》これを信ぜよ。
すべて眠りし女《おなご》今ぞ目覚めて動くなる。

与謝野晶子《よさのあきこ》という歌人の、「青鞜」発刊に際して寄せたものだった。朝子はその詩を、細いけれどもしっかりと芯のある声で読みあげ、その声とよく似た、とめとはらいのしっかりとした筆跡で、墨でもって絵子の帳面に書き写してくれた。背筋の伸びた字であった。

その詩を読むたび、絵子は、背筋の伸びるどころではなかった。気持ちが激しく揺さぶられ、泣きたいような気になった。村にいたとき絵子は、よく怒り、よく泣いた。悔しくて悲しくて泣き喚《わめ》いた。けれど「そぞろごと」と題されたこの詩を前に湧き起こる感情は、これまでに味わったことのあるどんな気持ちとも違っていた。おなじ、泣きたいという衝動であるのに、まったくあたらしいものだった。

でも歌人がこの詩を詠んだのは、もう十六年も前のことなのだ。それはかつてはじまり、そして終わった。ひとつの事実として、知られていることだ。歴史、とひとびとが呼ぶもの。けれど朝子がその詩を口にのぼせるとき、彼女の声であらためて詠じ、息を吹き込んでみせるとき、絵子は確かに、これは何かのはじまりなのだとわかった。何かが、これから、はじまっていく。はっきりとした予感と確信だった。

力織機の操作をしているときも、糸に糊をつける作業をするときも、頭のなかをそれはよぎっていった。声であるときもあれば、何か音のようなもの、あるいはあかるい一点のひかりとしてあらわれることもあった。単調な工場労働のさなかを、ひとすじの淡い希望に似た感覚がふっとよぎっていく。それは吉田朝子の横顔であるときも、彼女と座って眺めた乾燥室の、じりじりと乾いていく艶やかな糸や、暗いなかに思いを込めるような火鉢の底の埋《うず》み火であることもあった。

――山は皆火に燃えて動きしものを。

手習い帳のその文字を、もう幾度目かわからないが眺めていると、ムツが声を掛けてきた。「のう、西野はん」

「なに」

絵子は慌てて帳面を隠した。なぜとなく、相部屋の女たちには見られたくなかった。

寮の部屋には火の気がなく、乾いてささくれた畳の表面を、磨り硝子越しの冬のひかりが照らしていて、余計に寒々しかった。ほかの女工は出払っていた。それでもムツは声を落として続けた。「あんまり、吉田さんと仲良くせんほうがいいよ」

「なんで」

「嫌われてるから」

「誰に」

「社長に」

「ほんなもん」

みんな社長のこと嫌ってるがの、と絵子は反論した。するとムツは、「社長を、でなくて、社長が、や」と返した。

あのケチの桜井に嫌われるくらいなら、いっそ立派なものだくらいに思えたが、絵子はさらに訊いた。「なんで嫌われてるんや」

ムツはますます声をひそめて、濡れた分厚い唇を絵子の耳許へ近づけてきた。「噂《うわさ》なんやけど」

「うん」

「アナ・ボルと関わってる」

「なんやそれ」

「危険思想っていうやつや」

ほら、ほの雑誌、とムツは、絵子が枕許に置いていた「青鞜」を指さした。

「ほれかって、ちょっと前やったら、関わったたってことで仕事クビになるような代物やったんやよ」

西野はん、あんたわかってるんか？　と詰め寄るように言われて、絵子は狼狽《うろた》えると同時に腹が立った。——そっちこそ、何をわかっているというのか。そう言い返したくなったのを堪えた。……なぜなら絵子自身、自分が何をわかっているのか判然としないところがあったからだ。

「ほんなら、忠告はしたでの」

矢絣模様の着物に包み込んだおおきな尻を振りながら、ムツは部屋を出ていった。このあいだのビーフシチューの一件を、根に持っているのだろうか。朝子がムツに悪さをしたわけでは、まったくないはずなのに。けれど誰かが誰かを恨みに思うとき、かならずしもその相手の悪意が関わっているわけではないのかもしれない。場合によってはそれは、妬みであることもある。たとえば正しさ——朝子の、圧倒的な正しさの感覚への妬み。

〈とかく女性の眼界は、過去の久しい因習に遮られて、如何《いか》にも浅く、狭いものが多い。独り善がりの小《ちいさ》い世界に甘ずる哀れな傾《かたむき》を持つてゐる。〉

〈たまたま、突飛な考《かんがえ》を抱く者があると、女性自ら女性に向つて攻撃の矢を放つて、みずから自らを侮辱するといつた様な現状である。これは互にその心掛を理解しないのにも因るであらうけれど、また一つは、男といふものが、女の眼を盲にして、自覚の余地を与へないからであらう。〉

葉、すなわち上野葉《うえの》は、そんなふうに書き継いでいた。

失敗は一度だけではなかった。桜井興産の経営する人絹織物の工場で、絵子はたびたび糸を途切れさせ、モーターの動きを止めてしまった。賃金は出来高制に変わっていたから、上手な女工は次々によい布を織りあげて、そのぶんだけの給金を受け取っていた。機織りの上手《うま》い下手は、女工たちの身につける品々に如実にあらわれるようになった。絵子の給金は少ないままで、そのわずかな金も本にばかり使っていたから、身なりはいつまでも貧相だった。

吉田朝子はがんらいが器用なのか、それとも機織りに長《た》けているのか、つねにひとより多くの織機を受け持ち、多くの生産量をあげていた。それでいて、彼女が何か贅沢《ぜいたく》をするところを見た者はいなかった。絵子と同様、身のまわり以外に金を使うところがあるのだろうか。たとえば故郷の家が貧しく、多くの仕送りをせねばならないのかもしれない。あるいはそれとも、と絵子は考えた。もしかすると、給金を誤魔化されているのだろうか？　朝子は社長に嫌われている、という、ムツの言葉が思い出された。ムツが腹いせに言った陰口ではなく、ほんとうのことだったとしたら……。疑いを持つと居ても立ってもいられず、管理のずさんな帳簿に、手を伸ばさずにはいられなかった。けれどもそれが、絵子の犯した最大の失敗となった。帳簿を覗いたという事実はたちまち帳簿係に知れ、するともちろん、経営者である桜井の知るところともなった。

菱形《ひしがた》模様の磨り硝子を覗き窓に入れた、引き戸ではなくドアノブのついた扉のある西洋式の社長室が、桜井のつねの居室だった。床には毛氈《もうせん》が敷かれ、まんなかにはソファがどんと置かれていた。絵子はこれから叱られるというのに、そこに腰掛けるよう指示された。空間の大部分を占有する巨大な牛の背中みたいなソファは、座ると表面を覆った革がますます軋くさく、また対面に掛けた桜井がひっきりなしに紙巻煙草《たばこ》を吹かすので、絵子は時折鼻呼吸を止め、口だけで息をせねばならなかった。

桜井は苛立たしげに貧乏揺すりを繰り返していた。「要らんことをしよってからに。おおごとになってしもたやんけ」

「でも、誤魔化されてたのは吉田さんの給金だけじゃありません」

するとと桜井は声を高くした。「そこや、そこがあかんのや。問題はそれや。ええか、仮に間違ってつけられてたのがひとつだけやったら、隅っこでそっと謝って、そのひとりぶんだけ直せばいい。やけど、ほかにも何人もいるとなったら、おおごとや」

「でも」と絵子はまた言った。「間違いがたくさんあればあるだけ、それをあきらかにして正しくする価値があるんと違いますか」

「ああ、お前はなんもわかっとらん。要するにな、ちっとはわしの身になって考えてみい、ちゅうことや」まだ長い煙草を灰皿へ勢いよく擦りつけた。

いったいこのひとは、まともに話をする気があるのだろうか。絵子はちいさな背を思い切り伸ばして、腰帯のあたりにちからを入れた。そしておおきく息を吸うと、言った。

「じゃあ社長も、女工の身になって考えてもらえますか」

相手はそのときになってはじめて、絵子の顔をまともに見た。

「なんや、お前は」

絵子は黙った。殴られる、と思った。咄嗟に身を硬くした。言ってはいけないことを言ったのだ。女工が社長に——目下の者が目上の者に、言うようなことでないことを。

だが桜井は殴らなかった。かわりにブリキの煙草入れからあたらしいのを一本出すと、テーブルの表面にその先端をポンと突いた。そして火をつけ一服してから、ふたたび喋り出した。「そもそもお前は何ができる。見たら出来高は最低や。入って一年も経つくせに、先月はじめて力織機触ったっていう新入りよりわけが悪い。どういうことなんやっちゅう話や」

慎重に、絵子は答えた。「うちは、本が読めます」

「帳簿もな」意地悪く桜井がつけ加えた。「ほかには？」

「ほかには……なんもできません」

「ふうむ」溜め息のようなひとこととともに、桜井は煙を吐き出した。「読み書きな、そうやな。お前がさっきから話題にしてる吉田朝子。あれもずいぶん読み書きができるな。だがちょっと見た目がいいからって図に乗ってるのはいただけん。秘書に取り立ててやろうとしたのに、断りやがった」

ああ、と絵子は得心した。この工場の隠れた構図が垣間見えたと思った。桜井は朝子に色目を使い、撥《は》ねつけられたので仕返しをしているのだ。……ムツの言っていたアナ・ボル——アナキストとかボルシェビズムとか、そんな恐ろしげなものと関わっていたせいではなかったのだ。色目を使われるのもぞっとすることだが、それでも絵子は、ほんのわずか安堵している自分に気がついた。ムツはムツで、美人の朝子に嫉妬しているのかもしれない。ムツはいかにもそうしたことで嫉妬心を起こしそうな娘だった。

大理石のテーブルひとつ隔てて座った桜井は、こうしてしげしげと眺めてみると、あらためて醜男《ぶおとこ》だった。背が低いぶん面積が広く見える顔に懸命に生やしたらしい口髭《くちひげ》は、威厳を添えるどころか滑稽味を増していた。毛が薄くまばらなせいで、唇のかたちの悪さが強調されてしまっている。それでもなお、みなが口を極めて言うほどには感じの悪い人物じゃないと絵子は思った。この男には、何か独自の思想らしきものがある。まったくデタラメでケチな思想かもしれないが、何もないよりマシだと思えた。とはいっても、朝子がこの男の誘いを撥ねつけてくれたのはよいことだった。朝子が男なんぞのいいようにされるなんて、想像するだにおぞましい。

自分の置かれた立場も忘れて、さまざまに物を思っていると、

「西野絵子」

急に名前を呼ばれた。

「はい」

驚いてまた背筋が伸びる。

「お前はおかしなやつだ。女のくせに、妙なところがあるぞ。さては成りあがろうと思っているな？」

「え」いったい何を言っているのだろうか。

「立身出世というやつや。しかも正道ではない。お前のようなのは正道を通ることはできん。そのうえ女や。見た目もよくないときている。いつまでも子どもみたいなちんちくりんのままや」

「はあ……」

「お前はなあ、似ているな。このおれに似たところがあるぞ」

どう答えるべきなのか、反応に困った。褒められているのだろうか？

「だがな、おれが雇用主やったら、絶対おれみたいな労働者は雇わん。なぜかわかるか？　信用できんからや」

「ええと、ほれはつまり」

「お前はクビや」

「ほんな」

「と言いたいところやが」桜井は手にした煙草を吸い尽くし、さらにもう一本に火をつけた。「お前は杉浦屋の口利きで入ったんやったな。放り出してもいいんやが、あそこのおかみさんには借りがあるさけな」

だから、追い出すことはしない。

「だがもう機場《はたば》へは入らんでいい」

というのが桜井の、最終的に言い渡したことだった。

社長室を出た絵子は、狐につままれた気分だった。こんなにあっちこっちへ振り切れるような話し方をする人間に出会ったのははじめてだ。桜井三郎は確かに、だいぶひととは違っている。

どんな場所でも去ると決まると去りがたいものなのかもしれない。村を出るとき絵子は、感傷に浸る暇《いとま》もなかった。おかみさんの取りつけてきた、工場で働きはじめる約束の日が、すぐそこに迫っていたからだ。けれども村とは違い、いま去ろうとしている機場は、その気になればちょくちょくと見にこられる場所だった。

機場にならべられ、動力の恩恵を受けて動いている機械は力織機だけではなかった。工場では糸巻きもまた、シャフトを経由してくるモーターのちからによってまわっていた。下漬けを終えた糸は、トンボと呼ばれる糸車に掛けられてのち、木枠に巻き替えられていく。経糸ならさらに糊づけされ、整経機《せいけいき》に集められてから、おのおのの織機に合わせて巻き取られる。整経機はただひとつの巨大な糸車で、その直径はじつに大人の背丈ほどもあった。糸車のお化け、と絵子は心中で呼んでいた。またトンボと呼ばれているほうの小ぶりな糸車もそこそこのおおきさがあり、絵子の両手を差し渡したくらいの直径があった。何十、もしかしたら百以上も、そうした糸車はならんでいて、それぞれに陶器でできた白い重石《おもし》がぶら下がっていた。糸の巻かれていく堅さ、密度を調整するための重石で、紐《ひも》に通してぶら下げるため、穴のあいた、無骨な指輪のようなかたちに作られていた。糸の巻きが緩いと思えばもうひとつ追加する。そうやって重さを加減するので、陶製の重石はいくつか重なっているのがつねだった。

天井に据えつけたモーターは、棟ごとにひとつずつしかなかった。その区画のたったひとつの心臓であった。モーターが動き、運動という名の血液を送り出す。すると各所に設けられたシャフトが曲がり角の役割をして、そこへ吊り下げられた馬革のベルトにモーターからの動きを伝える。心臓と、血の通る道。革のベルトは血管だった。数々の力織機に繋がるとともに、個々の糸車にも繋がっていた。天井のモーターが動きはじめると、一瞬遅れて糸車もいっせいにまわりだす。糸が糸巻きへ巻かれていく。糸車にぶら下がった数多《あまた》の重石が、重なったところでぶつかりあい、しゃらりしゃらりと金属めいた音をたてるのだった。壁いっぱいの窓辺にならんだ、真っ白な糸をまとった糸車。くるくると、まぼろしのようにまわるたび、まぼろしのように涼やかな音が何重にもなって聞こえてくる。無数の風鈴がひっきりなしの風に応えているような音。しゃらしゃらしゃらしゃらしゃらしゃらしゃらしゃら。騒々しい力織機の区画を離れて、糸車のその音に耳を澄ませてみる。現役で織り子をしていたころはそんな暇とてなかったけれど、いまとなっては絵子は、別れを惜しむように工場のなかを見て歩く時間があるのだった。木製の糸車の軽い枠組みと、無数の陶器のたてる音。それはその場を離れても、いつまでも耳のなかで鳴っていた。

この世の中心にはたったひとつのモーターが、動力がまわっていて、それが無数の糸車を、歯車をまわしている。ひとが、運命の歯車とか呼ぶ、何かそんなものを。絵子が村から出ることになったのは、絵子自身の意志ではない。芳造の意志だったかどうかもさだかでない。あのとき肺炎を起こしかけなければ、あるいは記録的な大雪に福井平野が見舞われさえしなければ、村を出てくることにはならなかったかもしれない。今度だって、似たような成りゆきで、絵子は機場を放り出された。悲しいとか悔しいとか、桜井が恨めしいとか、そんな感情はさして湧かなかった。それよりも、動力だ、と思った。前々世紀の半ばに遠く英国で発明された蒸気機関というものは、海を渡ってアメリカへ行き着き、やがては世界各地の産業に革命をもたらしたという。力織機もその恩恵を受けたもののひとつだった。機場の天井に据えつけたモーターも蒸気機関でこそないけれど、水力によって発電された動力で働いている。いまの世界を動かしているのは動力というものだった。そんな歴史のことまでは絵子は知らなかったけれど、漠然と、これなのだと思った。神さまでも、仏さまでもない。そんな慈悲深い誰かではない。木枠を組んだ糸巻きみたいにあっけない、人間の命運をつかさどっているのは、機械仕掛けの動力なのだと思うようになっていた。人絹工場で織り子をした歳月は長いものではなかったが、そんなふうに考えるようになる程度には、金属を思わせるあの音は、絵子の耳の奥へ染みついていた。

機場を放り出された絵子が携わることになったのは、端的に言えば雑用だった。工場に落ちた糸屑を拾い、綿埃を拾って捨て、調理場の手伝いをする。杉浦屋の旅館でやっていたこととおおきくは違わなかった。多少は慣れた仕事だった。少なくとも力織機を扱うよりはずっと要領よく働けた。

絵子は変わらず寮に寝部屋を与えられていたけれど、もうほかの女工たちとの相部屋ではなくて、隅っこの、古道具の詰まった物置のような部屋をあてがわれた。狭いし鼠《ねずみ》もしょっちゅう出たが、ひとりであるぶん気は楽だった。吉田朝子がそっとやってきて、「ありがとう」と言った。「西野さんのしてくれたことは、機場のみんなのためになった。いつかかならず助けるから」と。――わたしのせいで、ごめんなさい、とは、朝子は言わなかった。それが彼女らしいと思った。何か考えがあるというふうだった。絵子はただ、いいんや、とだけ応えた。

境遇の変化に伴うよくないこと。それは何をおいても給金をもらえなくなったことだった。寝場所と食事を与えられるかわりに雑用をこなす。ただし給金はない。暇はあるけど金はない、という境遇だ。けれどそもそも女工だったときも、さして稼げてはいなかったのだから、これでよかったのかもしれなかった。

昼の時間もある程度好きに使えるようになったので、絵子は街をうろついた。これまでは昼間の街の姿をろくに知らなかった。こうなってみて、街の様子をつぶさに観察してみると、工場や寮の周囲に住む人間は、女工たちを馬鹿にしながらも一種畏怖の目で見ていることがわかってきた。女のくせにばりばりと給金を稼ぐ女工たちを、がめつい、なりふり構わず働く、女のなりそこない、みっともない、田舎から出てきた豚、などと言いたい放題に言っていた。そのくせ女工たちが、浅黒い顔にささくれた手のひらで買い物へ出歩いているのを見かけると、自分たちにはとても稼げない額の銭を懐にしているのがわかるので、畏れと羨ましさの入り交じった気持ちで眺めざるを得ないのだった。

　女工たちはこの街を支える産業の象徴であり、と同時に街の者たちからすれば、ここのどこかで認めるのを拒みたいものなのだ。それはすなわち街の産業――羽二重よりもずっと廉価で質のよくない人絹の織物を大量生産し、欧米のような先進国でなく、この日本という国がともすれば下に見ている、劣っていると見下しているアジアのほかの国々に、大量に売りつけ商売をしている、その事実を認めたくないのと表裏一体だった。必要悪という言葉を、絵子は思い、帳面に書きつけた。

　貸本屋のそばにある高等女学校へも、むろん行ってみた。校門のところで待ち伏せていると、授業が終わって出てきたまい子に会うことができた。

　ちいさく息を呑んだまい子は、いつかと同様、級友たちと連れ立っていた。絵子を見て、あきらかに驚いているのに、声をあげることがない。やっぱり、と悲しくなった。あの秋祭り、もうずいぶん昔のことに思えるあの祭りのとき、絵子を無視したように感じたのは、気のせいではなかったのだ。まい子は、都会の、洗練された、富裕な家の娘たちに溶け込もうとしている。絵子を嫌ってはいないとしても、絵子のような汚い娘と友だちであることが、女学校の仲間に知れるのは避けたいのだ。まい子は、まるで村の亡霊が追いかけてきたのを見るかのような面持ちをしていた。いま現在、都会に住んでいるのは絵子で、まい子は変わらず村に住み、通ってきているだけのはずなのに。

「まい子さん、どうしたの」

「いいえ、なんでもないの」

青褪《あおざ》めた頬で級友とそんな会話を交わしている。気に入らない、と絵子は思った。まい子もまた、女工は豚だとか言う連中とおなじなんだろうか。

食ってかかろうとしたところで、まい子の唇が音もなく動いた。あ・と・で、とそれは読めた。まい子はいつもの通り道らしい方向へ、級友たちとならんで歩きはじめた。

絵子は道の反対側の端を、少し離れてその後ろをついていった。

「今日は、ちょっと用があるから。こっちの道を行くことにするわ」

「ひとりで大丈夫?」

まい子が頷く。「ではご機嫌よう」

連れ合いの娘たちが去ってしばらくしてからやっと、まい子は絵子へ向き直った。

「ひさしぶり」

「なんで隠すんや」

まい子はそれには答えなかった。先に立って歩いていく。「どこ行くんや」

すると一瞬振り返り、「見せたいものがあるの」またすたすたと歩きはじめた。ここころなしか訛りが減っている。なんとなく、それも気に入らないと思った。絵子自身、訛りのない言葉を、本の言葉として見出していた。それとまったく関係のないところから、おなじようにして方言を離れつつある幼なじみ。ずるい、と感じている自分がいた。絵子が苦労して獲得しようとしているものを、あっさりと与えられる。ああ、これが嫉妬というものだと、まい子へのそれが自分のなかにあることに、絵子は少なからず驚いた。

連れてこられたのは停車場の近くだった。絵子が人絹の工場へ来て一年と三ヵ月、季節は順調に夏へと向かい、梅雨どきの空は雨が降らないときでも重く垂れ込めていた。この土地では一年じゅう空気が湿っているけれど、それにさらに輪を掛けた湿度で、ただ突っ立っているだけでも髪や着物の表面がじっとりと濡れてきそうだった。まい子は無言だった。「なに」と苛立ちとともに絵子が発すると、無言のままでまっすぐ指さした。その先にはおおきな壁が、高々と聳《そび》え立っていた。

「え」と絵子は声に出して、壁に太く真っ黒な筆致で書かれた文字のひとつを読んだ。

「び」と今度はまい子が、その左隣にならんで書かれたもうひとつの文字を読みあげた。

「え、び」と反復した絵子に、

「そう」とまい子が応じた。

「最初は、え、だけだったの」

「え?」

「この巨大な壁みたいなのができたのが、確か冬ごろかな。きっと何かの工事をしてるんだって、女学校のみんなは言ってた。でも何が建つのか誰も知らない。大人たちですら、前評判も噂も聞いていないの」

そんな状態でずうっときて、それである日突然、「え」の文字があらわれたのだと言った。「え、ってなんだ、ってまた騒ぎになって。それからしばらく経って通りかかったら、今度は「び」がつけ加わってた」

「えびって、海老《えび》のこと?」

「わからない。誰も」

絵子は壁を叩いてみた。横断幕のような一見薄い一枚板でできているようなのに、硬くて頑丈でびくともしない。絵子は今度はその壁に沿って歩いてみた。ぐるりと歩いてひとまわりして、またまい子のいるところへ戻ってきた。板には途切れ目というものがなく、工事の人間がいるとするならいったいどこから出入りしているのか見当もつかなかった。

「なんやろ、これ。ぜんぜんわからん」息を切らして言うと、まい子もまた頷いた。

「そもそも、昔なんやったんや、ここ」方言と都会の言葉が入り交じるのを、我ながら居心地悪く思いながら問う。まい子のほうではとくに気にするふうもなく、

「空き地」と答えた。「その前は県庁」

県庁の庁舎はもともと、福井駅の停車場から間近いこの場所に建っていた。だが駅前

を繁華街にしようという気運が生まれると、商業地として格好の区画を官公庁の建物なんぞが塞いでいてははじまらない、もったいない、ということになり、庁舎は移転の運びとなった。県庁は福井城跡、お堀端の内側の、石垣の上に移築された。それももともとあった城壁を壊して、である。これもまたおかしなことだという向きもあったけれど、ともかくも駅前はそれで更地になったのだった。なんらかの商業施設が建つだろうと言われていたが、予想に反してもう何年も空き地のまま放置されていた。

「空き地なんじゃないの」と絵子は言ってみた。「こんな壁で囲って、何かできるみたいな振りしてるけど、ほんとうはなんにも建ってないとか」

「そうなんかなあ」とまい子は言った。その反応の薄さが、絵子はいささか気に懸かった。せっかく、とてもひさしぶりに会ったというのに、嬉しくないのだろうか。かつて絵子とまい子は不思議なもの、新奇なものに出会うたびに、お互いに報告し、持ち運べるものなら持ち運んで、狐川のほとりの小屋でこっそり見せ合ったものだった。まい子が旅籠の客からもらう、安物だがめずらしい異国の色鮮やかな玩具。絵子が田んぼで捕まえた蛙の子は、はじめのうちまい子も可愛がったが、成長して蝦蟇《がま》になったので気味が悪くて放り出した。でもいずれにしても、まい子は絵子に劣らず好奇心が旺盛で、人見知りが勝つことはあったけれども、少なくともふたりだけで話しているときは、あっちこっちへ転がっていこうとするこころが絵子にも感じ取られたものだった。でも、いまのまい子は違う。しばらく会わなかったせいで、気持ちが読み取れなくなってしまったのか。

「えび、だけじゃないのかも」続きがあるのかも、とまい子は言った。

「そうやの」と絵子も頷いた。

壁で囲まれたその区画を離れて足羽川《あすわ》のほとりへ出た。明治の末に土手沿いに植えられた千本の桜の木が、緑濃く葉を茂らせて、ゆたかな陰を作っていた。その下をまい子と歩きながら、絵子はふと、自分がこのまま村へ、西野の家へ帰ろうとしているような錯覚を抱いた。

「まいちゃん」と絵子は言った。夢から醒めたかのように、我に返った。「これ以上は、うちは行かれん」

まい子が振り返った。教科書が入った風呂敷包みを胸に抱えたまま、不思議そうに絵子を見ていた。

「ねえ、うちの親に会った？　とうちゃんやかあちゃんは、なんか言ってる？」——それかミアケや和佐でもいい、とにかく西野の家の者は、絵子の話をしていないか。そして、みんなはどうしているのか。

まい子はゆっくりと首を振った。「誰にも会ってない」と彼女は言った。「このところ、ずっと忙しいから」と。

――ねえ、うちは織り子になったんやよ。まいちゃんがなりたかった織り子。でも違うっけ。まいちゃんがなろうとしてたのは、手機の織り子やっけ。うちは力織機をいくつも操作してたの。難しくって失敗ばかりした。ほんでの、クビになってもたの。だから織り子になったっていうのも正確には違ってて、織り子をやってたことがある、って言わなあかんかった。ああそう、クビっていうのも正確にはそうじゃなくて……。

絵子は延々まい子に話しかけていた。夢のなかで、あるいはひとりでいるときのこころのなかで。けれど絵子のこころに住み着いたもうひとりの、あたらしいまい子は、たださっけなく「そう」と言うだけだった。それから、「女学校のみんながいるところへ、会いにくるのはやめてね」とも。

絵子は魘された。熱も出さないのに寝苦しく、自分の叫びで夜中に起きてしまうこともあった。またもやべつの袋小路だった。現実に会ったまい子は、夢のなかで絵子に言うような、そんなひどいことは言わなかった。けれどもそう感じているらしいことは、半ば明白なように思われた。だいたい、忙しい、ってなんなのだろう。以前のまい子は、何か変わったことがあったら、すぐに絵子へ知らせてくれたのに。絵子くらいしか、こころを許して話せる友だちがいなかったのに。いまは変わってしまったと、そういうことなんだろうか。

納戸のような暗い部屋で煎餅布団に寝そべりながら、輾転《てんてん》とし、思いをめぐらせた。まい子との別れ際、自分が言ったことについても。絵子にとってまい子は、ただ幼なじみというだけではない。街に来て、村との橋渡しになってくれるかもしれない、最後の頼みの綱のようなものだったのだと気がついた。でもまい子にその気がないのなら、頼みとすることはできない。そもそも絵子とまい子が友だちだったことのほうが、よく考えたらおかしいのだ。絵子は貧しい農家の子、まい子は富裕な家の子なのだから。いっそ女中とお嬢さん、まい子が絵子に何かを命じ、絵子が従うという構図のほうが、ずっとしっくりくるくらいだ。

まい子はそのことを自覚していて、そのように振る舞っているのかもしれない。もう昔のまい子ではないのかもしれない。まぼろしの布を、洋燈のひかりのもと、織ってみせてくれたまい子。舟形の杼をゆっくりと、まぼろしの経糸のあいだにくぐらせてみせた。折に触れて絵子は思い出した。芳造に怒鳴られて家を追い出され、狐川を渡った雪の日、小屋の錠があいていたこと。そして木製の織機の上に、ふうわりと薄いけれどもあたたかな布が、そっと待ってくれていたこと。その布の話は、誰にもしたことがなかった。

絵子はもう、高等女学校の門前に立つ勇気を持つことはできなかった。それでもまい子には会いたかったから、あの区画——壁で囲まれた、秘密の隠された場所に、暇さえあれば出掛けていった。

えび、の謎に夢中になっていたのは、まい子や絵子ばかりではなかった。道行くひとがしょっちゅう足を止め、これは何かと憶測を交わしていく。やがて、あたらしい文字があらわれた。それは、す、だった。

え
び
す

と右から、そのように読めた。えびす。とするとこのなかには、巨大な恵比寿さまが入っているのか。

七月に入ると今度は「屋」の文字があらわれて、「えびす屋」というのがすなわち、薄い板壁の覆いを取り去られて全容をあきらかにした建物の、名前である、ということが、みなにもわかったのだった。

福井県初の百貨店えびす屋は、謎と期待に満ちたまなざしで見守っていたひとびとの前に、昭和三年七月六日、姿をあらわし、店をひらいた。

建物は二階建てで、ひらたく、どちらかといえば装飾の少ないものだった。瓦で屋根を葺いた木造の日本家屋とも、赤煉瓦を組んで西洋の伝統的な建物を模した明治以来の欧化建築とも違い、真四角型の豆腐のようなつるりとした壁は、ひとびとが目にしてきた建築様式の何とも似ていなかった。それはどことなく未来を思わせた。箱型のてっぺんに造りつけられた三角形の骨組みは、きっと雨天時に屋上で催しをするときに布を張るのだろう。傘の骨だけがあって屋根はない。もしくは透明な目に見えない屋根が載っているかのようでもある、そのさまがまたいっそう未来的だった。といってただモダンなだけでもなく、正面玄関のひさしを支えるふたつの太い列柱には、ぐるぐるとリボンを巻いたような意匠が施されていた。ファサードを彩るのはほかにも、格子柄のどこか王朝時代を回顧させるような朱塗りの枠組みを持ったパネル、そして何よりその下の、上辺を波状のアーチ型に刳《く》り抜いたおおきなショーウィンドウが特徴的だった。

ショーウィンドウ。透明で、向こう側には百貨店でもっとも豪奢かつこころをそそる商品が陳列される窓。奥まった正面玄関の両脇を守るように、それが片側三つずつ、あわせて六つもならんでいた。六つもの、夢の窓。引き摺るような長いドレスや着物はもう古い。踝《くるぶし》より上、ふくらはぎのあたりに裾がきて揺れるような、動きやすい、それでいて生地は上等のものを使っている、深い碧《みどり》や赤色の、袖無しの夜会服。身に纏《まと》うのはきっと、髪を耳のあたりで思い切りよく揃え、目の覚めるような赤い紅を引いた女性に違いない。おおきな羽根飾りのついたフェルト帽を合わせている。彼女をエスコートするに相応《ふさわ》しい、漆黒の上衣とそれと対になるズボンもまた飾られていた。絹でできているらしい上衣の胸ポケットから、白いハンカチーフが覗いていた。

と、扉があいた。朝も早くから玄関を取り囲んでいたひとびとの前に、ショーウィンドウの向こう側に眺めていたその黒い燕尾服《えんびふく》が姿をあらわした。窓の向こうで服を着て立っていた人形が、そのまま出てきたのだと絵子は思った。扉をあけたその男は、けれど人形の体型とは似ても似つかなかった。背はおなじくらい高かったが、横幅はおなじとはいかなかった。恰幅のよいその紳士は、口髭をたくわえ丸眼鏡を鼻梁の上に載せていた。スーツとおなじく艶やかに黒光りするシルクハットをかぶり、手にはステッキを持っていたので、まるで曲馬団《サーカス》の団長みたいだった。

「みなさん」

と彼は言った。玄関をまるく囲んで見守っていたひとびとは、あらためて男の顔を注視した。満面の笑みを浮かべたその男は、こんなふうに続けた。

「たいへん長らくお待たせいたしました。さあ、ここからが、はじまりです」

5

正面玄関は硝子張りで、三つにわかれていた。ひっきりなしに行き来する人波の途切れるのを待って、絵子は中央の扉を選ぶとまっすぐに進んでいった。扉は風を通すために開け放たれていたが、触れるといかにも重く、硝子なのに岩でできているかのようだった。その敷居を越えて入ると、土埃の舞う茶色っぽい戸外とはまるで違う眺めが広がっていた。

色彩というものを、これまで絵子は知らなかったと思った。夏の田んぼの青い穂や、七竈《ななかまど》の熟れて実から零《こぼ》れてきそうな赤い色、あるいは夕焼けに頭《こうべ》を垂れる金色の穂なみといったものを、漆黒の夜の青くつめたい星、それよりもさらにしらじらとした凍るような月の色を、絵子はつぶさに見つめて育ってきたはずだった。でもここに溢れている色は、そんな村の風物にあった自然の色とは、違う。ひとの手により塗られた色。または遠く異国から運ばれてきた色たちだった。

色は、物と結びついていた。こんなに大量の物を見たのも、絵子はまたはじめてだった。フロアは正面玄関から続く広い通路の両翼に広がって、それぞれの脇にまるで建物がならぶように、陳列棚をいくつも持った売り場がならんでいる。ドーム状に笠《かさ》をかぶった売り場もあり、建物のなかに建物が入っているかのようだった。陳列棚はいくつにも区切られ、そこにおのおの整然と、かつ所狭しとならべられているのが商品というものらしい。一階の入ってすぐのところは婦人雑貨売り場になっており、刺繍《ししゅう》を施したハンドバッグや孔雀《くじゃく》の尾羽色の帽子、珊瑚《さんご》に似ている けれどもずっと赤い珠を連ねた首飾りや、涼やかに青い紗《しゃ》へレースを縫いつけたモダンな趣の扇子といったものが視界にいちどきに飛び込んできた。商品は、床から延びた陳列棚に置かれるだけではない。天井から吊られた衣紋《えもん》掛けにも独特の仕掛けがしてあって、そこには時節柄か日傘が展示されているのだが、それも黒一色だけではない。向日葵《ひまわり》よりもぱっとおおきく花ひらいたパラソルの黄や、早朝に濡れて見つかる露草のひたむきな青紫、またはダリアの朱赤の花に緑のフリルで葉を添えたようなのまで、ありとあらゆる色があった。

くらくらと、その場に座り込んでしまいそうになった。呉服屋の店先を、通ったことがないわけではない。ほかの女工が買い求めては誇らしげに見せびらかす、西洋の風味の入った布や小物だって見てきた。けれど、ここは数において圧倒的だった。百貨店の百という字は、きっと無限をあらわすのだ。

それから壁に施された装飾は、コリント式とかパルテノン風とか呼ばれる柱を中心に、石膏《せっこう》を固めて作った複雑な模様を描きつつ、やがては天井へ、そして吹き抜けの階段を通って二階へと延びていった。緋色の毛氈が敷かれた石の階段を目にした絵子は雛飾《ひなかざ》りを思い出した。桃の節句が近づくと、まい子の家に出された雛飾り。男雛女雛の対のほかに官女やお囃子《はやし》の人形も揃った立派なその雛壇の、緋毛氈を壇の角目にきっちり合わせて敷くことができなくて、絵子とまい子はおかみさんに何度もやり直しをさせられた。ここ、えびす屋の毛氈は、本物だか模造だかわからない大理石の石段に、定規を当てて貼りつけたようにぴったりと敷かれていた。一寸も曲がったところがない。いったい、この毛氈は誰が敷いているのだろうか。あるいは何かの魔法でもって、毛氈ごとどこからかあらわれ出《い》でたのだろうか。

この場所にいると絵子は、何かしらそんなお伽話《とぎばなし》めいた気持ちにもなるのだった。二階建てで、外から見た限りでは床面積も広くなさそうなのに、いざなかに入ってみるとどこまでも続いている。それから、ひと、ひと、ひと。手首をきゅっとうちに巻くようにして、買った反物や品々の包みを携えて歩いている婦人たち。訪問着に帯を高く結んだ和装姿が目につくが、絽《ろ》や紗であつらえた夏らしい着物の柄をよく見ると、昔ながらの古典的なものだけでなく、奇抜な色遣いに幾何学的でモダンな意匠をあしらったものが交じっている。その傍らを、おなじような柄のワンピースに身を包み、髪は耳隠しかあるいは思い切って断髪にした洋装の女性が、高下駄のようなハイヒールの踵《かかと》を鳴らして通るのだった。

彼女たちもまた、どこから来たのかわからないように思われた。埃っぽい駅前の停車場にはまるでそぐわない。あるいは百貨店正面の重い硝子戸を通過したときに、まじないのちからでよそゆきに姿を変えられたのかもしれない。……だとしてもそのまじないは、絵子自身にはいっこう効かないらしかったが。こんなひとびとのなかにあって、自分のような格好の者も放り出されることがない。いっぱしの客として扱われているのだ。

それはずいぶん気前のよいことだった。

毛氈を踏んで二階へあがると、呉服を扱った一画があった。反対側には日本人形や、昔ながらの玩具を商う区画もある。婦人が呉服を眺めるあいだ、坊ちゃん嬢ちゃんは玩具を眺めるという趣向なのかもしれない。東京や大阪にある百貨店は、三越《みつこし》や高島屋《たかしまや》など、もとは呉服屋だったものが少なくないと聞く。そうした大規模な百貨店は建物の造りもおおきくて、六階建て八階建てのビルディングに、昇降機なる自動で上下する箱型の乗り物がついており、階段を使わなくても各階を自在に行き来できるということだった。そしてなかほど四階あたりをまるまる呉服売り場とし、富裕層を相手に目玉商品として扱っては、季節ごとの型録《カタログ》を用いて和装の流行を打ち出していくのだ。

対してこのえびす屋では、呉服部は申し訳程度に設《しつら》えたという風情だった。百貨店を名乗るからには、一応は作りましたというような。呉服商から発した店の、話に聞くような絢爛《けんらん》さとはどこか隔たりがあるようだった。絢爛なことは絢爛である、しかし絢爛の模倣みたいな、絢爛の振りをしているみたいな――子どもが花魁《おいらん》を真似て着物を引き摺り、紅皿から赤すぎる紅を引いて、にたりと笑っている――そんな奇妙な感覚に、絵子はふっと捕らわれた。

店内をゆくひとびとは、そんなことなどお構いなしに、この街にはじめて出現した百貨店をこころから楽しんでいた。ここはとくべつな場所だった。買い物をするためだけでなく、おのおのの装束を、作り込んだ出で立ちを見せるための場でもある。きらきらしく飾りたて、赤く色づいた口許を軽く覆うようにして会話を交わす娘たち、女たちを見ていると、あることが思い出された。

村の女たちが一張羅の裾を捌《さば》いて歩くのは、誰かの婚礼のときだった。よそゆきのなりを作るのは、盆と正月と祭りのときと——それから、火事のときがそうだった。

女たちは村うちで火が出ると、ひそかに顔に色を塗った。着物を替える暇まではないし、あからさますぎてそこまではできない。けれど村で騒動が起きて、それが自分にはさして関係がない、また手伝う余地もないようなことと判断すると、野次馬に出てくる女たちは、こっそりと紅を引いてから出た。化粧など施してくるとは不謹慎きわまりないことは、自分たちでもわかっているのだ。でも、村じゅうが総出でその場にいることは知っているから、なまなかな顔で出るわけにもいかなかったのである。その村じゅうのうちには、意中の相手がいることだって充分あり得るのだから。へいぜい会うことのできないそのひとに、たまに出会って見せる顔を、うつくしくしておきたいと願うのである。絵子は紅も白粉も持たなかったし、そんな相手がいたためしもなかった。けれど燃えさかる炎のひかりを瞳に宿した、薄化粧の娘たちを見るのが好きだった。ともすれば八百屋《やおや》お七《しち》になりかねない彼女らの、素朴なだけに怖いくらいに潤んだ瞳だった。

あれはおかしなものだった。じっと見ていると、世界から音が消えてゆくような錯覚をした。そんなことを思い出すのもきっと、目の前でいま燃えているこのものせいだろう。赤に橙に紫色に、次々色を変えていく。せわしなく、ただ一色であり続けるということがない。だから目を離すことができない。絵子の眼前で、いま燃えている。……でもこれは、どうやら火ではないらしかった。火であったならこんな暇など与えず、たちまちのうちにこの百貨店の殿堂を焼き尽くしているはずだ。そもそも、こんなに傍近くにいるのに、熱というものが感じられなかった。火の粉が散るわけでもない。むしろ時々飛んでくる、これは、つめたく頰を濡らす――。

「噴水を見るのは、はじめてかね」

背広姿の男が、声の届くくらいのあいだを置いて立っていた。絵子は呼びかけられてはじめて、自分がひどく眠かったこと、ほとんど眠りかけていたことに気がついた。

「なんか、ぼうっとしてもて」

その答えが可笑《おか》しかったのか、男は口髭をふるわせた。

「催眠性が、あるのかもしれないね」

そして手にしたステッキでもって、飛び出してくる水の流れをなぞるように指し示した。水底に隠された光源で照射されており、ひかりの色がくるくると変わるので、水そのものに色がつき、燃えているように思われていたらしい。

「噴水というものは、一様にかたちが決まっているようで、絶えず変わっていくものだ。

水の噴き出すそのごとに、おなじかたちがあらわれることはけっしてない。永遠に眺めていたとしても、ただの一度も、おなじにならない。水はときにこっちへ飛んで、またべつのときにはあっちへ飛ぶ。何がその加減を変えるのかわからない。とにかく、見飽きるということがないな」

それから、また絵子のほうを向いた。「時間のあるときには、わたしは、これを見にくることにしている」

「ここに、住んでるんですか」

まだ寝惚けていたのかもしれない。あとから思えばずいぶんおかしな質問をしたものだ。男は今度は腹の底から声を出して笑った。

「おもしろいことを言う子どもだ。誰の使いで来ているのかね」

問われていることがよくわからず、絵子は、「へえ」とだけ言った。男はふたたび噴水に目をやった。

「屋内の噴水というのはめずらしいだろう。全国どこの百貨店にも、まだないのではないかな。ここはちいさな店だが、よそでやらないことをやる」

――どうぞご贔屓《ひいき》にと、ご主人に伝えておくれ。

言い残すと、恰幅のよい男はステッキを揺らし、階下へ通じる階段へ歩いていった。

絵子はその後ろ姿をぼんやり見ていたが、やがて自分が誰かの使用人と勘違いされていたのだとわかった。道理で放り出されなかったわけだ。

工場へ戻ってくると、モーターとそれに連動する力織機の音が轟々と耳についた。えびす屋は、賑やかだった。おおぜいの客が訪れては言葉を交わして品定めする。けれどもどこかが、ふっと静かだった。ステッキを持った男に噴水だと教えられた装置もまた、絶えず耳のなかにちいさな滝が落ちかかるような音をたてていた。それでも水音は静けさと結びついていた。対してここは、この工場は、なんて騒々しいんだろう。耳がおかしくなってしまいそうだ。

機場の騒音は、はじめて来たときに較べて二倍になっていた。機械の数が二倍になっているのである。女工の人数も。それでも生産は追いつかないくらいだった。

女工ではなくなった絵子が機場へ入るのは掃除のときくらいだったけれど、それでも時折かつての女工仲間と顔を合わせた。「あら、西野はん」背を屈めて箒《ほうき》を使っていた絵子の腰に、おおきな尻がぶつかった。それはかつてのこれまた二倍ほどにも膨れたムツの尻だった。「ひさしぶりやのう」

ムツは尻だけでなく腰も胸まわりも二倍近くになっていた。たいへんな貫禄《かんろく》だ。あの相部屋の名主のような立ち振る舞いをしているのかもしれない。

元気か、と訊かれ、絵子は取りあえず頷いた。自分が元気なのかどうかはよくわからなかった。

「もったいないことしたのう、西野はん。機場追い出されたのは災難やった。あのとき社長に縋《すが》りついてでも踏みとどまってたら、いまごろ左うちわやったのに」

賃金が出来高制になってほんとうによかった、とムツは続けた。いまではムツは、六台の機械を一度に受け持つ六台持ちで、その単価も鰻のぼりにあがっている。もっとも熟練した女工のひとりなのだった。そこいらの男がちょっとやそっと気張ったところで稼げる額でないものを稼いでいる。玉の輿に乗ってかいらしいお嫁さんになるんやと、夢見るように話していたころとは別人のようとすら言えた。金銭というのは大変なものだと、内心絵子は驚嘆した。それは人間に取り憑いて、性格までも変えてしまう。

「西野はんも、いまからでも遅《おそ》ないよ。社長に頼み込んで、機場に戻してもらったら」——なんなら、うちが頼み込んであげよっか。

黒く濡れたまなざしを押しつけられて、絵子は、「いい、いい」と手を振った。後じさると、お化け糸車に踵がぶつかった。

自室である納戸に戻ってから、ムツとのやり取りを思い返した。確かに、いつまでもこんなところで、蠟燭一本ともして暮らしているわけにはいかないのかもしれない。じき秋になるし、そうしたら、冬まではあっという間だった。

えびす屋は不思議な場所だった。給金をもらうことのなくなった絵子は、そこにならぶ大量の商品のどれひとつも購《あがな》うことはできなかった。それでもこの百貨店に惹かれたし、時間を見つけては重たい硝子戸をくぐった。季節が移り、玄関扉はへいぜい閉ざされるようになったけれど、その傍らにはドアボーイが立った。彼はどんな客にも分け隔てなく扉をひらくのだが、擦り切れた着物姿の絵子が入るときは、ちらりと横目で見るのだった。

夏には夏の、秋には秋の装いを百貨店は見せた。絵子はふたたび村を思い出した。川べりの水のきれいなところに蛍がひかるようになれば、はつなつ。雨の季節の近い証拠だ。日照りの真夏には真夏の、どこまでも際限なく鳴り響く蝉の声があった。秋は色づく木の葉で、収穫で、山からもたらされる栗や木通《あけび》の実であった。そうしたすべてのものが、ここには模倣されて存在している。ただしそのままではない。人工の、幾分かはっきりしすぎるくらいの色合いで、再現されているのだった。野葡萄《のぶどう》の暗い赤、暮れかたに野原を歩いていてつい行きすぎてしまうようなときの、ふいに出会う、冬の気配。すすきも枯れかけた原っぱを横切っていくのは、冬毛の獣——絵子は婦人服売り場にならんだ数々の毛皮の肩掛けを眺めた。それからフェルトであつらえた、蔦《つた》の葉っぱの意匠をあしらった洋装に似合う縁なし帽も。見ているだけで、あたたかくなる。ひとさらのスープを腹に入れたように。そう、味噌汁ではなくて。ここは西洋の、お伽話のなかの世界だった。

高揚する気持ちを抱えて階段を昇っていくと、呉服部は売り場の面積が狭くなっていて、かわりに子ども用の玩具部が拡張されていた。歯医者や写真館、理髪店などもあり、それぞれ歯科診療部、写真部、理髪部と称していた。ちいさな街がまるまる入っているみたいだった。

そしてその街のあいだを、客たちは少しの憂いも知らない顔つきで歩いていた。ここで売られているのは〝幸せ〟なのだと絵子は気づいた。家具や食器を扱った売り場は家の断面のようになっており、銘仙の上から割烹着《かっぽうぎ》を着けた若奥さんは、それは人形なのだけど、フライパンや陶器の皿が整然とならぶ洋風の台所で満足げに采配を振っている。背後にはソファとテーブルのセットがあり、飾り棚が設けられていて、棚には日本人形や昔ながらの玩具がならべて飾られていた。和風と洋風を折衷したこうした文化住宅は、居心地良さと文化的先進という、いまの世のひとたちが求めるものがちょうどよく按配されていた。そしてそのなかで、家族を構成するひとびとは幸せに暮らすことができる。幸せとはこういうものだ、というかたちが示されていた。実際にそこに入ってみたら幸福かどうかはわからない。けれどもこうして目の前に示されると、よだれが垂れそうなくらいにそれはうっとりするものに思えた。

その恍惚は、訪れる客たちの顔にはっきりと浮かんでいた。絵子はあることに気がついた。えびす屋にやってくるのは家族連れが多いけれど、なかでも母と子どもという取り合わせが目につくのだ。おっとりとした表情の母親は、子どもを叱ることなど年に一度もなさそうで、子どもは子どもで家の手伝いなど一度もしたことがなさそうな、勉強と遊びだけして育ってきたような、のびのびとした表情で笑っていた。そうした親子連れを何組も目にして、絵子は羨ましいという気持ちすら通り越し、ぼんやりとした心持ちになった。あるいは羨ましすぎて、いっそ眠たくなってきた。ここは、なんていう場所なんだろう。ここは家族のための場所であり、とりわけ、子どものための場所なのだ。

そのことがもっとも顕著なのは、コドモ百貨部と名づけられた玩具売り場だった。案内図に名前を見て、どういうことなんだろうと訝ったが、行ってみて得心した。そこには子どものための百貨店がまるごと入っていた。家具も什器も食器も衣類も、えびす屋で大人向けに売られているものがことごとく、子ども用に縮小され、また安価な代替品で作られ、置かれていた。えびす屋という大人向けの百貨店のなかに、子ども向けのちいさな百貨店が入れ子になって入っている。そしてコドモ百貨部のなかにもさらにちいさなコドモ百貨部が……。絵子は目眩を覚えた。

ここにいると、悲しかったこともつらかったことも、うまく思い出せなくなる。そもそも、自分が誰だったかを忘れてしまうみたいだ。自分があの村のあの家で、年に一度も褒められることのない子どもだったことも、母が滅多に笑ってくれなかったことも、ここで売られているような玩具で遊んだことなどなかったことも、すべて忘れて真綿の布団に寝かされるような気持ちがした。

絵子はベンチに座り込んだ。木でできた横長の腰掛けは、ちょうどよい具合にそこにあった。目の前には、色を変えながら燃えるあの水が、噴水が躍っていた。

「やあ、またきみか」

男は言った。水音をくぐり抜けてやってくる声は、どこか奇妙に歪《ゆが》んでいた。丸眼鏡をかけて口髭をたくわえ、艶やかに黒い背広を纏っている。ステッキに両手を預けて隣のベンチに座った男を、絵子はこのときになってやっと、開店初日にあらわれたシルクハットの男と同一人物だと気がついた。

「それで、誰のお使いなんだね」

以前とおなじ問いを、その男は繰り返した。

「誰の使いでもないです」

絵子が答えると、男は眼鏡の奥でまばたきをした。この子はいったいどうやって生活しているのだろう、という顔だ。行く場所がなくて、しょっちゅうここに来ていると思われているのかもしれない。そしてそれは、半ば当たっていた。

「じゃあ、ここへは何をしに」

案の定、男は言った。眼の奥に、心なしか警戒のひかりが宿る。

「あの」と絵子は続けた。「雇って欲しいんです。ここで」

言ってから、しまった、と思った。どうして自分なんかが雇ってもらえると思ったのか。絵子は泣きたくなってきた。この場所が好きだと思ったから、追い出されるのはいっそ忍びない。

「下の求人を見たのかね」

そういえば、そんな貼り紙が出ていた気がしないでもない。そうだ、確か出ていた。でもここで働いている売り子たちは、見るからに育ちのよさそうな、颯爽《さっそう》と制服を着こなすモダンガールばかりだったから、自分には関係のないことだと思い、忘れてしまったのだ。それなのにいま、みずから雇ってくれと頼んでいる。

男は口髭を撫でていたが、

「きみは何ができるんだい」と訊いた。

「本が読めます。……お話を、子どもに読んでやることができます」ここが子どものための場所ならば、そんな仕事もあるかもしれない。

「それから？」

「ほれから」

「うん」

「それから、お話が書けます」

なぜそんなことを口走ったのか、我ながらまったくわからなかった。妹のミアケがまだちいさかったとき、作り話をたくさん考えて喜ばせてやったことならある。でも、書くとなるとべつのことだ。ザラ紙の帳面は、日々の雑感で埋まりつつあったけれど、それでもなお、お話を、物語を書くのはべつのことだ。

男はふたたび口髭へ手をやった。「お話が、書けるのか」ゆっくりとした口調で、ほとんどひとりごとみたいだった。「お話が書けるのは、大事なことだ」

そうして我に返ったみたいに立ちあがると、ステッキで軽く床を叩きながら絵子のほうへと近づいてきた。

「きみを雇おう」と彼は言った。「名前は？」

「絵子。……西野、絵子です」

男は鍋川《なべかわ》と名乗った。彼こそがえびす屋の支配人にほかならなかった。

鍋川はベンチを離れ、正面の階段の向こう側にある、壁いちめんに飾り硝子の入った窓へと両腕をひろげた。「遠からず、ここには劇場ができる。そしてもちろん、劇団も」

えびす屋は、何でできているのか。つまりこの空間を作り出しているひとたちは、もとが呉服屋でなかったならば、なんなのか。

絵子が勤めるようになって間もなく、えびす屋は三階の増築に取りかかり、開店からちょうど一年後に完成した。そこにはあたらしく食堂が作られ、はじめ清掃係をしていた絵子は、次にその食堂を手伝うことになった。まあたらしい食堂で供される献立はビフテキやビーフシチューなど洋風のものが多く、なかでも子ども向けの定食やオムライスにはとくにちからが入っていた。甘いケチャップをたっぷり加えてふんわりとした卵で包む。そして色とりどりの万国旗でてっぺんを飾るのだ。

こんな場所によく雇ってもらえたと絵子は我がことながら驚いていたが、県下唯一の百貨店は客足が途絶えることもなく、開店当初六十名足らずだった従業員数も、二倍以上に増えていた。これも人絹景気というもののおかげなのだと、絵子は退職を願い出にいったとき、桜井に教えられた。人絹はすごい勢いで売れているし、その生産はほとんどこの福井県が独占しているのだと。――お前は女工やめて損したなあと、ムッとおなじことを桜井は言った。口調さえもがどこか似ていた。朝子にも別れを告げようと女子寮じゅうを探したが、見つけることはできなかった。

そうしてやってきた百貨店にもまた従業員のための寮があって、そこで寝泊まりし、また店で働きながら、絵子はずっと考えていた。えびす屋は、何でできているのかと。

答えはやがてあきらかになった。えびす屋は、学校というものでできていた。つまり鍋川の前身は呉服屋ではなく、尋常小学校の教師だった。経営陣のほとんどがそうなのだと、絵子は食堂でともに働く同僚たちから教えられた。

鍋川信吉《しんきち》は教師を辞めてのち一時は商業会議所に勤めており、そのときにこの百貨店の経営を任されることになった。学校時代に培った子どもへの思いの所産なのか、それとも彼自身の失われた子ども時代が反映されていたのかは、わからない。とにかくえびす屋という空間に溢れているのは、夢見がちな鍋川の夢想そのものだと言えた。

絵子は桜井を思い出した。天秤棒いっぽんから事業を興し、兄たちを出し抜いてのしあがってきた桜井は、いかにも実業家というふうであり、鍋川はそれとは対極的だ。なんでも損得勘定の桜井とは違い、金儲けなど微塵《みじん》も考えていないふうだった。開店した年の歳末には子どもたちへの贈り物をサンタクロースからと称して配布したものだったし、一周年記念の海水浴用品には三国の海水浴場までの切符がつけられた。こんなやり方で金が尽きたらどうするのだろうと、絵子ですら気が気でなかったが、むしろえびす屋は開店当初より黒字を計上し続けていた。もっとも、もとは県庁の建っていた空き地を購入したのはべつの資本家で、小山内《おさない》というその男が潤沢な資金を貸しつけていたということもある。でもそのことを度外視しても、夢想をひたすら実現したような店が繁盛しているのはただごとではなかった。えびす屋の異色ぶりと成功は新聞や雑誌に取りあげられ、〈店の幹部が皆先生〉〈既成商人を圧倒する素人商売、商売即社会教育の実行者〉などの見出しがついた。

時流に合っていた、というべきだろうか。まるで世のなかはいまはじめて子どもというものを発見し、それが大人と違う生き物で、大事にしなければならないのだとようやく気づいたかのようだった。それが時流だったとして、けれど時局のほうは、もう少し複雑な動きをしていた。

「ちょっとこれ」

引きも切らない食堂の客足が一段落した昼下がり、厨房《ちゆうぼう》で新聞を広げていた調理係がみなの注意を促した。鍋川は自身の買った新聞や雑誌を、えびす屋の記事が載った号はもちろん、そうでないものでも従業員のあいだで自由に読めるよう、休憩室に置いていた。

〈紐育《ニユーヨーク》の株式暴落〉とその見出しにはあった。経済面で、周囲には生糸の輸出不振を憂う記事が散見されたが、こちらはいまにはじまったことではない。「たいへんなことになるんと違うか」

もとは神戸の洋食店で働いていた調理係は言ったが、数日すると今度はそれを〈一時的の現象〉とする記事も出た。十月も末のことだった。だが暮れが押し迫るにつれ、到底〝一時的〟と言ってすますことはできない、もともと好景気ではなかったものを、さらに駄目押しするようなものであることがあきらかになった。〈救済の妙案なし〉と告げる翌年の新聞記事は、〈不景気根本の基調は世界的不況の大勢に支配されてゐる〉と述べた。

ではこの百貨店ももうあかんのやろう、と絵子は考えた。人口十万人にも満たない都市でここまで続いたのが奇跡なのだ。けれどえびす屋は潰れなかった。客足が遠のくこともさしてなく、それどころか別館の新築さえ決まり、工事も着々と進んでいった。

桜井の言ったことが思い出されていた。人造絹糸の製造はこの福井県がほぼ独占している。工場で聞いていた、あの力織機の音が耳によみがえった。がっしゃん、がっしゃん、かしゃん、かしゃん。ひと織りするたび銭が飛び出す。かっしゃん、がっしゃん、かっしゃん、がしゃん。天井に据えつけたモーターという心臓が送り出す血で、動いている。だけどモーターは作りものだ。人絹というものも。いつかムツが教えてくれた通り、それはセルロースなる繊維質であって、木からできているのだとしても。絵子は最初に思い描いた、何もないところから生まれた布、という空想を捨てきれなかった。お蚕さんという生き物でなく、無、というものから紡がれた糸。それでもって織られた布は、やっぱり信じることをやめたら、透明になって消えてしまう。だけどいまのところ、誰もそれが、ない、ものだとは思っていない。

あるとき絵子がホールに出て給仕をしていると、見慣れない風体のふたり連れが入ってきてテーブルに着いた。はじめのうちこそ絵子は垢《あか》抜けず、調理場で隠れるようにして裏方を手伝っていたが、このごろでは制服も着こなすようになり、背筋をぴんと伸ばして銀色のまるい盆を運んでいた。えびす屋で働きはじめて二年近くになろうとしていた。

そのふたり連れを見慣れないと感じたのは、まるで旅芸人のようななりをしていたからだ。周囲の客は男性であっても洋装の者が増えていたし、品のある装いは和服であればなおのことであった。そのようななかで継ぎのあたった着物をだらしなく着流して、脚絆《きゃはん》を巻いたままの脚にどろどろの草鞋《わらじ》を履き、結わえた荷物を肩に担いだふたりの男は異様だったし、浮いていた。

ほかの給仕係が眉を顰めて目配せし合っていた。誰があそこにつくかというので、ちょっとした押しつけ合いが起きていた。絵子は仕事仲間に頷いてから、靴の底を鳴らして問題のテーブルへと歩いていった。ひとりは大人で、ひとりは子どもだった。大人のほうが、伸びきった断髪のあいだから横目で見た。

「ご注文は」怯《ひる》んだけれども、そう問うた。

男は自分には親子丼を、子どものほうにはライスカレーを頼んだ。絵子はふたりの食べるさまを、ほかのテーブルの給仕をしながらちらちらと窺った。少年は洋食がめずらしいのか、無言で料理に目を落としている。ほら、喰え、と大人のほうが言い、少年の後ろ頭を小突いた。隣の客が軽い非難の表情をした。確かに、この場にはそぐわない。けれど絵子自身だって、少し前まではあんなふうだった。彼らを見ていると、懐かしいような気持ちになるくらいだ。清潔でモダンな百貨店にいることのほうが、いっそおかしなことだった。食堂の天井は高く、硝子の笠に凝った装飾を施した電灯がぶら下がり、中央には蘇鉄の巨大な鉢植えが置かれていた。窓がおおきく取られていて、昼どきのひかりがふんだんに入る。あまりにも眩《まぶ》しいこの場所が、彼らを見ているとまぼろしみたいにすら思えた。

少年は一度食べはじめると瞬く間にライスカレーを平らげた。絵子はふたたびテーブルへ近づき、水を注ぎ足すと笑顔を作った。「デザートはいかがですか、坊ちゃん」子どもにはそんなふうに問いかける決まりになっていた。

すると少年はあきれたような、軽蔑したようなまなざしを投げた。それがさっきの、大人のほうの目つきとそっくりだった。親子か、さもなければ兄弟だろう。「いらねえ」と彼は言い、乱暴に皿を遠ざけた。親近感すら抱きかけていた絵子の、気持ちはたちまち裏返った。なんて失礼なんだろう。ほかの給仕が嫌がるなか、せっかくついてやったのに。

「そうですか」と応えて、空いた皿を盆に片づけた。わざと陶器をぶつけて音をたてた。そしてこちらも軽蔑のまなざしを思いっきり作ろうとしたところ、

「おい」

低い声に呼びかけられた。

目だけでそちらを向く。

着流しの下に匕首《あいくち》でも呑んでいそうな顔だった。絵子は息を止めた。勝手に同情し、哀れみを掛けておいて、ちょっと気に食わないと態度を変える。それがいま自分がしたことで、彼らのようなひとたちからすれば、もっとも忌まわしい対応かもしれない。

さまざまな思いが頭をよぎったが、男は怒鳴りつけることもなく、ただこんなふうに言った。

「鍋川というのに、会いにきたんだが」

「支配人に、ですか」

「そうだ。約束はしている」

「少々お待ちください」

心臓を押さえて振り返ると、給仕頭と目が合った。壁際からこちらを見守り、いざとなったら助ける用意をしていたようだった。彼と役割を交替し、絵子は厨房へ戻って水を飲んだ。ふたり連れは給仕頭に付き添われて食堂を出ていった。

何気ない出来事だったが、忘れることができなかった。ふとした瞬間にやってきては、こころのどこかに訴えるのだ。村娘だった自分を忘れるなと言われたような気もしたし、あるいは無意識のうちに身につけた優越や傲慢を糾弾されたとも思った。ふたり連れにはそんなつもりはなく、ただ食事をし、用件をすませていっただけだったとしても。

十二月になると別館が完成した。それはコドモの国と名づけられた。長引く不況で中学校への進学者が激減した年だった。にもかかわらず、えびす屋にはつねにやってくる子どもたちがいた。

この別館も二階建てだったが、てっぺんに奇妙なものを戴いていた。四方向に筒状のものが突き出た、それはどうやら戦艦の砲台と艦橋を模していた。子どもは、とくに男の子は、少年雑誌で目にする戦艦に夢中で、模型の玩具もよく売れていた。海の近い街では戦艦に興味を示す市民に試乗させる会も行われていると聞く。そうした時流に乗った意匠だった。

全体は円筒形をしており、吹き抜け部分をまるく使って旋回滑り台が設置された。昇るときには自動階段を使う。銀色の板に足を乗せ、かたかたと上方へ運ばれていると、勢いよく滑り下りてくる友だちと擦れ違う仕掛けだった。もちろん、下りの自動階段もある。

各階にはさらに子どもたちの喜びそうな部屋があった。木馬遊歩場と名づけられた空間は直線ではなく円いかたちをし、自動で上下する木馬の背に乗るとその円に沿ってぐるぐるとまわることができた。回転木馬と呼ばれるもので、ただしいかにも道を行く気分になることができるように、円い壁には内側に風景画が刻まれていた。はじめは田舎道にすぎないのに、何回転かするごとにお化けが出たり地底へ潜ったり、さらには空を飛んだ果てにあの世もちらりと見物することができた。あるいは鏡の間という部屋は、等身大の姿見をいくつもふんだんに用い、壁のすべてをその鏡で作った一種の迷宮だった。外から見れば狭い部屋なのに、入ると一生出られなそうな広大な空間に感じられる。自分が何人にも増えたような、または分裂して減ってしまったような感覚に襲われる。あるいはピンポン室というのもあり、始終ピンポンをして遊ぶことができた。壁で区切られているわけでもないのに、ちいさく軽いピンポン球はけっしてそこから出ていかないのだ。何かの磁場でも発生しているかのように。

そして目玉はなんといっても劇場だった。矩形《くけい》のそれは百八十の観客席を擁していた。えびす屋本館にはすでに講演などに用いられるホールがあったけれど、こちらは緞帳《どんちょう》や背景のスクリーンを備えた劇専用の舞台だった。

絵子は鍋川の言ったこと、劇場を、劇団を作るつもりだという台詞を思い出した。支配人は落成式に開店初日とおなじような燕尾服姿であらわれた。さらに腹が出っ張って、どこかだるまに似てきた彼の、ヴェストは以前よりきつくなっているようだ。

「みなさん」と彼は、舞台のまんなかに立って、集まったひとびとへ声を張った。絵子もまた戸口の近くで式を眺めた。「わたしはかつて、劇場を作ると約束しました。聞いていたひともいるでしょう。ならば思い出していただきたい。わたしは、劇団を作るとも言った」

客席は静まりかえっている。でも期待に満ちているのがわかる。これまで鍋川のやったことで、ありきたりだったものはひとつもない。

「それは、少女歌劇です」

とたんに歓声があがった。飛び交う声と口笛のなかで、「つきましては団員を募集します」と鍋川の言うのがかろうじて聞こえた。絵子は耳を澄ませたが、そうすると目のほうも自然と瞠《みは》り、何が起きているのか全身で突き止めようとする構えになった。客席の最前列に、髪をろくに梳《と》かさない断髪の男が座っているのが見えた。関係者の座る席らしかった。絵子がさらに目を瞠ると、何かが通じたかのように振り返った。着流しを着たその男は、食堂へ来たふたり連れの大人のほうに相違なかった。

6

『人形の家』がこの国ではじめて上演されたとき、ノラの役は女性が演じた。のちに花形女優となった松井須磨子《まついすまこ》である。場所は坪内逍遙《つぼうちしょうよう》の自宅に設けられた舞台だった。彼女のノラは「青鞜」の書き手たちの目にはいささか頼りなくも映ったようだが、続いて帝国劇場でも上演されるとおおきな反響を巻き起こし、須磨子の評判もまた急速に高まった。

当時としては、これは画期的なことだった。舞台上の女役は、男性である女形がやるものと長く決まっていたからだ。女優を採用することの是非が問われていた時代だった。女優は、あたらしい職業だった。須磨子をはじめとする幾人かがその仕事を果たすことにより、市民権を得たのである。

それが二十年ほど前のことだ。その以前には男が女の役も演じ、舞台上に女はあがれなかった。鍋川は、それをあべこべにしようというのだった。すなわち、女が男の役も演ずる。女だけの舞台を作ろうとしているのだ。

時代は変わった。少女歌劇は何も鍋川の発明ではない。阪急電鉄の創業者・小林一三《こばやしいちぞう》が結成した宝塚少女歌劇を皮切りに、全国の娯楽場で少女歌劇団が次々と作られて、客寄せや余興のための上演がなされた。隣の石川県でも金沢郊外の海岸に、粟崎遊園《あわがさきゆうえん》なる広大な娯楽場があり、やはり歌劇団があった。鍋川の発想も、そうした一連の流れに乗ったものではあった。

ただ、福井はちいさな街だった。県庁所在地とはいっても、百貨店があることじたい不思議なくらいの人口だ。えびす屋は繁盛しているものの、歌劇団まで作ってしまうとはと、世間は驚きを隠さなかった。いっぽうで、少女歌劇そのものに懐疑的な見方をするひともいた。舞台に女が立つようになったのみならず、女だけの舞台が成立するようになった。それを女性の地位向上と楽観することはできない。そんなのはうわべだけであって、結局は女を体よく見世物にしているだけだと。パリのムーランルージュを模したとかいう、脚をおおきく出したラインダンスを余所で見てきたけれど、あんなはしたないものはない。子どもの多く訪れる百貨店であんなものをやるなんて、風紀紊乱《びんらん》も甚だしいと、そんなふうにぼやく者が、絵子の同僚のうちにもいた。

絵子自身は、歌劇はもとより、西洋風の劇というものをよく知らなかった。だからなんとも言えなかった。女歌舞伎や白拍子のようなものかと、漠然と思うだけだった。

その少女歌劇が、突如として絵子の身の上に降りかかってきたのは、とある夕刻のことだった。鍋川は時折、従業員の有志を集めて、売り場の声を聴くことにしていた。その日の会合は食堂でひらかれたので、絵子もその場へ居合わせた。売り場の問題点とその改善案がいくつか取り沙汰されたあとで一段落すると、話題は少女歌劇のことになった。昨年末の別館落成式でその創設を告知して以来、歌劇団に関する手続きはもっぱら鍋川が行っており、従業員たちは興味津々ながらも詳細は知らされていなかった。

団員は集まっているのか、稽古ははじまっているのか。質問の数々に鍋川はただ笑っているだけだった。どんな演目が用意されるのかという問いにいたっては、「それは教えられない。きみたちにとっても、お楽しみだからね」と、まるで取り合おうとしなかった。焦らされて募る不満と期待を半々に抱きながら、場が散会になったところで、

「西野くん」鍋川が絵子を呼んだ。

支配人と言葉を交わすのは、あの噴水の日以来だった。「はい」と答えた絵子の、声は緊張で硬くなった。

「西野くんは、練習に来なさい」

「へ？」

「だってきみは、お話係だろう」

心臓がどきりとした。そうだった。絵子がここに雇ってもらえたのは、お話が書けると言ったからこそだった。

「練習は朝八時半から、別館の舞台で行っている。毎日とは言わない。食堂の手が空いている曜日だけでいい」

返事を躊躇《ためら》っていると、促すような視線を投げてきた。へいぜいの鍋川にも似ない、有無を言わせない、冷淡でさえある視線だった。

「わかりました」と絵子は答えたが、心中はまったくそれどころでなかった。お話が書けるから雇われたのに、いざとなって書けなかったら、いままでの恩を返せと言われるかもしれない。借金取りに追いつかれたみたいだった。

鍋川はそれに気づいたかのように、ふっと気配を緩めた。「すぐにではないよ」と彼は言った。「お話が一朝一夕にできないことくらい、わたしにもわかっている。だから練習においでと言ったんだ。レビューを観ながら考えればいい」

お話を書く訓練を、していなかったわけではない。えびす屋に来て二年半になるが、そのあいだにも絵子は就業を終えてからの読書を怠らず、折に触れてはお話の断片を帳面に書きつけていた。けれどもそれはかけらばかりで、はじまりと終わりのある物語にはならなかった。いまでは無数の覚書が溜まり、ザラ紙から少しだけ上等なものを買うようになった帳面は、もう十冊近くになっていた。寮でおなじ部屋に寝泊まりする者たちから、日記でしょう、何を書いているのとしばしばからかわれた。彼女たちは絵子が恋情を綴っていると思い込んでいた。だがそうではなかったし、異性への恋心というのが絵子にはよくわからなかった。どうやらそれは、ほかの娘たちにとっては、胸に秘め置くべき大切なものらしかった。文章を綴った帳面は、大切に秘めてあることでは彼女たちの恋情と変わりはなかったが、絵子がいっとう大事に思うのはいっとう最初の帳面、「そぞろごと」という詩を、吉田朝子が書きつけてくれたあの頁であった。

朝子はどうしているだろうか。いまだ桜井の人絹工場にいるのだろうか。朝子が嫁に行くところを、うまく想像できなかった。じっさいの彼女がそんなふうなのか、それともただ絵子が想像したくないだけなのかは、いまとなってはよくわからなかった。石油洋燈の灯芯がじりじりと音をたてる傍らで、帳面を繰ってお話のための覚書を読み返していると、さまざまなことが心中を訪れては去っていった。

夜が明けて劇場へ行ってみると、団員らしい少女たちが集まっていた。天井の高い場内にささめき交わす声がこだましている。絵子が遠目に、畑の雀を勘定するように数えると十二人いて、綿ブロードの白い開襟シャツに、膝上くらいの丈のぶかぶかとした南瓜《かぼちゃ》のようなブルマーという体操着姿の者が大半だった。なかには和装の者もいたが、総じて動きやすそうな普段着だった。どういう家柄の子たちなんだろうかと絵子は考えていた。それはすなわち、鍋川がどんな条件で団員を集めたかに拠《よ》っている。カフェの踊り子のようなものなら給料も弾むのだろうが、鍋川の趣味ではないだろうし、いかにも純朴そうな娘たちにも向いていないと思われた。それでは習いごとのようなものだろうか。学校教員だった鍋川が、教育の延長で歌劇団を発想したとしてもおかしくはない。ならば木綿や絣を着ていたって、きっと裕福な家の子どもなんだろう。家業の手伝いも勤めに出ることも強制されていないのなら。自分のような育ちの者とは違う。ひさしく忘れていた気後れの気持ちが、絵子の胸の底に湧いた。

鍋川は入り口とは反対側の隅で、筆記板に紙を載せて何か書いていたが、やがて顔をあげると少女たちのほうへ近づいていった。手振りをおおきくしながら、羊を追う牧羊犬よろしく舞台へとあげる。そして指示を出すと、少女たちはふたり一組になって腹筋運動をはじめた。

それからようやくこちらを振り返り、絵子に気づいて歩いてきた。「どうだい。えびす屋少女歌劇の初代団員たちは」

「元気そうな子たちですね」当たり障りなく答えると、彼は満足げに頷いた。「いずれみなにも紹介せねばならんだろう。彼女たちも従業員なんだ」

つまり踊り子でも生徒でもない。少女たちは契約上、えびす屋の社員ということになっていて、絵子たちと同様の給金が支払われるのだと、鍋川は言った。「社員寮にも入ってもらうことになる」

へえ、と絵子が思っていると、彼はふたたび舞台のほうへ行き、少女たちを今度は横一列にならばせた。唱歌の基礎練習らしい。入団試験があったのだろう、みなずいぶんとよく通る声をしていた。また体もよく動いた。基礎練習が終わり、次に台本の読みあわせに入っていった。鍋川が選んできたのは『曾根崎心中《そねざきしんじゅう》』で、お初《はつ》と徳兵衛《とくべえ》の役を少女たちのなかから任意に選び出すと、ふたりが心中を決意する天満屋《てんまや》の段《だん》をやらせるのだった。

いつの間にか座席に着いていた絵子は、またもや、へえ、と思った。歌劇といえば帝劇でやるような洋物ばかりだと思っていた。先の歌唱練習では、カデンツと呼ばれる西洋音階にもとづく発声をしていたが、演目は完全に洋風のものとは限らないらしいのである。鍋川に訊くと、そこに少女歌劇の人気の秘訣があるとかで、西洋に倣いたいという憧れの気持ちと、伝統的な和を懐かしみ、重んじる気持ちの相克が、その折衷において釣り合うところを狙っているのだった。宝塚少女歌劇の成功は、帝国劇場での上演がきっかけだったと言われるが、洋風一色のオペラに疲れ気味だった客層におおいに受けたのではないかということだ。

天満屋でのお初徳兵衛を、あれやこれやのふたり組が相手を替えては演じていく。誰が男役、娘役とも、決まっていないらしかった。あるいはこのエチュードを通じて決めようという算段かもしれない。『曾根崎心中』の物語を絵子は知っていた。まだ村にいたころ、まい子がなんとかという一座の地方巡業を観てきて、悲恋だなんだと大騒ぎしていた時期があったのだ。自分もあんな恋がしたいとかなんとか。浪漫的な恋愛に、時折憑かれたようになるまい子の性質に辟易としながらも、絵子ちゃんも読んでや、と迫られた本を読んだことは読んだのだった。

商家の手代である徳兵衛と遊女お初の恋は、最初からかなうわけがない。それでもいつかは、と思っていたのに、金銭をめぐる難儀が徳兵衛に訪れたとき、ふたりはいよいよ死を選ぶ。死は逃避ではなくて、積極的な選択としてあるらしかった。すくすくとまっすぐに、ひかりへ向かって伸びていく若木が、枝の先で触れる何か。善きものとまでは言わずとも、悪いものではないかのように死を捉えていることが、お初や徳兵衛の台詞から感じられると思った。その芝居を、いま目の前で、少女と少女が組になって演じていた。ソプラノの声を持つお初と、アルトの低音を持って生まれた少女の徳兵衛が声を交わす。死ぬの死なないの、惚れたの惚れないのと、少女たちが熱心に演じれば演じるだけ、ほんとうの心中という、その泥臭い事件からは遠ざかっていく気がした。真実味がない、ということではない。純化された部分だけが、そこからは立ちあがってくる。真実大人の、男と女の、生々しさを置き去りにして、うわずみだけのそれはある意味ではいっそ真実に似ているのかもしれなかった。澄んでしずまりかえった水鏡が映して返す何ごとかに似て。少女たちもむろん生身の人間だが、そのような印象を与える点において、彼女たちの演技は歌舞伎よりも浄瑠璃に近いのかもしれなかった。浄瑠璃の、人形芝居の一座は、狐川のほとりの村にも幾度か来たことがあった。和佐に手を引かれて、絵子も小屋掛けのその芝居を観にいった。人形遣いにいのちを吹き込まれ、運命に翻弄される人形たちは、人間のおこないを模している。その芝居を通して眺めると、人間世界はどこか遠く、嫌なこともつらいことも、遠めがね越しに眺めるような懐かしさを感じたものだ。

じっさい、曾根崎の遊郭は、明治末期の大火で焼失してしまっていた。それを機に遊郭廃止を訴えたのが福井出身の女性だった。曾根崎に遊郭は再建されず、しかし代わるものが飛田《とびた》に作られてしまった。公娼そのものを廃止する法律を求めて、以後も女たちの運動は続いているが、まだ実現には至っていない。いつか勉強したそんな話を思い出しながら、かつて遊女たちがいたという場所を、絵子は思い描いていた。自分にはまるで縁がない。けれどまい子の焦がれるような、その美しさをわからないでもないと思うのは、なぜなのだろう。

「ちょっと、ほんなに速く読まんでもらえますか」

夢想するような心地になっていたところ、険のある声に引き戻された。顔をあげると舞台のまんなかにはふたりの少女が座っていた。台本をあいだにして、ひとりは提灯ブルマーで三角座りをした小柄な娘、もうひとりは橙色の絣を着て、両膝を揃えて端座している。こちらも小柄ではあるが、たいへんに線が細い。帯を巻いた胴まわりが痛々しいほどだ。声を発したのはブルマーの娘だった。相手が台詞を合わせる気がないのに苛立っている様子である。

「そっちが遅い」

絣の娘は、にべもなく言ってのけた。「これくらい、すらすら読めない？」

夢うつつに聴いていたふたりの芝居を絵子は思い返した。ブルマーのほうが徳兵衛をやっていたが、江戸期の大阪の台詞まわしが彼女には難しいようだった。対して絣の着物を着たお初は、廓詞《くるわことば》も難なく読みこなし、澄んだ発声は歌にすら似て、それで夢のような心地にさせられていたのだと知った。

ブルマーの娘が答えに窮すと、絣のほうがさらに言い募った。ここのところの台詞まわしは高低のつけ方を間違っている、そもそも滑舌がよくない、腹筋を鍛えなければならない云々《うんぬん》。

場内はしんとして、つけつけと駄目出しをしていく声だけが響いていた。大声をあげるわけでもないのに、空気を貫き耳の奥へとまっすぐに届く声。絣の着物を着た娘は、先ほどみながさえずるように私語をしていた時間にも、ただひとりで黙っていた。おとなしそうな質《たち》と見えたが、そうでもないらしい。気位が高そうで、何不自由なく育てられた資産家の娘というところだろう。習いごとも勉強もたくさんさせてもらえたから、古い言葉もすらすら読めるのだ。それは恵まれた環境ゆえのことなのに、気づかず、当然のこととして相手にも求めている。絵子は軽い苛立ちを覚えたが、ブルマーの娘はそれどころではなかったようだ。彼女は何かをぐっと堪えて呑み込む表情をしていたが、涙の一粒が頰へ垂れたのを合図にそれが決壊したらしく、唐突に泣き声をあげて舞台袖へと走っていった。嗚咽《おえつ》の声が、しばらくそこから響いた。みなは呆気《あっけ》にとられた様子で、一連の流れを見守っていた。

鍋川が近づいてきて、「キヨ」と呼びかけた。「あやまりなさい」

絣の娘は表情を変えずに、宙をじっと睨んだままだ。薄く化粧を施した頰に、髪はうなじでまとめてある。そんな簡単な装いでも、ほかの少女を圧する何かがある。気品というものだろうか。鍋川がふたたび言った。「あやまりなさい」穏やかだが、獣を躾《しつ》けるような厳しさが滲《にじ》んでいる。

娘はついと立ちあがると、ブルマーの娘が逃げたのとは逆の舞台袖へと歩いていってしまった。場の空気が緩み、鍋川が溜め息をついた。「休憩、休憩」と彼は言った。思春期の少女たちを御するのは、思った以上に大変らしい。疲れた表情で顔をひと撫でると、絵子のほうを振り返った。「どうだい。西野くんもレビューに出るかい？」

冗談だとわかっても、慌てた。絵子は筋金入りの音痴だった。村では田植え歌すら音階を外したし、まして何かを演じたり、跳んだり跳ねたりなんて到底無理だ。ぶんぶんと首を横に振ると、鍋川は愉快そうに笑った。そもそもほかの団員たちは、絵子よりだいぶ年下だった。絵子はその年の春で十八歳になっていた。

食堂で働きながら、歌劇団の練習にも顔を出す日々がはじまった。鍋川にはしばしば意見を求められ、その都度しどろもどろに答えた。まだ劇のことを何も知らないのに意見を乞われるということは、落ち着かないことであると同時に焦りを掻きたてられることだった。早く、いっぱしにならなければ。お話が書けないと見切られる前に、なんとかしなければという気持ちにさせられるのだった。

それが鍋川の意図なのか、いったいどういうつもりなのかはわからない。彼がどんな舞台を作ろうとしているのかも。練習を覗きにいっている絵子に、ほかの従業員たちはあれこれ尋ね、歌劇団のことを聞き出そうとした。絵子にはなんとも言えなかった。鍋川に口止めされている手前もあったが、どんなもの、と問われると、うまく像を結べないのだ。お初徳兵衛の次に、ロミオとジュリエットを鍋川は試し、次には京都の歌舞練場でやっているような舞踊をやらせた。かと思えばウェルナーとかブラームスだとかの歌曲も歌わせて、少女たちは日々くるくると、古今東西さまざまの芸を習わされ、いさか目をまわしているように見えた。和洋折衷が美点とはいっても、この成果がどんなふうに出るのか。絵子とて毎日見にくるわけではないし、数日空くと何をしているのかまったくわからなくなるのだった。

いっぽう食堂には客足が絶えず、給仕のひとりがたまに抜けるのを、支配人命令とはいっても同僚たちから有り難がられてはいないことが絵子にも感じ取られた。ニューヨークで二年前に起きた株式暴落の影響を、新聞記事は訴え続けていた。けれどえびす屋にやってくるひとびとは変わらず幸せそうであり、それどころか高揚すらしているようだった。来たるべきさらなる幸福に、胸を高鳴らせているような。不況なんてどこにあるんだろう、新聞に書かれているのは遠い国のことみたいだと、喧騒の隙間に立ち止まるような感覚に絵子は捕らわれた。

「西野さん、ちょっと」

営業時間も終わりに近づき、厨房のゴミを捨てようとしているところに、同僚が声を掛けてきた。「この子、知ってる？　まかないの残りを食べさせて欲しいって言うんやけど」

見ると髪をだらしなく伸ばし、哀れに痩せた男の子だった。知らない、と答えようとしたが、引っかかるものがあってそばに寄った。「どっから来たの」

少年は顔を俯けたまま目だけで絵子を睨むようにした。この不遜な目つき。「あのときの」食堂を訪れた、旅装束のふたり連れのひとりだ。でもそれだけじゃなくて。……なんだろう。

まじまじと覗き込もうとすると、ぷいと顔を逸らされた。戸惑っている絵子を尻目に、彼は黙ったまま隅の椅子にさっさと座ってしまった。乱暴に椅子を扱った仕草が一抹の優美さを孕《はら》んでいて、そう感じる理由を絵子は考え、無駄がないからなのだと気づいた。

「なんでもいいから」と彼は言った。「腹が減ってるんだ」

その台詞を耳にした途端、

「ああっ！」

自身驚くような声が出た。というのも、声だったからだ。この声だったからなのだ。つい昨日、別館の劇場で耳にし、聴き惚れていた旋律を歌ったのは。天上に遊ぶようなソプラノ、シューベルトの子守歌を歌って聴かせてくれたのは。そこから低音域に降りてきたときの声は、いま聴いたものとまったくおなじだった。

「あんた」と絵子は言った。「ほんとに、あんたなの」

少年は——キヨと呼ばれていた少女は、極《き》まり悪そうに首をすくめると、「腹が減ったんだよ」と繰り返した。そうだ、確かにこの子だ。髪を結いあげずに雑に紐で括《くく》って、白粉も塗らない頬をさらしているとまるで別人だったし、橙色の着物に較べると、いま着ている紺絣はぼろぼろで、丈も足りずに細い手足を無残に突き出させていた。それでもこの子なのだった。何より声と、この瞳。野良の動物みたいな、白目のやけにくっきりときれいなまなざしは、あの気品を湛えた少女のものとそっくりおなじだった。絵子はその場にへなへなと座り込みそうになった。

傲岸な少年の態度に眉を顰めていた従業員たちは、次には絵子の発した奇声に驚き、ふたりの顔を順々に見ていた。絵子はようやく我に返り、「残り物、なんかもらえますか」と料理長に頼んだ。西野の係累の者なのだろうと、仕方なさそうに皿に盛りつけてくれたのはライスカレーだった。いつかここを訪れたときとおなじメニューを、少年はがつがつと平らげた。

彼の名は、清次郎《せいじろう》と言った。はじめて来たとき一緒にいたのは兄で、絵子の印象の通り、ふたりで旅芸人のようなことをして暮らしてきたらしかった。どうしてまかないを食べにきたのかという問いには、「寮にいるのが、嫌になったから」

絵子は目を瞠った。「寮に入ってたの?」訊くと、「清兄《せいにい》が、入れって言うから」いったい女子ばかりの寮で、一緒に生活などできていたのだろうか。あるいはうまいことひとり部屋を確保できたのかもしれないが、それにしても、と絵子はあきれた。

「でもなんか、体がむずがゆくって」食事をともにするのさえ、そろそろ限界に思われた。だから具合が悪い振りをして、今日は食べなかったのだという。ここの食堂の厨房裏へ、残飯でも漁ろうかとやってきたところを、捕まってしまったらしかった。

それだけの話を、一時間かそこらほどもかけて、ようやく聞き出すことができた。売り場の閉まったあとの百貨店で、屋上の庭園だけが遅くまであいていた。一見不規則な、けれど確かな規則を持ってまわる探照灯《サーチライト》が、夜を白く脱色するような強い光量でもって照らしていた。隅にはちいさな動物園があり、早々に寝床へ入れられた動物たちががさごそと動きまわっていた。

絵子は飴玉を使った。ライスカレーだけでは物足りなそうな少年に、ひとこと喋るごとに飴玉をくれては、続きを促していったのだ。街路樹を模してならべた植木鉢のそばで、ふたりはベンチに座っていた。

なんで女の振りなんかしてるのか、という問いに対しては、金を稼ぐためだと言った。少女歌劇はあちこちで需要があり、なかには学校みたいに授業料を徴収する団もあるが、ここでは給金をはずんでくれる。自分のように芸が達者であれば、払いを上乗せしてくれるかもしれないというのだった。「いくらもらってるかは知らない。金は清兄に直接渡ってる」どうやらその清兄——清太《せいた》という名前の兄が、こうしたすべてを考えついて計画したらしかった。

「支配人は、知っているの?」絵子は不安に似たものが、胸のうちに湧くのを感じた。小林一三の考案した少女歌劇が売りにしているのは、すべてが少女により演じられるという、その純粋性だった。もうひとつは玄人《くろうと》芝居に対するアマチュア性、松竹《しょうちく》という会社が独占しつつある古典芸能に対して、いまだ発展途上ではあるけれども親しみやすい、大衆と地続きであるような素朴さなのだと鍋川も言っていたから。それでも飛び抜けて上手いのがひとりくらいはいたほうが、舞台として映える。というより、いなければ成り立たない。それはこのところ練習を見ていて、絵子も感じたことだった。いずれにせよ清次郎とても梨園《りえん》の役者というわけではなし、後者のアマチュア性については、いったいどう思っているのだろう。その原則を、ひとり勝手に破ってもいいと思っているのだろうか。絵子はこうつけ加えた。「つまり、キヨは男だってことを」

「男」と清次郎は繰り返した。そのように称されたことに、違和感を持ったようでもあった。やがてそっけなく、「知らない」と答えた。

「じゃあ、騙してるってこと?」「違うけど」絵子は缶から飴玉をひとつ取り出した。少年は受け取って、「知ってるのかどうか知らない」と答えた。——清兄が何と言って自分を売りつけたか、知らない、とつけ加え、飴玉を口へ放り込んだ。

物騒な物言いだと絵子は思った。歌劇団員は雇われているのであり、身売りされたわけではない。まだいろいろ隠しているな、とも思った。答えたくない問いには、飴玉を食べるだけ食べて答えないつもりらしい。

彼が黙りこくってしまったので、そろそろ行こうかと言いかけると、「叱られる」と呟いた。「ばれたから、清兄に叱られる」

「そうなの？」

するとつまらなそうに、下駄の先でコンクリの地面を蹴りはじめた。「あんたが食堂にいるとは思わなかった」

その仕草にむっとして、言い返したくなった。

「あんたじゃないよ。絵子だよ」

「絵子」首を擡《もた》げてこちらを向いた。顰めていた眉をすっとひらいて、めずらしい昆虫でも見つけたような表情だ。

絵子はなんだかあきれると同時に、ほっと力が抜ける気持ちだった。探照灯が駆けまわり、鹿のようにくりくりとした黒目にひかりがよぎっていく。体格のせいかもしれないが、村を出てきたときの絵子より、清次郎は幼く感じられた。

舞台上にいた彼のことを、自分は何ひとつ見抜けなかったと思った。性別のことではない、生まれ育ちのことだ。恐らくは兄に指示されたのであろう薄い化粧を施して、そこそこきれいな絣の着物で端座していた居ずまいを、富裕な生い立ちに起因する高慢さだと受け取ってしまった。けれど襤褸《ぼろ》をまとった少年のなかに置いてみれば、それは野良育ちのしるしそのものだった。両者は紙一重だ。どんな生活を送ってきたのか、詳しいことはわからない。でもその生活の水準は、きっとかつての絵子自身と変わらない。

「誰にも言わないから、安心しな」

清次郎は絵子を見つめたまま、頰の片側からもういっぽうへ、ソーダ味の飴玉を移した。こりり、という音と一緒に、膨らみが移動する。自身の内側に、この少年への興味の気持ちが生まれているのを絵子は感じた。

「ご飯も、また食べにきていいから」

「ほんと？」

「うん。ほんと」

その瞬間、隣から影のかたまりが立ちあがり、夜を切り取って往復するひかりのなかへと躍り出た。下駄履きのままでよくも器用に、と思う間もなく、爪先と踵を使いながらくるくるとその場に回転した。上下する腕と一緒に着物の袖がひらめいて、探照灯がその色を、紺から白へとせわしなく変えた。

歌劇団の演し物《だ》は、はじめのうちこそ脈絡のない混合物と思われたが、やがて東京から来た演出家が顧問として雇われると、その芸にも磨きがかかっていった。団長である鍋川の独特の美学も手伝い、夏の終わりが近づくころには、それなりに見応えのあるものになった。十一月に控えた初公演に向けて、順調に成長しているようだった。

清次郎はときどき食堂にあらわれ、残り物のカレーを食べて帰った。寮の問題をどう解決したのか、あるいは誤魔化したままでやり過ごすことにしたのか、彼は何も言わなかった。毎日食べにくるわけではないので、寮であれどこであれ、食事を提供してくれる場を確保していることは確かだ。それでもなおやってきたのは、ここのライスカレーの味を覚えてしまったかららしい。絵子は親戚の子どもだということにして、厨房の隅で食べさせてやった。カレーを食べた翌日のキヨは、普段よりもよい演技をし、絵子の好きな曲を歌ってくれた。

歌劇団の練習に行くことが、何よりの楽しみとなりつつあった。そのような折、二百十日のころだろうか、食堂に思いがけない客があらわれた。桜井とムツだった。

テーブルに着いたふたりを見て、絵子は咄嗟に顔を隠した。あそこの給仕だけはやりたくない。本能的にそう感じた。彼らの頼んだのはアイスクリンだった。脚つきの硝子器に盛られ、桜桃《おうとう》に似せた赤いアンゼリカとウエハースを添えたその氷菓を、ふたりはひとくちずつ、交互に食べた。ひとりひと皿頼んでいるのに、まるで特大のひと皿を分け合っているかのように、ひとりが食べ、もういっぽうが食べ、という動作を互い違いに繰り返していた。ムツは着物を着ていたが、友禅のそれは見るからに値の張るものだった。桜井は桜井で、ひとくちごとに目を細めては見ひらき、相手の顔を覗き込んでは笑った。口中をむず痒くさせるほどの、アイスクリンの甘さとつめたさ。そしてこちらがむず痒くなるほどの、それは幸福だった。ムツもまたそれを反復した。ひとくち食べるごとに大仰な仕草をし、互いの瞳を見つめ交わしている。

立派なものだ、と絵子は思った。物陰から恐々と覗きながら、ムツは夢を叶えたのだと考えた。かいらしいお嫁さんに、なれたかどうかはわからない。けれど玉の輿と言うならば、これ以上のものはないのではないか。桜井に妻がいたかどうかを、絵子は思い出そうとした。記憶は定かではなかったが、後妻だろうと妾だろうと秘書だろうと、ふくよかすぎるほどに太ったムツが、この瞬間に幸せであることに変わりはなさそうだった。

よかった、と思うのに、この胸騒ぎはなんだろう。不況を伝える記事を新聞に読みながら、豪華に盛りつけた洋食の皿を運び続けていることと、それはどこか似ていた。かつて相部屋だったムツが幸せなのはよいことだ。けれど何かが気に懸かるのだ。まるで幸福の総量は、この世のぜんたいで決まっていて、誰かが幸せであるならば、誰かがそうではないかのように。

夜に、野分が吹き荒れた。風は雨雲を運んできたらしく、ばたばたと薄い窓硝子を打ちつける滴《しずく》の音が聞こえていた。何ごとかを訴える、ちいさなちいさな無数の拳に夜じゅう苛《さいな》まれる思いがした。

目覚めても、それはやんでいなかった。蝙蝠傘《こうもりがさ》をひらいて、流れてくる泥土をよけながら出勤していく絵子の耳に、ふと届いてくるものがあった。

「労働環境を改善せよ！」

「賃金の引きあげを！」

えびす屋の、すぐ隣の空き地だった。雨に降られてぬかるんだ地面に、ひとだかりができていた。絵子は胸騒ぎが急に高まるのを感じ、半分は野次馬らしいその人混みを掻きわけて近づいた。傘と傘とがぶつかって、罵声を浴びせられた絵子は蝙蝠傘を放り出した。「戻れ、戻れ！」と男の声が叫ぶのは、自分に言うのだろうか。いや、そうではなかった。群衆のなかに男が何人かいて、そのなかには見覚えのある顔もあった。彼らは、輪の中心へと呼びかけていた。「戻れ、仕事へ戻れ、工場へ戻って働かんか！」

「戻りません！」

甲高い声があがった。ざわめきを貫いて、絹の一糸を空へ張るような、凛と強い声だった。「工場へは戻りません。環境が改善されるまでは。雇用者の横暴がまかり通る、この状況の劣悪なるを認めよ！」

空き地のまんなかへ辿り着くと、そこには十人余りの女がずぶ濡れで立っていた。額に鉢巻きをして、袖はたすきにしてまとめている。円陣を張って守るように、輪の外側を向いていた。彼女たちの中央に、材木が山となって積まれている。そのてっぺんに立った女の、顔を見て絵子は息が止まった。

——朝子！

吉田朝子に、それは違いなかった。かつて一度もほつれたことのなかった髪を、雨に流れるままにして、記憶のなかにあるよりも、ずっと、さらに痩せていた。鼠色の雨雲はそれでも午前の陽光を通し、ひかりのなかで濡れた朝子の顔は輝いて見えた。痩せ衰えた悲痛な頬を、ひたすらに雨が伝っていた。

〈山の動く日来る〉あの詩が、絵子のうちで聞こえていた。四年近くの時がたちまちに巻き戻った。幾度も読み返し、読み返しして、いまとなっては思い出そうとする必要もないくらいの言葉。〈人よ、ああ、唯これを信ぜよ〉彼女が朗読した節まわしを、その高低をすっかり憶えていた。〈すべて眠りし女今ぞ目覚めて動くなる〉しっかりと刻み込まれていた。その声を聴きながら、絵子の胸に去来していた感情も。

予感だった。あれは確かに。何かがはじまっていくことの予感。そしてその何かとは、いま、ここで起きているものだった。なんなのか、これはいったい何をやろうとしているのか、絵子には呑み込めているとは言えない。けれどもはっきりとわかった。これが、それだということが。

そうだ、そうだとべつの女たちの声が次々と朝子のあとを追い、「改善せよ！」「賃金を引きあげよ！」の呼び声が繰り返された。

まさか労働争議が福井で、とか、ストライキやって、怖いのう、とか、だんだんと耳が周囲の声を拾えるようになった。集まっているのは桜井興産の、人造絹糸製造工場の女工たち。今日ここで、ストライキが行われているのだった。

絵子が工場を離れてから、会社はますます利益優先へ傾いていった。羽二重時代から使われている古い女子寮が補修されることはなく、建物は雨水が漏り、衛生環境も悪くなるいっぽうだった。加えて桜井を頂点とする経営陣は、失敗を犯した女工を見せしめのようにみなの前で面罵するなど、倫理的にも容認できない振る舞いが目につくということだった。朝子の演説から、女たちの叫びから、また集まったひとびとの交わす言葉から、そうしたことが理解された。

「改善せよ！」「引きあげよ！」そして「差別待遇をなくせ！」と叫んだのは、もしかしたらムツのような立場の者のことを言ったのだろうか。女たちの頬を流れていくのは雨であり、涙ではなかった。

泣いているのはむしろ、絵子のほうだった。でも、なぜだろう。どうしてなんだろう。何を自問しているのかすら、よくわからない。絵子は朝子のいるところへ行きたいと思った。あの材木の山によじ登り、面と向かって問いたいような衝動に駆られていた。あるいはいっそ、問い詰めたいような。

なぜなのか、どうしてなのか。なんで、いったいなんで。

「なんでこんなこと、せんとあかんの」

気づくと絵子は、まさにその通りのことをしてしまっていた。丸太の上で、懐かしい朝子の顔がすぐそばにあった。

「西野さん」

朝子は絵子に気がついて、ぱっと表情を華やがせた。「ひさしぶり。元気だった？」

絵子はそれには答えずに、「なんでなんや」と繰り返した。「なんでほこまでしてあの工場で働かなあかんのや。あんなとこ、やめたらそれですむが。もうやめよう、の？ あんなとこやめて、うちと一緒に百貨店で働こ？」

扇動演説のリーダーと、彼女に突如詰め寄った外野の娘のやり取りを、女工たちも野次馬も、しばし静かに見守った。雨音だけが沈黙を満たした。

朝子は面食らっていたようだが、やがて首を振った。どこか寂しげに、けれど決然と。「やめたら、このままだから」と彼女は言った。「何も変わらないから。誰かが、やらないといけないから」

そして絵子は気がついた。やらなければならないのみならず、彼女はこれをやりたいのだ。もしかしたら、運動に身を投じるために女工になったのだろうか？——そんな疑問すらよぎり、そしてそう考えてみれば、それはこれ以上なく朝子という人物らしい選択だとも思われた。かつてこのひとに、自分が見ていた何かというのはそれだったのだと。

何も言えずにいると、朝子は「会えてよかった」と続けた。「西野さんには、お礼を言わなければならないとずっと思ってた」

「お礼？　なんの」

「帳簿のこと」

ああ、と得心した。「あんなもん……」

「あのとき、西野さんが不正をあばいてくれた。身を挺《てい》してみんなのために行動した。そのことに、ちからづけられた。わたしがいま、ここに立てているのは、西野さんのおかげでもあるの」

「あんなもん」と絵子は繰り返した。でもその先が続けられなかった。——みんなのためにやったわけじゃない。朝子を助けたかったからだ。機場をクビになったことだって、どうでもいい。ぜんぜん身を挺してなんかない……ぐるぐると想いが駆けまわり、「衝動でやったことや」やっとそれだけ、絵子は言った。

改善要求を叫ぶ合唱が再開されていた。その声は今度はどこか遠く、耳の奥で聞こえるような気がした。
ストライキは数日のあいだ続いた。やがて数名の首謀者が、留置場へと検束された。吉田朝子もそこへ含まれていた。

7

こころに、重い蓋が載っていた。なぜなんだろう。この街の景気は上向きつつあって、来年には世界初の人絹取引所が福井市内にできるということだった。この産業はまだ伸び続けるとみなが信じている。けれど皺寄せは確かに来ていて、朝子たちの運動がそのことをよく示していた。伸びてゆこうとする先には、行き詰まりしかないのかもしれない。

絵子のこころにかぶさった蓋は、そうした思いと、そして朝子が検束された事実にも拠っていた。彼女は組合に属していた。労働同志会というその組織が釈放を訴えているらしい。だからそのうち出られるだろうと周囲のみなは言っていたが、絵子は心配だった。デモやストを行い逮捕される例は、大阪など都市部の労働運動ではそうめずらしくもない。大正期から連綿と続く、デモクラシーの流れを受けている。でも、いつか朝子の言った通り、ここは保守的な土地だった。女が警察沙汰なんて、どんな正当な理由があろうとも、きっと一生噂される。嫁にだって行けるかどうか。朝子の勇気に目眩がすると同時に、絵子は少なからず衝撃を受けていた。

いや、嫁入りのことなどどうでもいい。そんなことではないのだ、と思う。ではいったいなんなのだろう。絵子自身、非常識だと言われて育ってきたが、朝子はそれ以上だった——というより、非常識の質が違う。彼女はどこまでも正しく、この田舎街では正しすぎるのかもしれなかった。

そんなふうに思ういっぽうで、正しさにはすぎるなんてことはないのだとも感じた。正しいことは、どこまでも正しいのだ。ではこれはなんなのだろう。考えて、気後れ、と思い当たった。絵子と少ししか年齢の変わらない朝子が、ひどく大人びて見えたということ。自身の欲求や、利益のためには彼女は動いていない。工場ぜんたいのために、いや全労働者のために、そして女性ぜんたいのために、行動し、生きている。絵子が帳簿係の不正を告発したことに、ちからづけられたと朝子は言った。でも絵子はただ衝動でやっただけ、やりたくてやっただけのことだった。何も考えてはいない。思想なんてひとつもない。でも、朝子にはそれがある。なんのために生きるのか、彼女はわかっているのだった。対して自分は、この街にいて、いったい何をしているのだろう？

落ち込んでるなんてめずらしいと、相部屋の女や食堂の同僚たちには言われた。いちばん先にそれを感じ取ったのは、キヨこと清次郎だった。上手に歌えたと思うときは、彼はかならず絵子の顔を見た。その理由は絵子にもよくわかっていて、感動の気持ちがひどく素直に顔に出るからだった。けれどもいまは、そうではない。感情がうまく機能していない。分厚い護謨《ゴム》に包まれたかのように、感覚が鈍っているらしかった。清次郎ははじめ不満そうだったが、次に絵子の異変に気づいて、練習のあとで厨房に来ると、覗き込むようにして問うた。「なんかあったの?」野良育ちの子どもに気遣われたことに、絵子は驚きを覚えたが、答えることはできなかった。

奉天《ほうてん》で起きた中国軍と日本軍との衝突は、その護謨の皮膜へぶつかってきた石みたいなものだった。昭和六年九月十八日、満州事変《まんしゅうじへん》である。翌十九日には朝のラジオ体操を中断して臨時ニュースが流れ、新聞も号外を出して報じた。福井では県会議員の選挙投票日が迫っていたが、その関連記事を押し退けて、紙面はこの事件を報じた。

奉天北部の柳条溝《りゅうじょうこう》にて、南満州鉄道の線路を中国軍が爆破したということだった。それを受けて関東軍が兵営への攻撃を開始、軍事行動は本格化していった。その足跡を追いかけるように、普及しつつあったラジオがあたらしい動きを次々と報じた。新聞のほうでも負けじと報道するものだから、まるで報道機関が一丸となって、この戦いを盛りあげているかのような印象を与えた。事変以前には満蒙における関東軍のやり方を批判していた新聞さえ、戦場の熱を伝えることに汲々《きゅうきゅう》としているかに見えた。

事変が起きて五日後には、当地で撮られた映像を上映する催しがひらかれることになった。戦況をなるべく忠実に、すみやかに報道するためと称して、大手新聞社が企画した。映画が観られる、それも無料で観られる、行こう行こうと、食堂で働く同僚が嬉々として誘ってきた。西野さんも行こう、と言われたけれども、とてもそんな気分ではなかった。

「最新の映画やよ、芝居の勉強にもなるんでないの」そう言ったのは、最近食堂に配属されたカヤ子という娘だった。それもそうかもしれないと思い直し、絵子は何人かの同僚と一緒に夕方からの上映に足を運んだ。仕事が引けてからの外出に、みなそこはかとなく浮きたっていた。連れ立って下駄を鳴らしていると、秋祭りの縁日へ露店でも冷やかしにいくかのような心地がした。夜気はほどよく乾いていた。

会場は街なかにある小学校の一室で、窓は暗幕で覆われ、正面には銀幕が張ってあった。いくつもならんだ木の椅子は、半分以上埋まっていた。上映がはじまると、後方でリールがかたかたとまわり、薄《う》っすらと淡いひかりの束が正面の幕へあたったところに映像が生まれては消えた。モノクロームの粗い粒子が形作るのは鉄道線路で、玉蜀黍《とうもろこし》畑の傍らのその場所は爆破された跡だということだった。手前にひとが倒れている。「戦争？　戦争なの？」カヤ子が無邪気にも問うてくる。絵子にはよくわからなかった。映像の物々しさにカヤ子はおののいていたが、上映が終わって会場を出るころには、おののきは高揚に変わったらしかった。「すごいのう、すごいのう」と、うわずったみたいに呟いている。絵子はなんとも言えなかった。朝子の検束をどう捉えていいのかわからないのと同様、このこともまた、どう捉えたらいいのかわからなかった。ただ、遠い国の出来事みたいだと感じた。実際、海の向こうのことではある。映画は頻《しき》りに国民感情へ訴えようとしていたが、これが自分になんの関係があるのか、絵子にはやはりわからなかった。

翌日になって職場へ行くと、「あんなもん、女《おんな》子どもの観るもんでない」と、給仕頭は顔を顰めていた。

十一月の最初の日が、少女歌劇団の初公演の日となった。売り場の貼り紙や新聞に出した告知を手がかりに、おおぜいの客がやってきた。近未来ふうの別館コドモの国へ足を踏み入れた大人たちは、自動階段と並行して走る筒状の滑り台や、謎めいた鏡の間といった館内の景色に困惑しながらも、上階の劇場へと辿り着いたのだった。開演の半刻前には、百八十ある座席はほぼ埋まってしまっていた。

会場はざわついていた。入り口で渡されたパンフレットを手に、あれこれと憶測を交わし、またひさしぶりに会った朋輩《ほうばい》と近況を伝えあっている。このところ急に寒くなったから、冬物の着物や毛織りの上着を引っ張り出してきたようで、場内はひといきれとともに樟脳の匂いに満ちていた。壁際に立って眺めていた絵子は、だんだん不安に駆られていくのを意識した。ふだん練習を見ているとき、客席はがらんとしている。ひとが入るとそこは、へいぜいより狭くも広くも感じられ、どこだかわからなくなるのだった。馴染《なじ》んだ場所ではないかのようだ。

公演は、うまくいくだろうか。ひとの作った脚本で、ひとが演出するものですらこうも緊張するのだから、自分のお話が上演されたらどんな気持ちがするのだろう。絵子は舞台と近くも遠くもないところに座を占めることにした。関係者席に座ることもできたが、あまり眺めのよいのも怖い気がした。練習を見続けてきたからこその怖さだった。正式の衣装をつけて、作り込んだ舞台美術を背景に、観衆の前で演じられたらどのようなことになるのかと。

虹の色を織り込んだ緞帳は重たげで、噤《つぐ》んだ唇のようにしっかりと舞台を覆い隠していた。絵子はその幕を凝視していた。やがてブザーが鳴った。太くてどこか間の抜けた音だったが、百八十の観客はそれで静かになった。三百六十の目が、絵子とおなじように正面を見た。

誰も何も喋らずに、息づかいの気配だけがある。ひとがたくさんいて静かなのは、誰もいなくて静かなのより奇妙で気味が悪かった。緞帳が音もなくあがっていった。

分厚い幕の向こうには、さらにもう一枚の幕があった。淡い生成りの色で、素材も軽やかだとわかるのは、その表面を揺らしていく少女の動きのせいだった。膝までのワンピースに白いタイツを身につけ、舞台右袖からあらわれた彼女は、右脚、左脚と交差させつつ順々に前へ出しながら、高くあげた右手でもって布地をドレープさせていった。カーテンを引きあける仕草だ。子鹿のように跳びはねて、ものの数歩で舞台を横切ってしまう。すると薄いその幕はもう視界から除かれてしまっていて、そこには数体のひとのかたちが、蹲り、また膝をつき、うなだれ、または仰向いて、中央の柱を境にシンメトリーを描きながら、彫像の群れのようにしてならんでいるのだった。

淡く透ける布地で作られた裾は踝までも届いていて、袖はなく、額には桂冠をいただいていた。古代ギリシア風の衣装で、いつか鍋川が演出家とともにスケッチを吟味していたものだった。舞台には階段状の台が丘を模して設えてあり、中央に行くにしたがい高くなっている。深い藍色の背景は、夕闇とも夜明けともつかない。ポーン、と柱時計の打つような音が、舞台すぐ下のグランドピアノから響いた。すると俯いていたひとりが顔をあげ、いま鳴ったのとおなじ音をその喉から響かせた。嘆きとも、または狩りの女神に捧《ささ》げる祈りとも取れる声だった。声はいとも自然に言葉へと変わり、月を、夜を、森を讃える歌へと移行していった。そしてまたピアノの響き。一音が響くごとに、一体、また一体と、彫像に擬態していた少女が目覚め、歌い出す。歌声は重なり合い、歌詞も旋律も少しずつ違っているが、その重なったところに和音が生まれる。薄物どうしが重なって、べつのあたらしい色が生まれるのに似ていた。舞台はいつしか、輪唱めいて歌う声に満たされた。歌は両端の、下段にいる少女からはじまって、だんだん中央の高いところの少女を巻き込んでいった。声も呼応して高くなり、最後にはフルートの音色のようなソプラノになっていた。

声でできたその迷宮へ、誘われるようにひとりの青年が彷徨って歩いてきた。むろん青年に擬態した少女だ。背が高く、眉根がしっかりとして肩幅も広かった。都会育ちの団員が多いなか、郊外のほうの出身で、家が農家で男に交じって力仕事をしていたという。彼女の低音はその体のように、ぶれることのない芯があった。

書き割りも何もない、抽象的なこの舞台上の森の風景を、彼女は——つまり青年は、戸惑いながらも愛でる文句を歌に乗せては発していく。ここはどこなのか、自分はどうなるのか、どうしたら家へ帰り着けるのか。その問いに呼応するように、階段状の丘の陰からひとりの娘があらわれる。つまり、娘に扮《ふん》したキヨ——に扮した清次郎だ。

旅人である青年の問いに、娘は答えを返していく。彼女が森の精なのか、それともここに長く住むだけの人間の娘なのかはわからない。演出家の創作であるということの劇は、見せ方こそ西洋風だけれども、形式としては能の舞台を踏まえているらしかった。謂われのある土地を旅人が訪れ、そこで言葉を交わす相手が地霊であるという例が、能には多くある。キヨの扮する娘は、土地に伝わる物語を歌に乗せて語りはじめた。

鍋川がキヨの正体に気づいているのかどうかは知らない。だがこの役にキヨを抜擢《ばってき》したことは正しかった。ほかの少女たちも、練習の甲斐あって美しい声を発していた。でもキヨの声は、何かが違う。少女たちの声が花びらのようなら、キヨの声は硝子だった。やわらかく、優しく歌うときでも、氷でできた細く硬い糸を、その中心に呑み込んでいる。この世の外にあるような声だった。絵子は耳を澄ませて聴いた。ソプラノの思い切り高い音を、長く、かつ高低をつけて歌おうとすると、少女たちは息が続かず、どこかで息継ぎをしてしまう。けれどもキヨは――清次郎は、およそひとの声とも思われない高みで、自在に声を操りながら、どこまでも飛翔することができた。空の、どこか、とても高いところで、遊び続けているかのようだ。魂のあこがれていく、その彼岸を、彼は知っていた。とてもよく知っているようだった。彼の声の、それは遊び場だった。

客席のぜんたいが、息を詰めてキヨの声を聴いた。伴奏で入っていたピアノの音も、独唱が佳境に差しかかるあたりでちいさく控えめになり、いまは消えていた。観客はもちろん黙っているが、キヨの声が際限なく伸びていくことに驚嘆し、心中で動揺しているのが伝わってきた。握りしめた手のひらに、絵子もまた汗を掻いていた。

キヨは、彼は、歌に集中していた。ほかの少女たちが歌いながらも舞台上をゆったりと踊っていたのに対し、キヨにはあまり動きがなかった。だがその声が空中に置かれた羽毛のようにそっと着地すると、傍らで我に返った青年が、おおきく腕を差し延べて、彼女を掻き抱く仕草をした。そのとき娘は身を翻し、階段状の丘を飛び越えて瞬く間に舞台から姿を消した。それまでが静的であっただけになおさら、跳躍はひとびとの目に残った。長い衣装の裾をたくしあげるでもなく、引っかけることもなく軽やかに跳んだ。客席に軽いどよめきが起こり、そのまま幕が下りていった。

拍手の音がまばらに聞こえ、やがて割れるような音になって会場じゅうに響き渡った。絵子は深呼吸をした。途中で息を止めていたことに気づいた。

素晴らしい、素晴らしかった、清次郎に言ってあげなければ。誰もが絵子とおなじように、頰を紅潮させ昂奮を口にするなかで、ふと視界に入ってきた姿があった。ぎりぎりと歯を軋らせて、眉根にちからを込めた表情は、怒りを抑え込んでいるかのようだ。見覚えのある横顔は、清次郎の兄、清太に違いなかった。どうしたのだろう。気に入らないのだろうか。

四半刻ほどの休憩が入り、ひとびとがてんでに席を立った。絵子は清太に話しかけようとしたが、何と話しかけるべきかわからないのに気づいた。秘密にする、と約束したのだ。キヨがほんとうは男だということを、他人には洩らさないと。絵子自身それを知っていると兄に気取《けど》らせないことも、その約束には含まれているはずなのだと思い至った。清次郎が秘密を誰ひとりにも洩らしていないかのように、絵子は振る舞わねばならない。つまり清太とのあいだには、一年ほど前に食堂で給仕をしたという以上の関係はないことになっている。

絵子は座席に戻り、沈思した。ふつふつと腹が立ってきた。あの男に、ひとこと物申さずにはおけないような気持ちだった。清次郎の話によれば、あの兄は弟を、分を越えてこき使っている。女の格好をさせて稼がせ、金は自分の懐に入れる。夜の屋上で話したとき、清次郎は、叱られる、と言った。子どもの彼は怯《おび》えていたし、乱暴そうなあの男は、弟に過剰な折檻を加えているのかもしれぬ。

ふたたび立ちあがろうとしかけたときに、ブザーが鳴った。第二幕の開演をそれは告げていた。

次の演目は打って変わって喜劇風のものだった。筋というのもとくになく、タキシードに身を包んだ少女――つまり青年が、夜会服姿の女に花束や贈り物の包みを渡しては、気に入られたり気に入られなかったりする、という趣向のものだった。背景はニューヨークあたりの街角で、画家を雇って描かせたらしい書き割りもよくできていた。タキシードの青年が五、六人ほど、夜会服の女も同数だけいた。贈り物ははじめのうちは花であったり宝石であったり、よくある類いのものなのだが、次第に雨蛙とかパチンコとか、果ては巨大な風船玉とか、意想外のものが飛び出すようになる。花や宝石なら女は喜ぶかというとそんなこともなくて、指輪を突っ返す者がいたかと思えば、パチンコをもらって嬉しげに客席へ飛ばしてくる者もあり、観客はその反応を愉しむ趣向になっていた。

けれども絵子は、愉しむどころではなかった。清次郎、つまりキヨが出てきたとき、タキシードを着ていたからである。胸に赤い薔薇《ばら》を飾り、前髪がてらてらと光っているのはポマードで撫でつけたのだろう。後ろ髪はきつく結わえて、目立たないよう背中へ垂らしている。肝が冷えるとはこのことだった。男の役などさせられたら、ほんとうは女ではないことが知れてしまうのではないか。

しかしそれもまた杞憂だった。舞台上の彼はあくまでキヨだった。優美な仕草で胸許の薔薇を抜き取ると、花は真っ赤な鸚鳥《うそどり》に変わり、相手役の女が受け取ろうとする手のひらを逃れて飛んでいった。キヨの扮する青年は、片頰だけで微笑み、会釈をした。背の曲げ方、指の先までも、しなやかな動きは確かに女優のものだった。腰や太腿がほかの青年役に較べて痩せているのは否めないが、裾の長いタキシードの上着によって隠されているので目立たない。先入観を極力取り除いて見たとしても、それはあくまで男装したキヨであり、素の清次郎とは違っていた。彼は少女になったうえで、その少女の下地を保ったままで青年の振りをしているのである。つまり二重に演じているということだ。よくもそんなことが可能なものだと、絵子は心中で舌を巻いた。

幕が下りると、傍らに座る客の会話が耳に入った。

「女の演じる男というのは、なんとも不思議な味わいがありますな」「まことに」「とくにあの、声のいい女優。名前はなんと言いましたか」中年男性はそこでパンフレットを確かめ、「キヨ。あのキヨというのは、たいそうな美女と見えますな。まだ幼いようだが先が楽しみだ。ああいうのに男の格好をさせると、またべつの艶《なま》めかしさがあって、じつにいい」

さらに聞いていると、役者のひとりが怪我か何かで出られなくなったので、キヨは人数合わせで男の役を振られたらしいと、事情通らしいひとりが話していた。なるほど確かにキヨであれば、咄嗟に男性側をやらされても、すぐに演技を覚えられるだろうと絵子も思った。

「じゃあ、この公演は貴重だったわけですな。滅多に見られない、希少価値ものですな」

好色さの滲む会話を聞きながら、いい気なものだと思うと同時に、清次郎が襤褸を出さずにいることに心底から安堵した。

第三幕は〈祇園小唄《ぎおんこうた》〉だった。昨年ビクターレコードから盤が出て、大流行しているこの曲に乗せて、歌い、踊るのである。あどけない舞妓たちが、六人ばかりもあらわれた。髪を初々しい割れしのぶに結って——半数以上は鬘《かつら》だが——振り袖に帯はふくらはぎまで長く垂れている。ほかの演目のときより白粉を厚く塗り、真っ赤な紅を唇へ載せていた。だらりの帯、で後ろを見返る仕草が、幼くも哀切である。化粧が濃くてすぐにはわからなかったが、清次郎は出ていないようだった。

パンフレットによると、最後は〈オイチニの兵隊さん〉だった。これも昨今の流行歌だ。歩兵姿の少女が出てきて喇叭を吹き鳴らす。二拍子の行進曲にあわせて、舞台の左袖から次々と、草色の兵服をまとった少女たちが隊列を作ってあらわれた。両膝をしっかりと曲げながら、潑溂《はつらつ》と舞台を歩きまわる。曲は三番まであって、随所でひとりずつ前へ出ながら歌詞の内容を身振りで簡単に演じる。最後は犬に追いかけられて、爆笑のうちに幕となった。「なんて可愛い兵隊さんだこと」絵子の後ろに座る婦人客たちが言い交わすのが聞こえた。

ともかくも初舞台は成功したらしい。手足の緊張が解けて、絵子はぐったりした。清次郎や団員の少女たちにねぎらいの言葉を掛けにいこう、そして明日からも頑張ってくれるようにと。公演は今月二十五日までほぼ毎日行われることになっていた。

席を立ちかけると、最前列にいた清太の姿が目に入った。気持ちにふたたび影がさした。やはり何か言うべきではないのか。この機会を逃したら、次はいつになるかわからないのだ。絵子は意を決した。だが清太に声を掛けたのは、鍋川のほうが早かった。

「やあ、これは」

舞台下へ降りてきた支配人は、鎖のついた丸眼鏡を掛け、ダブルのヴェストに揃いの上着、シルクハットという出で立ちだった。手袋をはめた両手を軽くひらいて、相手を迎える仕草をした。

対する清太の応答は荒かった。絵子は彼のすぐ背後にいるため表情を見ることはできないが、声の調子から伝わってくる。「なんですか、あれは」

予想外の言葉に、鍋川はすぐには反応できないらしい。まだ半分残った笑顔のまま尋ねた。

「というと?」

「キヨのことですよ。あんな半端な演技をさせて。ちゃんと練習させましたか? あれは怠け癖があるのでね。厳しく躾けておかないと、自分で勝手に手を抜きますよ」

鍋川の目が泳いでいる。なんてことを言うんだろう、と絵子もまた思っていた。横から割って入ろうかと、よほど考えた。清太が続けた。「よくないところは、こっちでも直させます。この公演、まだ先が長いようなんでね」

支配人は何か答えたが、その声はちいさく、周囲のざわめきに掻き消されて聞き取れない。やがて「鍋川さん」と斜め後ろから呼びかける婦人があった。「素晴らしい公演でしたわ。わたし、涙が出てしまって」

鍋川は振り返ると、「やあ、これは」とまた言って、えびす屋の上客らしいその婦人と話しはじめてしまった。清太は、ふん、と鼻息を吐いた。懐手をして会場を出ていこうとする様子である。

「あの」と絵子は話しかけた。続く言葉も思いつかないままに。

こちらを向いたその男の、顔を正面から見て息を呑んだ。清次郎にそっくりだったからだ。黒々とした眉や日焼けした肌のせいで、一見したところはまるで似ていない。けれど舞台上のキヨの顔を、変幻する化粧の下に覗き込んでいた絵子にはわかった。鼻筋や目蓋のかたち、そして何よりまなざしの与える印象がおなじだ。

「何か？」

男は応え、目を眇《すが》めて絵子を見た。口髭を生やしているため表情のすべてはわからない。

いいえ、と絵子は呟いた。気圧《けお》されてしまったのだ。男は頭のてっぺんから爪先まで、値踏みするように絵子を眺めると、それ以上は何も言わずに踵《きびす》を返して出ていった。ひとの群れがあっという間に後ろ姿を隠した。

沈みつつある夕陽の色があちらこちらに満ちている。えびす屋の建物にも、空にも雲にも、この空き地にも。ぴんぴんと生えたすすきの穂の揺れる土地のまんなかで、材木の山に絵子は座っていた。朝子がストライキをやった末に検束された場所だった。釈放されたという報はまだ聞かない。

少女歌劇団の初公演が素晴らしかったという感想に変わりはなかった。けれど清太の剣幕を見てしまったあとでは、清次郎にどう声を掛けていいのかわからなくなった。それだけではない。あの男の顔をまっすぐに見た絵子は、そこから何か、ひどく強いものを、言ってしまえば毒のようなものを、受け取ってしまったと思った。しかもその顔が、弟である清次郎にそっくりだった。そうしたすべてに動揺していた。劇場を出て足の向くまま歩くうちに、この空き地に来てしまっていた。

伸びてゆく自分の影を眺めていると、そこにちいさな、べつの影が入ってきた。

「絵子」

と呼びかけられた。清次郎だった。

どうしてここがわかったんだろう。もうキヨの顔ではない、彼の顔を絵子は見た。幼い表情を眺めるうちに、清太の面影が追いやられていく。自分を探しにきてくれたのだろうか。けれども少年は、こう告げた。

「お別れを言いにきた」

「え」

「もう食堂へは行かない」

これから連日公演がある。主演女優のキヨの顔は、だんだんみなの馴染みとなっていくだろう。ひとめにつく場所を頻繁に訪れるのはよくないと、どうやらそういう理屈らしかった。

銀色の細かな花を、たっぷりと無数につけたすすきが揺れている。みんな、どこかへ行ってしまう。手の届かないところへ逃れていく。朝子も、この子も……と思って、絵子はふと気がついた。これからもこちらは練習を見学に行く予定なのだから、会わなくなるわけではない。ただ歌劇団にいるときの彼はキヨだ。清次郎として会うことは、ほとんどなくなるという意味だろう。口数の少ない彼の伝えるところを、絵子は自分で補った。何も言わずに姿を消しそうなものなのに、意外に律儀なところがあるらしい。

「食堂にはもう来ないって、それも兄さんに命じられたこと?」

清次郎はなんとも答えずに絵子の顔を見守っていた。答えるまでもないのである。なぜわざわざ訊くのかと訝るふうに、わずかに首をかしげていた。

絵子は溜め息をついた。

「あんた、どこで暮らしてるの。もう寮は出たんだよね?」

「旅籠に泊まってる」

「旅籠ってどこ」

あっち、と指さしたのは、足羽川の下流のほうだった。

旅籠の名をさらに問うと、「なんだっけ。えっと」

「忘れたの?」

この子はいったい、芝居に関わること以外に頭を使う気がないのだろうか。すぎ、すぎ、と呟いて、その先は思い出せないらしい。額をこつこつと叩いて考えている。

「もしかして、……すぎうらや?」

「そうそれ」

すっきりとした表情で、少年は顔をあげた。

絵子は二の句が継げなかった。清次郎はあの村から毎日通ってきていたのだ。絵子が生まれ育ち、長いこと帰れずにいる村から。杉浦屋のまい子とすごした日々も、記憶を閉ざして思い出さないようにしていたことだった。この子はそこに、寝泊まりしていた。自分はこの数ヵ月、そんなことも知らずに付き合ってきたのだ。なんて間が抜けているんだろう。

「じゃあ、あんたの兄さんも?」

清次郎は頷いた。

胸騒ぎがした。あの男が杉浦屋に泊まっている。それはなんだかとても嫌なことに思われた。「杉浦屋で何をしてるの」問い詰める口調になっていく。

「知らない」と彼は言った。「清兄のすることは、清兄のすることだから」

――でもその兄さんは、あんたを支配してるんでしょう? 強い言葉が出掛かったのを呑み込んだ。先ほどまで絵子を浸していた、感傷に似た気持ちはもうここにはなかった。かわりに黒雲のような不安が、胸のうちへ立ち込めてゆく。

何かがおかしい、という気がした。なんだろう。あの清太という男。彼はいったい何者なのか? いったい何が引っかかるのか、絵子は懸命に考えた。

「いつからなの」

絵子の口調の厳しさに、少年は少しく困惑するらしかった。頬を照らしていた、夕陽はもう赤くなかった。

「あんたの兄さんはいつから、杉浦屋に泊まってるの」

「ずっとだよ」清次郎は答えた。「この街へ来てからずっと」

では、もう一年になるのだ。彼はそこで何をしているのだろう？　思えば歌劇団の練習はこの四月にはじまったのだから、その以前にこの土地へ来る必要はなかったはずだった。何か、べつの理由があるのでなければ。

「帰ろう」と口走っていた。「一緒に帰ろう」

戸惑っている清次郎に、「わたしの家があるんだよ、そこに」と告げた。

そして少年の手を引くと、夕闇に包まれていく空き地を後にした。

帰るつもりでは、なかった。何をするつもりなのか、自分でもわからない。衝動。それしかなかった。人絹工場の帳簿をあばいたときとおなじだ。

もちろん、怖くはない。けれど清次郎の手を握っていると、勇気を持てるような気がした。居場所のなかった村。追い出されたあの場所へ足を踏み入れることが、この子と一緒ならできる気がした。手を引いて歩き出したのは自分なのに、絵子のほうが少年に導かれているかのようだった。

事実、途中からは彼のほうがぐいぐいと先に立って歩いていた。手は自然と放してしまい、絵子のいることなど忘れたかのように川沿いをどんどん進んでいく。けれどほんとうに忘れているわけでないのは、時折振り返ってこちらを確かめる仕草からわかるのだった。

草むらを吹きすぎてゆく風や川音に肌をさらしていると、一歩ごとに時間が、ざわざわと戻っていくようだった。村を出てから何年経つのか、絵子は考えないようにしていた。戻っていくのは絵子の時間であり、同時に、場所の時間だった。街は時間とともにあたらしくなり、未来へ向かって進んでいた。けれども一歩そこから出たら、どこまでも草生やしの野原だ。百年も千年も、何も変わってはいない。背筋がぞくりとした。それは、とても怖いことだった。

県道に沿って歩いていくと、そのまま集落へ入ることになる。街灯のない道のわきに、ぽつりぽつりと家の灯がともっている。暗くてよかった、と思った。あかるいなかで村の景色に対峙するなど、到底できそうにない。

道の分岐するところで足が止まった。「ここだ」と呟いていた。清次郎も立ち止まった。柿の木の下から、見あげる。わずかな傾斜のある土地の、中途にその家は建っていた。

――遅かったがの。何してたんやの。待ちくたびれて、先ご飯食べてもたざ。

頭のなかに、声が響いた。不機嫌そうな母の声だった。まい子のところから戻ってきて、敷居を跨《また》ぐまでのしばらくのあいだ、いつもその叱責を恐れていた。家へ入っていくことは、こころ安らぐことである以上に、不安を伴ったものだった。

でもその不安が、今晩ほど高まったことはない。

振り返ると清次郎は、柿の木から少し離れた石垣へ座っている。薄闇のなかで見て取れた。ここで待つ、という仕草だった。彼は、何もかもわかっている。絵子は涙が出そうになった。

「すぐに戻るから」

清次郎は頷いたようだった。

橙色のひかりが洩れてくる。土間へと続く玄関口はあいているらしかった。ひかりがちらちらと瞬くのは、そこにひとがいて動いているしるしだ。台所を手伝うちいさな影。草履を履いて土間に立ち、鍋の中身を移している。誰だかわかったとたん、警戒心は解けた。懐かしい妹。ミアケだった。

絵子は戸口に立った。妹の名を呼ぼうとしたとき、ミアケのほうでも気づいて振り返った。

妹の表情を前に、声は喉許で止まった。矢絣の着物はミアケのお気に入りで、絵子も見慣れたものだったし、晩秋の寒さに頬と指先が紅潮しているのも彼女らしかった。でもその頬のなかの目は、絵子を異質なものとして捉えていた。凍りついたような表情を、ミアケはしていた。

恐怖が伝染してくるのを感じた。絵子は無理矢理微笑もうとした。どうしたのだろうか。ひさしぶりに会う姉が怖いのだろうか。「ねえ」呼びかけると妹は、短く悲鳴をあげて後じさった。

「どうした」

家のうちから呼ぶ者がある。男の声だった。

「誰か来たんか」

「知らんひとがおる」

ミアケは、声に応えて言った。妹の言葉が胸に突き刺さる。——知らんひと、だって。まさか。忘れてしまったのだろうか？

とあることに、絵子は思い至った。妹がまるで成長していないのである。絵子は十三歳から十八歳になった。それなのにミアケのほうでは、いつまでも幼いままだ。

……いったい、どうなっているのだろう？　この村の時間は、ほんとうに止まっているのか。絵子が出ていったときのままの姿かたちを、妹は保っていた。しかも、絵子のことを知らないという。ここは、いったいどこなのだろう。過去に、それも自分が最初から存在しなかった世界に、来てしまった。西野絵子という人間が、はなから生まれなかった世界。絵子を排除した世界を、絵子が出ていったその瞬間から、この村は永遠に生きている。

背筋の、凍ることだった。それは絵子にとって何よりも悲しく、恐ろしい世界だった。

板の間へあがっていこうとするミアケに、待って、と声を掛けようとした。そのとき入れ違いのように、なかから誰かが出てきた。

大人の、男だった。

上背があり、肩幅もがっしりとしている。絵子は身の危険を感じ、咄嗟に立ち去ろうとした。そのときだった。

「ねえちゃん」

太い声が、そう呼んだ。まさか。

「陸太？」

男は頷いた。

全身のちからが抜けた。ということは。

「ヨリ、これは絵子ねえちゃんや」

兄であるひとの着物の袖を握りしめた少女の表情は、恐怖から不可解さへと、徐々にほどけていった。日も暮れてから戸口へあらわれた不審者へ、興味の気持ちが芽生えたようだった。

その少女を背中から守るように、すっかり成長した陸太が上がり框へ腰を下ろした。

「ミアケとかずちゃんのあいだのねえちゃん」諭すように説いて聞かせる。

「ちいさいねえちゃんとおおきいねえちゃんの、あいだのねえちゃん?」

「ほうや」

「ほういえば、聞いたことある」

「あるやろ」

「生きてたんけ」

陸太は苦笑いをした。

「生きてたんけ?」絵子に向かって、おなじ問いを繰り返す。

絵子は、こっくりと頷いた。

「よう負ぶってもらってたんやで、ヨリは」

「おぼえてないもん」

「ほらほうや。飛び出してったきりやさけのう」

弟であるというひとの言葉に、絵子は頰が赤らむ思いだった。まるで子ども扱いされるようで、恥ずかしかった。……好きで飛び出したんじゃない。追い出されたのだ。だいたい、あのときの喧嘩の原因は、もとを辿れば陸太なのに。そんなふうに言い募ろうとして、やめた。それこそ時間が止まったようなこと、あまりに童《わらび》しい、子どもじみたことだという気がした。

この少女が、かつて背負って歩いた子どもだということが信じられなかった。ミアケとそっくりに育ったヨリは、ミアケのお下がりの着物を着て、黒い目をまるくしていた。いまは興味津々というふうに絵子を眺めている。

「さ、なか入ろ。寒いでの」

陸太が促して、ふたりともに板の間へあがろうとした。突っ立っている絵子を陸太が振り返った。

「どうしたんや、ねえちゃん。入らんのけ」

「え」

「帰ってきたんやろ？」

絵子には、答えられなかった。と同時に我に返って、自分がここへ来たいきさつや、清次郎のことに思い至った。柿の木の下に、彼はまだいるはずだ。

陸太が訝しげに目を細めた。

「ほやけど」

絵子は口籠もった。

陸太は息をついた。苛立ちの起こりそうになったのを、吹き消そうとするかのように。

「心配せんでもいい。とうちゃんは、いまおらんさけ」

「ほうなんか」

「かあちゃんは、寝てる」

絵子はほっとした。その安堵の気持ちに後ろめたさを覚え、そしてこの感情の流れは、かつて幾度も経験したものだったと思った。

「わかった」と絵子は応えた。「ほやけど、ちょっと待ってて」

そして陸太の返事を聞かずに、傾斜をぱたぱたと駆け下りた。

柿の木のところには、もう誰もいなかった。

8

夕餉はすませたらしかった。畳の間は暗かった。ひとつきりともった電灯は、かつてとおなじ光度を保っているはずなのに、都市のあかるさに馴れた目には同等には感じられなかった。それとも、記憶の暗さだろうか。絵子はここがほんとうにある場所ではなく、自分の頭のなかにある場所で、いまそこへ足を踏み入れていくような心地がした。少女がミアケではなくヨリで、男が成長した陸太だとわかったあとでも、その感覚は拭えなかった。

その場所は、絵子の知っている家よりもさっぱりと片づいていた。以前はいろいろなものが落ちていたはずだ。脱ぎ散らした褞袍《どてら》や縫いさしたままの着物、陸太やミアケの手習いをした反故《ほご》に、お下がりを順々に使い古している尋常小学校の教本。仕舞うように言ってもそのままなので、隅におおきな籠ひとつを置き、放り込むようにしてあった。それがいまは何もない。といって、始末が行き届いているのとも違った。ただたんに、物がない。隅には埃が吹き溜まり、がらんとした印象を引き立てていた。

「火鉢つけるん」

見ると陸太が熾《おこ》った炭を十能に運んでくるところだった。ヨリの弾んだ口調からして、普段は入れていないということか。もうこんなに寒いのに。陸太は掻き棒を使い終えると、積んであった座布団から一枚取り、絵子のほうへ差し出した。そうして火鉢に置いた五徳へ薬缶をかけた。

座布団は綿が潰れて薄くなり、擦り切れて穴が開いていた。繕う者は、いないのだろうか。陸太は一通りの作業を終えると、自身も座布団に腰を落ち着けた。神妙な横顔を向けて黙っている。先ほど出てきた瞬間は、大人の男のようだった。けれど上背があるからそう見えたのであり、こうして相対してみると、生真面目な表情のなかにあどけなさが窺えた。夕餉のときにも使ったのであろう薬缶はほどなく音をたてはじめた。陸太が茶を淹れた。ひどく薄い茶であったが、張り詰めていたものはわずかに緩んだ。

「ミアケは」

湯呑みで手のひらをあたためながら尋ねた。陸太は、こちらを見ずに答えた。

「嫁に行った」

耳を疑った。「は?」

「こないだ祝言あげたとこや」

「だって」

妹の年齢を絵子は数えた。やっと十五になったばかりのはずだ。

「ちいさいねえちゃん、きれいかった」

ヨリがふくふくと笑った。

「あ、でも絵子ねえちゃん帰ってきたんなら、ちいさいねえちゃん、おおきいねえちゃん、だけやったらあかんの。ちゅうくらいのねえちゃん、て呼ぶんかの。あ、なかねえちゃんがいいわ」

ひとりで言って、また笑う。火鉢にくっつくように座り込んで、人形をもてあそんでいる。見ればミアケの作ったものだった。すぐにも壊れそうだった哀れな人形は、思いのほか丈夫だったらしい。端布を縫い合わせた着物も、剝がれ落ちそうだった髪も、手足も、危うげなままに繫がっていた。不器用なあの子が、嫁に行った。何かの間違いではないのだろうか。

陸太は黙っている。絵子はさらに問うた。「ねえ、とうちゃんは。今晩はおらん、って、ほんならどこ行ったんや」

陸太はそれにも答えずに、湯呑みから薄い茶を啜った。ようやくして、「寄り合い」とだけ言った。何の寄り合いかは言おうとしない。木肌が痩せて木目の浮き出したちゃぶ台の表面を見据えている。父についてはそれ以上触れなかった。ふたたび沈黙が落ちた。絵子は息苦しさと、恐怖に近いものを覚えた。謂われのないものであったが、胸騒ぎよりも強い何かだった。

かあちゃんは、と尋ねようとしたそのときに、陸太が言った。「かあちゃん、病気なんや」

「ほうなんけ」

「なんの病気ってこともないんやけど」陸太はヨリのほうを見た。「調子悪いんや。あれ以来、ずっと」

血の道が病むと言っては横になっていた姿が思い出された。末っ子を出産して以来の不調から回復していないということか。

ヨリは自身のことが取り沙汰されているとも知らずに、人形遊びを続けている。家のなかの暖かいのが嬉しいのかもしれなかった。さっきあんなに怯えていたのが嘘のように機嫌がよい。ミアケに瓜《うり》ふたつだけれど、性質はだいぶ違うようだった。この子のほうが、おおどかだ。連れて歩いて子守りをした時分、暮れかたに輝く川面に目を瞠っていたヨリが思い出された。それによくよく数えてみれば、あの時分のミアケよりだいぶ幼いはずだ。きっと発育がよいのだろう。

「それに、ねえちゃんのことも。ずいぶん心配して、さらに悪なった」

ねえちゃんというのが誰を指すのか、咄嗟にわからなかった。続く言葉を聞いてやっと、和佐ではなく絵子のことだと知れた。

「なんで帰ってこんかったんや」

この部屋に入ってから、はじめてまっすぐに視線を合わせた。睨むほどに鋭いまなざしに、不意を突かれて口が利けなくなった。

「みんな待ってたんや。ミアケの祝言も、ねえちゃんが帰ってくるまで待と、って言ってたくらいなんやで」

「だって」絵子は呟いた。

──だって、出ていけって言われた。帰ってくるなと追い出された。父に殴られ足蹴にされて、命の危険すら感じたのだ。杉浦屋で病が癒えて大雪が溶けたあとも、おかみさんから聞いた話はこうだったはずだ。つまり自分は勘当された。それが、間違いだったというのだろうか？

「だって」

ふたたび繰り返すと、陸太はさらに語気を強めた。

「とうちゃんも依怙地《いこじ》なさけ。謝ってくるまで許さん、て。ほなさけ、どうにもできんかったんや」

一年が経ち、二年が経ち、いよいよ帰ってこない絵子を探そうと試みた。杉浦屋の伝《つ》手《て》を辿って桜井興産へ尋ねを遣ったが、西野という女工はいなかった。かつてはそこで働いていたということだったが、辞めたあとの行方は誰も知らず、それ以上はどうにもならなかった。

絵子は、二の句が継げなかった。いったい、どうなっているのだろう？　帰ってくることを禁じられた。家というものは自分にはなくて、根無し草になったと思い込んでいた。それがいま突然に、帰らなかったことをなじられ、責められているのだ。——帰ってくるべきだったというのなら、桜井の工場で、慣れない機械を必死で動かし、また機場を追われてのち、鼠の糞の散らばる隅で寝起きしていた日々は、いったいなんだったのだろう？　あのときに、帰ればよかったのだろうか。そうしたら母も元気で、ミアケと一緒に自分を出迎えてくれたのか。

絵子は混乱し、言い返そうとした。あそこにだって、居場所はなかった。それでも懸命に生きていた。あの苦労はなんだったのか。そうだ、自分はとても苦労をした。それもこれも、この家を追い出されたからこそだった。

けれど反撥《はんぱつ》の気持ちはまたもや、陸太の表情を前に潰えていった。そこには怒りだけではなく、ある悲しみが見て取れた。そうして絵子がいないあいだ、彼がこの家を支えるべく気をまわしていたのだということも。こんなにしっかりした子だったのかと、絵子は内心驚いていた。歳の近いこの弟と、かつてはしょっちゅうひどい喧嘩をした。絵子が発育の悪い痩せぎすとはいっても、女の子のほうが成長は速い。尋常小学校の中学年くらいまでなら、一度も負けたことはないはずだった。玩具や食べ物の取り合いになって、言い負かされそうになった陸太が堪えきれずに摑みかかる。絵子はそれを細い腕で突き飛ばした。手のひらが頰にあたると、まだ赤かった弟の頰により赤さの勝る紅葉《もみじ》の跡が残った。手がちいさいぶんちからが籠もるのだ。騒ぎを耳にした母がやってきて絵子を叱りつけ、戦利品は結局は弟のものとなるのだが、負かされたことの恨みの記憶は彼のなかに数日くすぶっていて、隙あらば反撃に出ようとしていたものだった。

いま、目の前にいる弟のまなざしにも、それは確かに見て取れた。むっと内側に何かを溜めて、それから爆発させる。誰かに似ている、と思って、父だ、とわかった。眉間を寄せる表情と、こめかみからあごにかけての線が緊張する輪郭が、芳造とおなじだった。弟は父に似て育った。絵子は思わず身を竦めた。けれども陸太は声を荒げることも、手をあげることもしなかった。

沈黙がまた降りた。

しわぶきの音ひとつ聞こえないことを、不思議に思った。さして奇妙なことではないのかもしれないが、奇妙なことに感じられた。母は、ほんとうにいるのだろうか。あるいはいないなら、どこにいるのか。これが現実ではないような、あの感覚に襲われそうになる。耳を澄まそうとしたそのときに、

「あっ」

ヨリが声を放った。ちいさな妹の視線を追うと、絵子のちょうど背後の壁に見慣れないものが掛かっていた。

「鳴るよ」

と続けたその予告通りに、針がかちりと動いて、低く、重く、刻《とき》を告げた。

「時計」絵子は呟いた。「買ったんや」

そう思ってみると、振り子の音はずっと聞こえていた気がした。かつてこの家には時計がなかった。時間は、数字ではなかったし、数字としての時間を知る必要もなかった。時計など読める者もいなかった。農作業だけしていたころは、お天道さまの動きをわかっていればよかったのだ。何もかもが、単純だった。いまはこんなにも複雑だ。いつからこうなったのだろう。ゼンマイ式のその機械が、神さまみたいに居座っている。物が減った家のなかに、あたらしく増えたもの。都会では見慣れた時計というものが、場違いで異様なものに思えた。鐘は、十まで打って止まった。

まわしていた首をもとへ戻して陸太を振り返った。彼もまた時計を見あげていた。唇を薄くあけて、すべての思考が停止したような、無心な、惚《ほう》けたような顔で聴き入っていた。絵子のまなざしに気づくと我に返ったらしい。夢から醒めたかのようにまばたきをして、

「ねえちゃん」と言った。「今晩、どうするんや」

絵子は少し迷ってから、「杉浦屋へ行く」と答えた。

陸太は言下に答えた。「やめたほうがいい」

「なんで」

「なんでって」

訝しげに絵子を見て、それから何かに気づいたかのように、「なんでもや」と言った。「行くんなら、朝んなってからにしねの。……ほうしたらわかるで。いろいろと」

言い終えると、どっと疲れたらしく、目頭を、やがて顔のぜんたいを両手のひらで擦った。十代の若者とは思われない、草臥《くたび》れた仕草だった。

煎餅布団は黴《かび》臭かった。隅に積まれていたそれを、絵子は二階の板の間へ敷き延べた。ミアケと一緒に起居していた部屋だ。いまは床の半分ほどが、行李《こうり》やら何やらで埋まっている。かつてと同様、窓側へ枕を置いた。蠟燭をともしても本を読む気にはならなか

ったし、そもそもここには読むものなどなかった。眩しいと苦情を言っていた、あの妹もいない。おなじ場所なのに、おなじではない。ここにこうして横たわっていることの奇妙さを、絵子は思った。

ようやく落ちた眠りの底は浅く、風景が広がっていた。こがね色に膨らんだ稲穂の揺れる畦《あぜ》道を、花嫁行列が通っていく。ああ、これはよく知っている——和佐の祝言の記憶だった。絵子は幼い妹のミアケと、列からはみ出したりはみ出さなかったりしながら歩いていた。花嫁の家族なのだから、一緒に並んで歩くべきである。けれどミアケはまだちいさいし、よそゆきを着せられてはいるものの、気を抜くとすぐに親類や友だちのなかに紛れていってしまう。妹へ付き添うのを口実にして、絵子もまた半ば観衆に紛れて歩いた。気に食わない、と思っていた。姉の嫁入りなど、気に食わない。終始顰め面で、父母にたしなめられても笑顔を作ることができなかった。ほんなら好きにせい、と言われたから、うねくねと気紛れに歩いていた。いっぽうのミアケは頰を上気させ、姉の晴れ着姿を眺めていた。ほう、と溜め息をついている。和佐の姿が美しいことは、絵子も認めないわけにはいかなかった。白い被りものをつけて芳造に手を引かれ、しめやかに歩みを進めている。打ち掛けを羽織ったその袖から、桜貝の爪がみっつ、ちいさく覗いていた。

手のちいさな姉であった。でもそれにしても、ちいさすぎる。絵子はあることに思い当たった。和佐が嫁に行ったのは、春先のことではなかったか。雪がまだらに溶け残り、やわい芽を覗かせた草花の緑とそれが対照を成していた。土は緩みつつあって、つめたく硬い空気の底に目覚めてゆくものの温度が確かに感じられた。でもいま、畦道は野の草も秋で、黄金の実りはこの先やってくる、長く暗い季節の予兆でもあるのだった。秋嫁、と呼ばれる風習が、このあたりの村にはある。輝く稲穂に照らされて進む行列は華やいでいるけれど、秋に祝言をあげたら嫁いだ先で、翌日から早々に収穫の仕事に出なければならない。農家の一大事が、この時期なのだから。どこでも人手が必要なときに、そのもうひとりを増やすのが、秋嫁。

ああ、だから、自分の帰りを待つことはできなかったのか。秋嫁だから。早く欲しいと先方が望んでいたから。飛び出していった姉は、そもそも戻るのかどうかも定かではなかったのだし。でも、ということは、あの子は自分が望むわけではないのだ——。

絵子は行列のまんなかを突っ切ると、花嫁に近づいていった。被りものの下にあったのは和佐ではなくミアケの顔で、記憶のなかの姿そのままに幼く、泣き出す寸前の表情のままでじっと耐えているのだった。そうだ、花嫁の顔を隠すのは、見せるのを惜しむばかりではない。彼女のほんとうの感情を、表情を、ひとに知られないためだ。

助けて、助けてと、妹は目で訴えていた。連れていかれてしまう、と。——助けられるのはねえちゃんだけや、絵子ねえちゃんだけや、助けて。

その先で、絵子はどうしただろうか。手も足も竦んで動けなくて、目を醒ますとひどい汗を掻いていた。湿った布団がさらに重くなっていた。

朝になっても父親が帰ってきた形跡はなく、母も起きてはこなかった。絵子は空腹を覚えた。昨晩、話し合いのあとで残り物を出してもらった。椀の底に冷や飯と、たくあんの切れ端だけの膳だった。少ししかくれないのは意地悪ではない、出そうにも出せないからなのだと絵子にもわかった。だから朝飯を欲しいなどとはとても言うことはできなかったし、陸太のほうでも勧めなかった。弟はまた、母の寝床を見舞うようにとも言わなかった。突然戻ってきた姉を、どう扱うべきか決めかねているのかもしれない。大事が起きたとき決定権を持つ芳造は、どこぞの寄り合いへ出掛けたままだ。

現実感のなさをべつにしても、絵子はここを自分の家だと思っていいのか、よくわからなかった。陸太に許されることなくしては、ちゃぶ台につくことすら憚《はばか》られる。そうして弟は、座るようには促さなかった。絵子はこのまま出ていくことを期待されている。あるいは、そうするものだと思われている。不在をなじられたのが昨晩のことだ。絵子が帰ってくるべき時機はすでに逸してしまっていて、ここにはまたもや、居場所というものがない。

「泊めてくれて、ありがと」

陸太は、うん、と頷いた。それからふいに目を眇めて、

「いいべべ着てなるの」

と言った。

絵子は自分の身なりを見つめた。たった一日前のことだとは信じられないが、少女歌劇団の初公演を観にいったままの装いだった。晴れ着というほどのものは持たないながら、行李の冬物のうちでもっともよいものを選んだ。家のなかにはいま午前のひかりが射して、そのなかであらためて目にすると、陸太の着物はたいそう煤けていた。昨夜出された擦り切れた座布団と選ぶところがない。

よい着物を着ている、と述べた陸太の心情はわからなかった。けれどたんに褒めたのではないことだけは、わかった。さまざまに複雑な心情のうちに、昨日ボンボン時計の音を聞いていたときの、惚けたような表情が混ざっているようにも思えた。

絵子は何か言いかけたが、喉からはどんな言葉も出てこなかった。陸太に背を向けて、上がり框へ腰掛け、下駄を履いた。弟が背中をじっと見ている気がした。

土間へ降りて振り返ると、彼は先ほどの姿勢のまま、懐手をして立っていた。何かを堪えているようにも見えて、このまま陸太をここへ残していくのは気の毒な心持ちがした。そう思うのがおかしなことなのか、それもまた絵子にはわからなかった。

柿の木のところまで来ると、川のほうへは向かわずに、お宮さんへと続く道を辿っていくことにした。昨日清次郎と一緒に村へ着いたときは、まっすぐ杉浦屋へ行く予定でいた。けれど陸太の言った、朝になったらわかる、という言葉が気に懸かった。あかるいなかで村を見てみろと弟は告げたのだ。お宮さんのあるあたりが村の中心だった。ほんとうは誰よりもまずミアケに会いにいきたかった。けれど教えられた嫁ぎ先は今庄《いまじょう》の村であり、一日で往復できる距離では到底なかった。

坂の途中にはかつて機屋だった建物がそのまま残っていた。山羊はもういなかったし、建物も使われていないようだ。曇った窓硝子越しに覗くと、塵で濁った空気の層を透かして、数台の力織機が重く蹲っていた。衰弱して動けなくなった獣みたいだった。織機がこんなにならんでいて、それでいて静かなのは不気味だった。街なかの人絹工場は、いまでは夜が更けてからも休みなく操業を続けている。それなのに羽二重を織っていた機械は、別種の生き物のように放置され、死につつある。

どこもかしこも静かだったし、かつてあった景色がまるまる失われている気がした。畑の様子も妙だった。農閑期に入っているから、作物が溢れていることはないにしても、青菜のひとつすら植わっていない土地がそこここにあった。収穫がすんで空っぽなのではなく、はなから作業を打ち棄ててしまっているように見受けられた。畝《うね》すら作った形跡がない。でこぼこの地面でわが物顔にたむろしているのは鴉《からす》たちだった。人間の姿は見当たらない。

みんな、どこへ行ってしまったんだろう。村は捨てられてしまったのか。晩秋にも似ない晴れやかな好天が、場違いなあかるさでそうしたすべてをあまねく照らし出していた。絵子はぽつぽつと歩みを進めた。社務所の赤い瓦屋根が視界に入ってきたころ、俄《にわか》にあたりが騒がしくなった。おおぜいの人間、それも男たちが掛け声を発しているらしい。なんだろう、と訝った。こんな時節に神輿でも担いでいるのか。

掛け声にはリズムがあったが、近づくにつれてはっきりするそれは、祭りのときとは違うようだった。では何か、と考えるけれど、これまで村で耳にしたどんな節まわしとも似ていなかった。社務所の傍らに設けられた広場で、何か行われているようだ。お宮さんを囲む柵越しに、彼らの姿が目に入った。

裏手の松原が深い緑色の背景となって、ひとびとの四肢を浮かびあがらせている。腕を、脚を、放り出すようにして盛んに動かしているのだが、その全員の手に一本ずつ鋤が握られていた。ざっと三十人ばかりだろうか。けれども絵子の印象には、百人もがその場へ集まっているように映った。鋤と鋤がぶつからないよう配慮するためか、充分なあいだを空けて位置を占めた男たちは、片脚を高くあげ、もういっぽうを軸足にして、くるりとまわる拍子で地面に向けていた鋤を振りあげる。踏みしめるごとに砂埃が立ち込める。土を掻く仕草、空を仰ぐ仕草が交互に繰り返されていた。大の大人の男たちが完全に足並みを揃え、おなじ動作を繰り返しながら盛んに掛け声を発しているのだった。

——えっ、ほ。えっ、ほ。

腹の底から押し出す音声《おんじょう》には、暗いちからが漲《みなぎ》っていた。踊りだ、と絵子は思った。昨日、歌劇団の公演を見た。少女たちが声を放ち、白鳥に擬態したかのような衣装と身のこなしで踊り、表現していたのとおなじように、ここで、この男たちもまた、この踊りによって表現をしているのだ。けれどもそれがなんなのか、絵子にはまるで見当がつかなかった。雨乞いでもない、収穫のための祈りというわけでもない。こんなものを、かつて見たことがない。

彼らは白い法被《はっぴ》様の着物を揃って身につけて、それもまた背後の松林と鮮やかな対照を成していた。太陽が布地の白を、日に焼けた肌にひかる汗を、そして何よりも鋤の先端を鈍く輝かせている。熱狂したまなざしを宿す額には、ひとつひとつ、鉢巻きが巻かれていた。真っ白な鉢巻きの中央に、ひとつひとつ、赤い日の丸があった。

そのしるしを見たとき絵子は、気が遠くなりかけた。なぜかとはわからない。そして柵越しに眺めていた列のいちばん右に、芳造の姿を見つけた。父は、涙を流していた。喜悦とも悲しみとも自暴自棄とも、または怒りとも取れる表情だった。こめかみまで真っ赤にして、外股気味の脚を振りまわす様子は優美さとは程遠かった。

——とうちゃん。

喉許まで出掛かった。けれど呼びかけることはできなかった。自分はいま、村にいないことになっている。幽霊みたいな存在だ。でもそのことを抜きにしても、いったい、何が言えるというのだろう？　芳造の顔を見つめているうちに、不可解さは恐怖に変わっていった。絵子は体を低く折り、見つからないように背を向けると、その場を小走りに逃げ出した。

辿り着いたのは和佐の婚家だった。息があがっているのを整えてから裏へまわった。祈るような気持ちが通じたのか、果たして姉は厨《くりや》にいた。いて欲しいと思うときに、和佐はいてくれる。こん、と戸板の縁を叩くと、上がり口で繕い物をしていた手を止めて、顔をあげた。

はっと息を呑んだように見えた。けれど顔色が変わったのは一瞬だけで、針仕事を傍らへ置き、草履を引っかけて出てきた。

「よう来たの」と目を細め、絵子の手を軽く握った。和佐は、変わっていなかった。変わって欲しくなかったものが変わらずにあるということに、絵子は心底ほっとした。安堵のあまり泣きそうになり、この感じは何かに似ていると、五年前に家を飛び出し、川べりの小屋へ行く前にここへ寄った、あのときにそっくりだと気づいた。

背が少し伸びて顔つきも変わったであろう絵子を、姉はどんなふうに眺めているのか。幾分かほっそりしたらしい指先を絵子の手から放すと、入るように促した。廐に、馬はいなかった。きっと作業に出ているのだろう。売られてしまったとは思いたくなかった。

和佐の婚家は西野の家よりかなり裕福なはずだ。

そのことを当てにして来たわけではない。けれど厨へ入ったとたんに絵子の胃袋が鳴り出した。和佐は妹を上がり口へ座らせ、自分はついと立っていくと盆に握り飯を載せて戻ってきた。塩昆布の握り飯ひとつがこんなに旨いのは久しぶりだった。村を出て以来だろう。そのように考えて、都市部の寮での食生活が恵まれたものであることに思い至った。

不在にしていたあいだのことを、絵子は掻いつまんで語っていった。尋ねられたわけではない、けれどそうしないではすまなかった。まず自分の話をしたうえでなければ、今日ここに来るまでに見たもののことを話せなかった。絵子はいつでも和佐に会うと、それまでの時間を埋めたうえでしか現在の続きができないのだった。和佐は黙って聞いていた。そうして物語が現在に追いついて、「あれはなんなの」絵子が問うたとき、今度は和佐が話す番になった。

「ややこしいことになってもて」

和佐は陸太が見せたのと同様の、疲れた表情を眉間に寄せた。「うちとこのも行って、なかなか帰ってこん」

姉の言うにはあれは、農村のちからを回復するための運動だった。

ここへ来る途中で見てきた機屋は、倒産した時期を絵子も知っていた。羽二重を織って生計を立てていた家は、その後どんどん立ちゆかなくなった。とくにあの、恐慌、というのが起きてからがひどかった。かつて面白いように増えていった機屋は、面白いように潰れていった。でもなんにも面白くはなくて、絹織物に頼っていたところはそれでどんどん駄目になった。

「じんけんに、押されてもたんやの」

絵子は胸がちくりと痛んだ。村がいまこうなっているのは、半分は人造絹糸のせいだという。絵子はかつてその人絹を作る工場で働いていた。また都市部のひとびとは人絹による景気で潤い、百貨店にも金を落としていくが、絵子の生活は当面、その金によって成り立っているのだ。いいべべ着てなる、と言った陸太の声が背中から追いかけてくるようだった。

「そこにこのところの米価やでの。米一升、敷島《しきしま》とおんなじ値段や」

煙草ひと箱ぶんほどの値段でしか売れないというのである。台湾や朝鮮から外地米が入り、全国的に米が余っている。そのうえ、福井では不作なのだという。「肥料代を払ったら、のうなってまう」

そこからは倹約、倹約だった。電灯はなるべく使わない、自転車も持たない。「自転車？」絵子が問い返すと、

「自転車持ったら自転車税取られるやろ。税金高いさけに」

自転車で都会に行き、買い物をすることも自重しているのだという。それは浪費だからだし、大事な現金を都市部に持っていかれないためでもある。

「ほうでもせんと、都会にどんどんお金が流れていってまうさけ。農民は農民として暮らす、誇りを取り戻さなあかん、て」

鋤を振り立て踊っているのは、その士気をあげるためだという。農民の魂は鋤にこそ宿る、と。

「農本主義、って言うんやって。資本主義でなくて」

絵子はなんとも言えない気持ちになった。こうしたすべてをどう捉えていいのかまるでわからない。しかし都会に住んでいる自分は、ではここでは悪になるのだろうか。夜、出歩くなというのはそういうことか。和佐によれば、日が暮れると自警団が見てまわり、贅沢をする者たちを取り締まるらしかった。取り締まる、というのが、何をするのかまでは和佐も知らないという。

あることに思い至った。都会に出ない、ということは。

「じゃあ、学校にも行かれんのか」

まい子はとうに女学校を卒業しているころである。けれど陸太は――弟は、中学校へ行けたのだろうか。勉強しろ、と父に言われ続け、本人が望みもしなかったものをあれこれと望まれていた。けれどいざそれを奪われたとなると、自分のことのように悔しかった。

「そうやのう」と和佐は呟いた。「上の学校での勉強も、都会的で軽薄なことやと思われてるんや」

下を向いてうなだれた絵子の、髪を和佐が撫でるようにした。ほんとうに、この姉だけだった。村で変わっていないのは。家の奥は静かで、お姑さんはどこかにいるのかもしれないが、ほかの者は出払っているらしい。男も、子どもたちも——と考えて、はっとした。和佐は、子どもを産んでいないのだろうか。

姉の目を覗き込んだ。以前にはなかった空虚さが、そこには見て取れる気がした。和佐が母親になるのは嫌だと、かつて強く思っていた。いまだって、姉が自分の赤子を抱いているところなど見たくない。けれど母親にならないということは、この村においては、いつまでも婚家に居場所を与えてもらえないということである。

絵子はそれ以上、訊くことはできなかった。いまはもう無理だ。これ以上、つらい話を聞くことはできない。

先ほどとは反対に、絵子が和佐の手を取った。姉の手が熱かった記憶はないけれど、いつにもまして冷えていると思った。あたためるようにして握り、「もう、行く」と告げた。和佐はちいさく頷いた。

アキアカネが絵子の行く先を、すうっと飛んでまた戻ってくる。絵子が進むとその先を飛ぶ。

いままた、夕暮れていた。銀の穂をゆたかにつけた丈高いすすきに埋もれて歩く。艶やかな獣の背中を掻きわけてゆくように。こうして歩けば、誰にも見られまい。相手のいない隠れ鬼をしているような気持ちにもなる。そうして穂の隙間から覗くと、傾くにつれ朱を帯びてゆく陽の残滓《ざんし》が山の端にかすかに見えた。

やがて川音が響いてくる。狐川のこちら側には、舟は停まっていなかった。

家を出て、和佐のところへ行き、それから狐川を渡る。その順序があの日、五年前に家を飛び出したときとおなじだったから、もしかしたらと思ったのだ。あのとき舟はなぜかしらこちら側に舫ってあったから。見まわすとあたりには、太い丸太や角材、石などが積まれている。ここに、何かできる予定なのか。けれど当面、舟のかわりにはならない。

川の向こう岸を見遣った。そこには舟が停まっていた。そうしてさらに向こうの畑で、腰を屈めて作業をする人影が動いていた。絵子は迷ったが意を決し、口をすぼめて声を張った。「ほーい」

人影が振り返り、訝るような間があったあとで、「ほーい」声が返ってきた。

おばちゃんだ。

絵子は隠れることも忘れて岸辺へ寄った。舟はたちまち近づいてきた。水を切り、頼もしいほどの速さで。歳月と川の流れに削られ、すっかり痩せてしまった木の小舟と、そうしておばちゃんがそこにいた。

「絵子ちゃんけ。ひさしぶりやのう」

おおきなって、と感心した様子で告げられて、隠れるようにしてここまで来た絵子は拍子抜けしてしまった。石田のおばちゃんは、ちいさくなっていた。覚束ない手で竿を握っている。こちらへ来させてしまってよかったのだろうか。

「ほうや。おばちゃん、元気にしてたか」

絵子は言いながら舟に乗ると、「うちが漕ぐさけ」と竿をその手から取った。綿入れに身を包んだおばちゃんは、「ほうけ」と腰を下ろした。

「まいちゃんとこ、行くんか」

「ほうや」少し迷ってそう答えた。

「まいちゃん、忙《せわ》しねえらしぞ」

「忙しねえ?」

女学校の校門で待ち伏せした日、忙しいから、とにべもなく言われたことを絵子は思い出した。これから訪ねていったとしても、また素っ気なくあしらわれるだろうか。その可能性だってある。気持ちが挫《くじ》けそうになったとき、おばちゃんが意外なことを言った。

「機織りするんで忙しいっての」

「機、って、羽二重け」

「ほや。ほれも手機やと。憑かれたんてに織ってなるって」

奇異な思いがした。いましがた和佐のところで、いかに正絹の織物が売れないか、作られなくなったか聞いてきたところだ。「おばちゃん、それはどういう……」

問い返そうとしたところで、舳先がこつんと岸辺へ着いた。

こちら側の岸にも、やはり木材や石が転がっていた。「ほったらかしや」とおばちゃんは言った。「危《あぶ》のて仕方ないさけ、言うてるのに、作りもせんと、このまんま」

「何ができるんや」

「できるかどうか、知らん。できんやろ」

「ほやで、何が」

「橋やと」

役所の人間がここへ来て、橋を架けるように命じたのだという。農村における貧困救済、雇用拡大のためである。おばちゃんの話から推測するに、そういうことらしかった。けれどお上が命じただけで、村うちでは何も進んでいない。「行き当たりばったりや。なんもかんも」

舟を降りたおばちゃんは、畑へ戻っていこうとする。絵子はまた心配になった。「もう夜やよ」この暗がりで、いったい何の作業をするのか。

「西瓜《すいか》が」とおばちゃんは言った。「猿がみんな持ってってまう」

「何ゆってるんや。もう冬やよ。西瓜なんて生《な》ってないよ」

けれどおばちゃんは歩いていく。震えがちな一歩を踏み出しながら、もう絵子を振り返りもしなかった。

取り残されて、途方に暮れた。石田の家ではどうしておばちゃんに畑仕事をさせているのだろう。休んでいていい歳なのに。おばちゃんが、自分で出てくるのか。家に居場所がないのだろうか。

おばちゃんの姿が見えなくなると、絵子はふたたびすすきを掻きわけていった。このまま傾斜を登ってゆけば、杉浦屋の旅館に出る。けれど左手に、目を遣ってしまった。まい子としばしばすごした小屋。そこにはあかりがついていた。空が闇へ沈むにつれて、反対に浮かびあがる窓。待っていてくれたのだろうか？　まさか。そんなはずはない。けれどまい子は長いこと、絵子のたったひとりの友だちだった。まい子のほうでもそうだったはずだ。また、時間が混乱する。いまがいつなのかわからなくなる。胸の底を懐かしさに摑まれて、ふらふらとあかりに引き寄せられた。

小屋の錠は、下りていなかった。

戸をあける以前から、ひかりが熱を帯びていることが感じられた。この小屋は、あたたかい。きっと暖房を使っている。まい子が、なかにいるのだろうか。そうだ、杉浦屋は不況なんて関係ない。手広く商売をしているのだもの。倹約なんてする必要もない。引き戸を滑らせ、なかを覗いた。

目に入ったのは布だった。かつてまい子が見つけた手機。その織機に、経糸と緯糸を張りきらせて、織りさしたまま掛かっている。あの布だ、と思った。あのとき、ここへ最後に逃げてきたとき、絵子の背をふわりとあたためた布。緑とも青ともつかない色に、糸そのものが発光している。そう、掲げられた洋燈のあかりで輝いているというよりも。

「誰だ」

洋燈のぬしが振り返った。男だった。まい子ではない。真っ黒な顔をしていると見えたのは、口からあごへかけて生やした髭のせいだった。男はひかりを持ちあげた。眩しさに足が竦んだ。逃げなければ。

男が一歩を踏み出した瞬間に、絵子も踵を返して走り出そうとした。けれど首から上がついてこなかった。体だけが前に滑って、その場へ尻餅をついた。何が起きたのかわからず、振り返ろうとしたけれどもできなかった。着物の後ろ、首根っこをしっかりと摑まれていた。もう駄目だ、と思った。観念して目を閉じると、

「またか」

声がした。埃っぽい体臭が鼻に届いた。薄っすらと目をあけた。

「いったいなんなのだ、お前は」

清次郎の兄、清太が、訝しげに絵子を見おろしていた。

9

あれはいったいまぼろしだろうか。ほんとうにあるものだろうか。放射状に放たれる洋燈の赤いひかりのなかで、静かに青く輝いている。あれは、絹の艶だった。人造絹糸ではあんな風合いにならない。絵子はその表面に目を凝らした。布には色が入っていた。このあたりで作る羽二重は白だ。真っ白いのを輸出して婦人用ストッキングや下着にしたり、また国内でも胴裏にしたり、色をつける場合でも後染めにするものだ。けれどあの布は、いまだ織機に掛かっているときから色を纏っている。色のついた羽二重なんて、まるで色のついた繭のようだった。

赤や桃色、わずかに色味の異なる青が、平たい織り地のあちらこちらに顔を出している。それはただ色であるだけでなく、模様でもあるらしかった。花鳥風月といったものが見て取れるわけではない。こんな簡素な機械で西陣織《にしじんおり》のような意匠を作るのは無理だし、そうそう習得できる技でもない。それでもなお、模様であろうとしていた。何かになろうとして戸惑いながら、かたちを成す一瞬前でほどけて像を結ばない。いつか鍋川と一緒に眺めた、えびす屋の噴水を絵子は思い出した。あるいは、それも目が眩《くら》むせいか。こんなところでこうして縛られているから、冷静には見られないのかもしれない。

絵子は後ろ手に縛られていた。縄目が手首にちくちくとした。なぜ縛るのかと問うと、逃げようとするからだと男は答えた。歳月を経てあらわれたあの布が、ほんとうにあるというそのわけは、絵子だけでなくこの清太という男にも見えているらしいからだ。目の前の男そのひとが、ほんとうにいるひとなら、だけど。

清太は洋燈を傍らの椅子へ置くと、自分は床にあぐらを掻いて懐から帳面を取り出した。何か頻りに書きつけている。手は一方向だけではなく、右へ左へ、上へ下へ、ときに斜めへと動いている。文字ではなくて絵かもしれない。図案を描いているのだろうか。布に織られるべき模様は、彼が決めているのかもしれない。

この男はいったい自分をどうするつもりなんだろう。あの布は、秘密なのか。秘密を見たから縛られたのか。絵子はふたたび織機を眺めた。まっすぐに降りた綜絖の、遥か後方で繰り出されることを待つ経糸たち。その糸にこれから掛かっていく緯糸が合わさり、生み出していくはずのもの。頼りない、おぼつかない試みと思えていた。けれどそうではないのだろうか。精確な図案に基づいた、確かな文様であるとしたならば。

「……地図」

清太が顔をあげた。絵子は唇を押さえようとしたが、縛られているのでできない。まったく余計なことばかり言う口だった。この口のせいで、どんなに苦労させられたか。今度こそ殺されるかもしれない。

「わかるのか」

清太は言った。眉をほどいて、不思議な生き物を見るような表情だった。絵子は口籠もった。「なんとなく、そうかと思って」

彼は絵子へ近寄ると、しげしげと眺めた。頭から爪先まで、見られたのは昨日のことだ。けれどいま、その視線にはべつの興味が生まれていた。

「いったい、お前は誰だ」

「西野絵子、です」

こんなふうに問われて、自身が何者かを答えた覚えがこれまでにも何度かあった。問われると、わからなくなる。けれども口に出して名乗る瞬間には、これがわたしだ、と思うことができた。いまもまた、そうだった。絵子は腹の底にちからを入れた。——そっちこそ、なんなのか。この小屋に入り込んで。ここは自分とまい子の場所だったはずだ。そこで勝手なことをしている。そもそもこの男が悪さをしていないか確かめるために、自分は村へ戻ってきたのだ。思い切って問おうとしたところに、

「絵子」と名前を呟かれた。「そうか、お前が絵子か」

ひとり得心している様子である。まい子から聞いているのだろうか。それとも清次郎から？　まい子だとしたら、男がここにいることだって納得できる。絵子とふたりだけの場所だった隠れ家に、入ることをまい子が許した。そう思うと一度は膨らんだ気持ちがまた冷えていくのだった。この男は、いったい何者なのか。

おなじことを、相手もまた考えていたらしい。「それで、何を知っている」

「その布」と絵子は言った。「その布のこと、知ってる。うちのこと匿《かくま》って、それで、逃がしてくれた」

口に出してみると、いよいよほんとうにそうだと思えた。あの色も謎めいた模様も、記憶のなかでいつか七色になったあの布そのものの姿だった。

清太は不意をつかれた表情で、まっすぐにこちらを見ていた。絵子を見ていたかどうかはわからない。絵子を通して、何かもっと、おおきなものを眺めるかのようだった。

「ここがどこか、知っているか」

抽象的な問いだった。こことは、どこのことを言うのか。この村のことだろうか？　それとも、もっとおおきな――。

絵子が答えるより先に、「海が近い」と彼は言った。「港があるだろう」

「三国のこと？」

「もっと南だ。大陸と繋がっている」

「……あ」

「欧亜連絡航路と、それは呼ばれている」

絵子も確かに知っていた。敦賀港とロシアの浦塩──ウラジオストク港に定期航路がひらかれたのは明治期のことだ。ウラジオストクはシベリア鉄道の東の起点である。そこからの列車の旅が、欧州へ至る最短の道のりだった。敦賀の金ケ崎《かねがさき》と東京のあいだには、欧亜国際連絡列車と呼ばれるものが走っていた。

「戦争が、起きているな」

満州事変の勃発以来、関東軍は占領地を拡大し、増援部隊が大陸へと送り込まれていた。この敦賀の港からも、出ていった部隊があった。……清太が何を言わんとするのか、絵子には測りかねた。この港を通して運ぶものがある。それは戦争と関わっている。武器とか、そんなものだろうか。この事変を利用して、一儲けする腹なのか。彼が清次郎の上前をはねていることにも思い当たった。絵子は目にちからを込めた。だが睨まれたことなどお構いなしに、男は話を継いでいった。

「ここは、この国は、もういっぱいいっぱいだ。この島国は。この村みたいな農村、いや、もっとずっとひどいところも見た。大根どころか木の根を齧っている。女子どもは人買いに売られる。人間が、増えすぎている。農作業には人手が必要だから、次々と産む。けれど育てられない。食糧が足りない。だから外へと向かっていく。

大陸にも、国ができるだろう。この国の一部みたいにして。だけどそんなのは歪んだことだ。無理が生じる。また誰かが、逃げなければならなくなる」

彼はそこで言葉を切ると、洋燈の火へ手のひらを翳《かざ》した。ひかりが揺れ、床が傾く錯覚をする。海、と絵子は思った。狐川のほとりの小屋が、つかの間、船の底になった。……船艙に隠れて逃げるひとびと、あるいは逃げてきたひとびとの幻影がよぎった。そのひとが、携える地図。それがこの布だというのだろうか。

「十年前に、何があったか知っているか」

絵子は首を振った。自分はまだ、十に満たないころだ。

「子どもたちが逃げてきた。浦塩の港から船に乗り、海を渡って敦賀へ着いた。異国の子どもたちだ。シベリア鉄道のあちら側に、祖国を持つ」

なんの話をしているのだろう。なぜこの男は自分に訊くのだろう。そうして答えられなければ、我が身はどうなるというのか。絵子は考えをめぐらせた。……敦賀へ着いた孤児の話。赤十字《せきじゅうじ》が援助した。遠いヨーロッパの、そうだ、確か波蘭――ポーランドという国から来た子どもたちだった。

「でも、なんで」

問うと男は眉をあげた。そうして少し間をおいて、

「革命があったのは、知っているな」

絵子は頷いた。

「白系露人というのは聞いたことがあるか」

あるような気がする、と絵子は言った。

それはつまり白軍《はくぐん》を、ロシア革命における反革命軍を支持した者たちだった。彼らはソビエト新政府によって、叛逆者としてシベリアへ送られた。同様のことがポーランドでも起きた。「波国の歴史を知っているか」という清太の問いには、絵子は首を振った。それは分割に次ぐ分割の歴史だった。隣接する強国の領土であり続け、存在しなかったことすらあった。だから革命の以前にすでに、ロシアの圧政に抵抗して蜂起し、そして弾圧された者たちが、ウラジオストク周辺にはおおぜい住んでいた。

「波国の人間であるということは、故国を喪失しているということだ」

ひとりごとのように彼は言った。

話がどこへ流れてゆくのか、絵子は黙って聞いていた。やがて男は言葉を継いだ。

「先の大戦の後、波国は独立を得た。だが浦塩の波蘭人たちが陸路で祖国へと帰ることはできなかった。ソビエトとの戦争がはじまったからだ。列車は途中で燃料が切れ、零下何十度という極寒のなかでひとびとは凍死した。母親の死体に取りすがり、覆い被さるようにして死んだ子どもたちもいた。

食糧も薬も何もかもが足りなかった。病気が蔓延し、とくに腸チフスが流行った。親たちはいつも先に死んだ。乏しい食べ物を子どもへやったから。そうして残された孤児たちは、凍土を彷徨うことになった」

映像が広がっていく。絵子は奇妙な感覚に襲われた。歴史的な事実を語っているようで、そのじつ男はひとことごとに、内側へ、自身のうちへと入っていくかのようだった。まるで見てきたことを語るかのよう、その思い出へ戻っていくかのように。

「そこで彼らが頼ったのが、この日本という国だった。折しもシベリア出兵がなされていた時期だ。日本は共産主義の拡大を恐れていたし、防共ということで、ソビエト新政府とは敵対していたから、それで助けてくれたのかもしれない。子どもたちは赤十字の助けで船に乗せられた。そうして敦賀の港へ着いた。この国で保護されてのち、合衆国を経由して波国へ帰っていったんだ」

そこで男は言葉を切ると、絵子のほうへと向き直った。

「この世界には、いつでも逃げている者がいる。お前だってそうだ。さっきも逃げようとしていた。それに、どうして隠れている」

切っ先が急にこちらへ向いた。

「こっそりと移動していただろう、村のなかを。自分の生まれた場所ではないのか。家のある場所で、お前は隠れなければならない」

その通りだった。いつの間にか、裏側にいた。表側には出られない。何かが捩れてその加減でこちら側に来てしまった。この村のもう誰も、自分のことを求めてはいない。

気持ちが冷えていくのと同時に、北の海を、絵子は思った。つめたい海を、渡ってきた子ども。顔も知らないその誰かに、すうっとこころが寄っていく。ざん、と波の音がした。目を閉じた。そしてあけた。清次郎の顔がそこにあった。

絵子はまばたきをした。違う。それは兄のほうだった。けれども刹那、おなじに見えた。いや、そうではない。弟と彼とに相通ずる面影が、目の前を揺曳《ようえい》したのだった。

不思議だった。体格のよい大男だと思っていた。けれど向かい合って座ってみると、確かに背は高いものの、ふと線の細いところがあるのだった。鼻梁がよく通っている。瞳の色も淡いようだった。ふたたび、波の音がした。絵子が見たことのない、海原の景色。曇天をよぎる鷗《かもめ》たち。……なぜ、知っているんだろう。その凍土のつめたさを、飢えを、そして苦しみを。あるいは海を。青い布へ、海図を描くことができるほどに。

彼は、そこへ行ったことがあるのか。幼い弟の手を引いて、または背負って歩く少年……十年前は、このひとも子どもだった。逃げてきた孤児たちのなかには、そのままここへ、この国へ留まった者もあっただろうか。清次郎がどこで生まれたか、思えば考えたことがなかった。

「時折、そっと甲板に出ると星が落ちかかってくるようだった。地上にいるより天は広くて、そして遠くて莫大だった。見ていると怖くなるから、また船艙へ隠れる。昼間は滅多に上へ出ない。夜も昼もないような航海だ。みな、眠りもせずに起きている。こんなふうに、あかりをともして」

清太が洋燈を持ちあげた。針金の把手《とって》を軸として硝子の胴はおおきく傾いだ。大波に揺れる船の底。波乗り舟の――。

「音の、よきかな」

口をついた歌に、男が目を細めた。

「よい初夢が見られるようにっていう、おまじない。ちいさいとき、村の外れに住んでたお婆に教わった。長き夜の、遠の眠りのみな目覚め、波乗り舟の、音のよきかな、って」

俄に、そのことが思い出された。お婆はすごく年寄りというわけでもないのに、言うことが突飛で非常識だから耄碌《もうろく》していると決めつけられ、村の衆から嫌われていた。けれど子どもには優しかったし、行けば面白いことを教えてくれた。物心つくかつかないかのころ、絵子は和佐とこっそりそこへ通ったものだ。お婆は読み書きを教えてくれたし、屋根の破れた小屋には本がいくつも隠してあった。学問というものを、してきたひとかもしれなかった。都会で女郎をしていたらしいだの、みなは陰口を叩いていたが、ほんとうはべつの理由で隠れるように暮らしていたはずだ。素性を明かせない事情があったのだろう。不思議と訛りの少ない言葉で話していた。

……お婆はほんとうは誰だったんだろう。「青鞜」やほかの雑誌、所持しているだけで検束されてしまうような書物が、あの破《や》れ小屋の奥にはあったのだろうか。流行り病であっけなく死んだ。小屋のあった場所も畑になっている。そんなあれこれがいっぺんに、遠の眠りの、の歌とともに思い出されてきた。

「初夢のため、眠るためなのに、なんで、みな目覚め、なんやろう、って」

「行って、帰ってくるためだろう。めざめ、で折り返すから、べつの言葉だと回文にならない」

「そうやけど」

川を渡るときに、よく歌った。夜の狐川をまい子と渡って、そうしてそのまま川をくだって、海に出てしまえればいいと。だけどいま、この小屋は半ば船で、そうして十一月の夜気には海の気配が満ちている。いま絵子はこの歌を思うと、眠りのなかで見ている夢のことである気がした。長い夜に、眠りのなかで視覚が遠くまで及ぶことがある。遠い、遠い、果ての海にひとびとを乗せた船が浮かんでいる。難民船はいっぱいだ。彼らはまんじりともせずに、夜へまなこを見ひらいている。波音を、聞いて待っている。黎明《れいめい》というものを。

「だけど」と絵子は言った。「それは終わったことやろ。その孤児たちの移動は。いまもまだ、いるの？　逃げているひとが」

「いつだっている。たとえば、治安維持法というものがあるだろう」

大正の終わりに、それは制定された。共産主義思想の拡大を懸念し、社会運動を取り締まるもの。「これは人間というものを、ほとんど自由に狩り出すことができる。信条や、政治活動によって」

男の言葉に、絵子のなかにまたべつの景色がよぎっていった。今度は自分の目で見たものだ。雨のなか、労働条件の改善を求めて叫ぶ女たち。頬を濡らした滴の感触、鼓膜をふるわせた声も、まだ生々しく残っていた。──朝子。

「だから、地図は必要だ。逃げていく者たちのために。また逃げてくる者たちのために。戦争になったら、そうした者たちはますます増えるだろう」

戦争になったら、と彼は言った。その言いまわしが気に懸かった。満州でいま起きていること。それ以上の何かが、起こるということなのだろうか。

すると今度は今日の昼、ほんの数刻前に目にしたものがよみがえってくるのだった。村の衆が振りまわしていた鋤、揃えた足並み、そして揃いも揃って頭に巻いていた白い鉢巻きの、日の丸。どうしてそこで日の丸なのか。食べ物がない、金がない。都市部ばかりが豊かになるなかで、農村のちからを取り戻そうとする。西洋趣味を廃し、魂のなかの日の本を呼び出そうとする。天孫をいただくこの国の、根本に立ち返る。農本主義にはそうした部分があるのだと、和佐が語っていた。

それもまた、共産主義や無政府主義とは対極にあるものだろうか。貧しさから生まれる思想というもの。絵子はふたたび、頭が混乱した。村のひとたちが必死でやっていることを否定したくはない。だけどあれは、異様だった。どう思ったらいいのかわからない。

「だが」と男は織機に掛かった糸へ手を伸ばした。「表向きは、ただの布だ。美しい、伝統的な日本の絹織物だ。誰も疑問には思わない」

——お前のような者を除いて。

つけ加えると清太は、まっすぐに絵子を見た。「少し喋りすぎたな。さあ、お前をどうするか」

「どうする、って」

後じさろうにも、背中はすでに壁にぶつかっている。考えなければ、何か。引き延ばすようなことを。この対話が続く限り、自分は無事でいられるはずだ。「その布」と絵子は言った。「それ、まいちゃんが織ってるの?」

まいちゃん、というのが誰のことか、相手はすぐにはわからなかったらしい。訝しげな一瞬ののち、「ああ」得心したようだった。「役に立ちたい、と言うから。それに手織りをやりたいと」

「役に立つ、って、清太の?」

男が目を見ひらいた。しまった、と思ったが遅い。自分がこの男の名前を知っているはずはないのだから。

「ほんとうに、いったい何者なんだ」

もうどうにでもなれ、だ。詰め寄ってこようとする清太に、切り札のつもりで投げつけた。「うちの身になんかあったら、清次郎が悲しむ」

切り札は、ある効力を相手に発揮したらしかった。

「やれ、そういうことか」

右手のひらを椀のかたちにして、額を打ちつけるようにあずけた。「うまくやれ、と言っておいたのに」浮かせた腰をまた下ろし、合点がいったという様子で、緊張はむしろほどけている。絵子も絵子で、これでようやく言いたいことが言えるようになった。

「あんたのしてることは確かに人助けか知らん。ほやけど、ほんな危ないことに、法に触れるみたいなことに、まいちゃんを巻き込まんといてや」憚りなく、一気に口にした。

「まいちゃんは、うちの大事な、たったひとりの、うちの」――友だち、という言葉は、けれども舌の上で躓《つまず》いた。何年も会っていない、友だち。迷惑そうな顔をされた、友だち。

実感の伴わない言葉を発することはできない。嘘ではないかもしれないが、嘘に似て、唇が寒くなる。絵子は矛先を変えた。

「まいちゃんだけじゃない。清次郎だって。自分の弟だからって、どう扱ってもいいはずないやろ。いい舞台やったのに。あんな言い方するなんて」

「その話を、昨日しようとしていたのか。それがお前の用か」

絵子はおおきく頷いた。むくむくとした黒雲が、清太の顔に立ち込めてきた。気むずかしく苛立たしげな表情が戻ってくる。絵子も今度は退かない構えだ。身動きは取れないながら、気迫だけは身内に込めた。

清太は目を閉じて、何か思い返すようだった。そして呟いた。「あの娘が、自分で役に立ちたいと言ってきたんだ」そして疲れたように目を、わずかだけあけた。「そもそも、この図案が何を意味するのか、あれに知るよしはない」

あれ、というのはまい子のことか。どうしてそんな言い方をするのか。食ってかかろうとしたのを制するように、

「それで、清次郎のことのほうだが」

打って変わって強い口調だった。「お前に、芸ごとの何がわかる」

水を浴びせられたような気持ちだった。清太はさらに言った。「お前に芝居の何がわかる。舞台というものの何がわかっている」

絵子はただ目を瞠っていた。清太の言葉が募っていく。「いい舞台と言ったな。いい舞台。それはいったいなんだ。お前にいったい何がわかる」

たちまちにして、絵子は思い知った。この男なのだ、と。目の前のこの人間が、清次郎に――キヨに、あそこまでの芸を仕込んだのだ。あの身のこなしも発声も、優美でありながら力強い演技も、すべてこの兄が弟に、幼いころから付ききりで指導した賜物なのだと。またはみずから教えたのではないにしても、師匠を仲介するくらいのことはしたはずだ。つまり、そうした知己があった。芸の道に身を浸しながら生きてきた。絵子なんかとは較べものにならないくらい、その道に通じている。大陸とこちらを行き来しながら、異国の文物のなかで、陰の側を歩きながらも。

「……何も」

と絵子は答えた。悔しかったが、そう言うしかなかった。芝居のことも歌劇のことも、ひとつも感得していない。お話を、書かなければならないのに。鍋川と約束したというのに。

絵子は唇を噛んだ。自分の、しなければならないこと。

「これ、ほどいてくれますか」

俯いて、正座したままの半身をよじって背中を見せた。そこでひとつに縛られた手首を。「やらなあかんこと、思い出しました」

だから、もう行かなければ。

突然の申し出に、清太は驚いているふうだった。絵子は続けた。「大丈夫、布のことは、誰にも言いません。……少なくとも、ほんとうには」

呟くような最後のひとことに、男はちょっと首をかしげたが、存外と素直に縄を解いた。絵子のこころのうちの何かが、伝わったのかもしれない。

あらためて間近で見ると、その指は細くて長かった。清次郎の指に似ていた。けれど先ほどよぎった異国の面影は、髪にも瞳にも、もう見られなかった。

かつて絵子は、こんなふうに考えることにしていた。

たとえば空が重く白っぽく曇っていて、夕焼けも見ないうちに夜が訪れようとしているとき、どこかの家の軒先の行燈《あんどん》にもみじの葉むらが照らされて、色のない視界のうちでそこだけが珊瑚の簪《かんざし》みたいに鮮やかに赤いとき。あれは、わたしのためだと思った。あの赤は、わたしが見るため、わたしが見て嬉しくなるために、あんなふうにして輝いているのだと。わたしのために、きれいなのだ。

むろん、ほんとうはわかっていた。秋の木の葉がひかりを得て美しい色に透けるのは、ただの自然の摂理であり、人間のためなんかではない。まして自分のためなんかではないと。でも、そう思うことは勝手だった。勝手だ、と決めていた。何しろ絵子の手のひらには、きれいなものも強いものも、何もない、空っぽだったから。欲したものや望んだものは、片端から禁じられ、与えられることはなかった。世のなかには、それですまないひとがいることも知っている。自分のものだ、と信じたら、何としてもその通りにしなければいられないひとたち。権力というものを持つひとたち。だけど絵子にはそんなもの、持ちようがないのだから。だから、こころのなかでだけ、そう思うことは勝手だった。とりわけ、どうしようもなく疲れているとき、何の希望を持つ元気もないときに、そんなふうに考えた。

幼な子時代、そんなふうに考える習いがあった。

絵子は大人になったのだから、いろいろなことを決めることができる。給金を得ているし、ちょっとしたものなら買うこともできた。けれどそれがなんだというのだろう。いや、それはとても大事なことだ。けれど——。

いま絵子は、また空っぽになってしまったと感じていた。自分には、何もない。ほかのひとたちが持っている、家族とか故郷とか友人とか、そうしたものが、なんにもない。

空っぽで、えびす屋に戻った。

無断欠勤したことを、鍋川は咎めなかった。けれどそれからしばらくして絵子が、お話は書けない、と伝えにいったときには、へいぜい絶やさない笑みが消えた。——それは困る。と彼は言った。——きみはお話係なんだ。お話が、劇にとってどれくらい大事か、わからないのかね。放り出すなんて甚だ無責任だ、と。だるまのような、怖い顔だった。

時間はある、とも言った。少女歌劇の公演はまだ第二回に入ったところだ。十一月の舞台の終了から十日の休演期間を設けて、十二月は聖夜劇、また年の瀬らしく煤払いや大晦《おおつごもり》の慌ただしさを喜劇風に仕立てたものが上演された。当初の予告には、ほかに〈バラエテー式小舞踊〉と記載されていたが、変更して〈時局小景〉に差し替えられた。西條八十《さいじょうやそ》の作詞による〈守れよ満州〉と〈起《た》てよ国民〉が、少女たちのあどけない声によって歌われた。前者は満州を占領するまでにいかにたくさんの兵士が死んだかを歌い、そうして得た権利を諸外国の糾弾から守ることを訴えていた。白粉を厚く塗った頬や、唇に引いた真っ赤な紅が、土色をした軍服という衣装とどうにもちぐはぐだったけれど、その声は懸命で、会場には感に堪えないといった表情で眺めている客がたくさんいた。これは劇場の入っている別館コドモの国の一階でひらかれた〈国防展〉とも呼応していた。満州でどのような武器が使われ、どう戦闘が繰り広げられたかをわかりやすく展示したものであり、出征軍人の称揚も兼ねていた。

今回絵子は舞台袖からキヨと一緒に眺めていた。キヨは〈時局小景〉には出演しない。歌が上手すぎるから、というのが理由だった。素人らしい素朴な声のほうが感動を誘いやすいという演出家の計算は正しかったようである。絵子はその演し物を、素直には観られなかった。――戦争になったら、という言葉。十一月の夕方に清太と交わした会話が頭をよぎっていった。そしてまた、あの小屋を出てからまい子のところへ行ったことも。

……あの日、清太に縄をほどいてもらうと、絵子は小屋の外へ出た。外気はつめたく、身震いをもよおした。先ほどまでいた小屋のなかは、持ち運び式の練炭ストーブが赤々と燃えていた。杉浦屋の備品だったかもしれない。あたたかな小屋へ戻りたくなるのを抑えて、絵子は草のなかを歩き出した。街へ帰る前に、ひと目まい子に会っておかなければと感じていた。なぜ隠れている、と清太に問われたが、絵子自身にも、もうわからない。旅館のほうへ行ったら、見つかるだろうか。躊躇いながらも暗い道を進んでいくと、向こうからあかりが近づいてきた。自警団が見まわる、と和佐の言っていたのを思い出した。咄嗟に草むらへしゃがみ込んだ。けれど近づいてきたのをよく見ると、見知った顔――まい子だった。

まいちゃん、と小声で呼ぶと、まい子はひどく狼狽《ろうばい》した様子で、提灯を放り出して逃げていこうとする。「待って、うちや。絵子やよ」夜盗か何かと思われたのだろうと、懸命に話しかけた。けれど絵子だとわかったあとでも、まい子の表情から不安は去らなかった。うわの空で、無視して進んでいこうとする。この先は、絵子のやってきたところ、つまりあの小屋だった。

「行ったらあかん」と引き留めた。小屋にはあの男がいる。あいつに、まい子を会わせたら駄目だ。「まいちゃんに話があって来たんや。ね、あっちへ戻ろう。ほんでうちと話そ」

ほとんど無理矢理のように手を引いて、来た道を一緒に引き返させた。そうして杉浦の家へ入ると、忍び足で廊下を伝い、まい子の部屋へと階段を昇った。家族に見つからないように。絵子が促すまでもなく、まい子自身が、細心の注意を払っているようだった。

その先であったことは、どう思っていいのかわからない。

かつてしばしば訪れたまい子の部屋。隅に文机《ふづくえ》がひとつあって、書棚と箪笥と飾り棚を置いた畳の間。電灯をともすと、壁の付け鴨居からおおきく広がるものがあった。深い青に先染めした糸で織った、織り込んだ、文様のある布。絵子は息を呑んだ。これは地図ではない。海そのものだった。すでに打ち掛けに仕立ててある。まい子はそれを背景にして、座布団へ座り込んだ。絵子の視線には頓着しない様子だ。数年ぶりに、ここへ戻ってきたことにも。何か、ひどく思い詰めている。絵子は嫌な予感がした。

その予感は的中した。そんな権利がどこにあるのかわからないままに、まい子を問い詰めた。あの小屋で、何をしているのかと。あの男と何をしているのかと――。

拍手喝采が起きて、絵子は現在に引き戻された。続いて、キヨの出番だった。背景の幕が一枚あがり、舞台は打って変わって中世風だった。黄色い月が空に描かれ、書院造りらしい建物の軒端に姫がたたずんでいる。引き摺るような単衣《ひとえ》を羽織り、長い髢《かもじ》をつけたキヨだ。月を見ながら嘆きを歌いあげる。それは恋の物語で、便りを寄越さない、つれない相手への恨みを交えて語られていく。手にした巻物に目を落としながら。それは男への文《ふみ》なのだ。半紙では足りない、終わりのない文は、どこまでも続いていく。

恋文、と題された劇だった。恋。絵子にはよくわからないもの。あの日まい子の部屋で語られたことも、きっと恋の話だった。なじるように問いただし、ぽつりぽつりと引き出した答え。とてもつらい、と彼女は言った。もったりとふくよかだった頰は痩せて、瞳にはかつてなかった鋭さが宿っていた。あの男に、会いにいくところだったのだ。この宿のうちの部屋ではなく、あの小屋で、清太と会っていた。布を織りに、そして清太に会いに。ただ会うのではない、逢《あ》い引《び》きだった。そうしてそれは、布を織っている限り、続けることのできることだった――。

あのとき、手首の縄を解かれて小屋から解放されたとき、絵子のうちには確かに、お話の種が宿っていた。まだ言葉にはならないながら、これからお話になっていくだろう何か。けれどまい子と話すうちに、混乱した。ぐしゃぐしゃになった。お話になっていくと思えた確信は、ぐらぐら揺れて消えてしまった。それは恐らく、まい子が反対に絵子へ食ってかかったからだった。――あの小屋にいたの、絵子ちゃん。あんたあそこで彼に会ったの？

いったい何をしていたのかと、今度は逆の立場になって絵子の肩を揺さぶった。驚いた。ほんとうにびっくりした。そうして次に悲しくなった。なぜならまい子は嫉妬していたから。あろうことか、絵子と清太が恋仲にあるのではと疑ったのだ。

いま舞台上でキヨは、相手の男、中将何某《なにがし》への恨みを述べ、その心変わりをなじっていた。恋とは何か。病気だろうか。幼いキヨ——清次郎は、恋の仕組みを知っているわけではない。そのこころの有りようを、ただ真似ていた。絵子はまい子のこころのうちを、キヨの演技になぞらえて辿ることができた。同時に、冷静になっていった。きっとこれこそが芝居の効用だ。少女歌劇というものの。幼い者が大人のおこないを模す。模されたその舞台を眺めるときに、何かがわかるということが。渦中にいるときには見えないもの。芝居という遠眼鏡を通したときにだけ、見えるもの。

目を醒ませ、と絵子は念じた。まい子に対して念じていた。ふたたび割れるような拍手が起きて、十二月の公演も無事に終わった。

年が明けると今度は上海《シャンハイ》で事変が起きた。福井からも連隊が派兵され、満州事変のときとおなじような映画が田舎のほうでも上映された。そして軍への献金が募られたが、折からの農村不況にあってはそう集まるものでもなかった。

一月のあいだ、百貨店では初売りへの客足が絶えることもなく、食堂でも慌ただしい日々が続いた。二月に入り、初午《はつうま》もすぎたころ、閉店後の片づけをしていると清次郎があらわれた。キヨではなく、清次郎である。

絵子は目を見ひらいた。もう来ない、と告げたのは、十一月のことだった。実際、三《み》月ばかりもあいている。どうしたの、と目顔で訊くと、

「ライスカレーが食べたくて」

どうしても食べたくて来た、と言った。三つの公演期間を経て、キヨの人気はますます高まり、このごろでは楽屋口で出待ちをされるほどだという。「そんな格好ではとても来れない」相対的に、清次郎として出歩くほうがまだましだということだった。

絵子は少しだけあきれたけれど、嬉しかったのも事実だった。キヨとはしょっちゅう接していたが、劇場や稽古の場で個人的な話はできない。村へは、そして杉浦屋へは、あれ以来行っていなかった。あの晩、まい子の部屋で明けがた近くまで話し合いをした。疲れ果ててそこを出て、それから、夜が明けるまで休もうと思って、階段の下の女中部屋へ行った。かつてここに住まわせてもらっていたとき、病気が治ったあとで寝泊まりしていた部屋だった。いまは女中は使っていないと、まい子が言ったから。けれども木戸の隙間から覗くと、そこには先客がいた。借りた蠟燭を掲げて照らせば、清次郎が眠たげな目をあけた。

絵子はそのときに、まるでかつての自分がそのままそこにいるかのような錯覚をしたのだった。置き去りにした自分の影に、時を経て出会ったかのような。「絵子」とその

子は言った。「おかえり」とも。躊躇いつつ傍らに腰を下ろすと、背中に頰をくっつけてきた。寝惚けているのだろうか。絵子はなぜかしら、慌てた。まい子と清太の話なんぞを聞かされたあとだったからか。けれど清次郎の触れ方は、母親を求める子どもそのものだった。子どもなのだから当然だ。安らげるものを、ただ求めている。眠っていた子の体温は高く、絵子もつられて眠りに落ちた。そのとき以来、清次郎とは話していなかった――。

　少年はライスカレーを食べ終えて、椅子に座った右脚をぶらぶらとさせていた。幸い、残っているのは絵子だけだ。そのことも見越して来たのだろう。あの晩の対話のなかで、絵子が清次郎を知っていることを、清太に知られてしまったわけだが、兄に叱られたというようなことは、少年はとくに言わなかった。絵子ごときに知られたところで、どうでもいいと思われたのかもしれない。あるいは秘密を守ることを、絵子が誓ったからだろうか。絵子にしたところでむろん、キヨが歌劇団を追い出されるのは嫌だった。

「あのさあ、絵子」

「なに」

「恋文ってもらったことある?」

「えっ」

懐から紙切れを取り出して、ひらいた。「いとしい、いとしい、あなたさま」と冒頭を読みあげた。

「ちょっと、それ」

「もらった」

「ああ、ファンレター」

歌劇団の少女たちは、贔屓の客から贈り物や手紙をもらうことがしばしばあった。男装の麗人を演じる少女たちはとくに、女性客から熱烈な好意を寄せられるのだった。キヨが男役をすることは滅多になく、従って贔屓連は女性が半分、残り半分は男性だった。絵子が咄嗟に思い出したのは、初公演を観にいった際に客席で耳にした男たちの言葉だった。——たいそうな美女。——じつにいい。

上から見おろして愛でるような、脂じみた中年男たちの声。もちろん彼らはキヨがほんとうは少年であることを知らない。だがそうはいっても、べったりとした欲望を押しつけていることには変わりないのだ。

けれど清次郎はこう言った。「違うよ。ファンレターじゃない」

「じゃあなに」

すると片方だけ眉を顰めて、「菫子《すみれこ》が」と言うのだった。

つい先ほどのことらしい。化粧を落とし、着替えをすませてしまったあとのことだ。

向こう側からまっすぐに歩いてくる娘がいた。歌劇団の団員で、名前は菫子。はじめて練習を見学したとき、キヨと一緒に『曾根崎心中』を読みあわせしていたブルマーの少女だ。キヨの読むのが速いと文句を言い、反対に悪いところを指摘されて泣きながら走っていった。あのときは徳兵衛をやっていたが、結局娘役に落ち着いている。その菫子が、まっすぐに向かってきた。また文句を言われるのかと身構えると、

――これ。

と手渡されたのだという。

――あなた、このあたりの子なの？　前はよくうろついていたよね。このごろ見かけないから寂しくって。よかったら、これ、読んで。

終わりのほうは早口になって、手のひらへ押しつけるように手紙を託すと、頬を赤らめて走り去った。

「なんか、よく走っていくよね、菫子」

そうつけ加えた清次郎にも、ばつの悪さが感じられて、まずは呆気に取られた絵子も、やがて大声で笑ってしまった。

「笑うなよ」

「だって、笑うでしょう」

ああおかしい、と涙を拭った。「あんた、もてるねえ」

清次郎は微妙な表情をしている。

「ねえ、絵子は」

「うん？」

「絵子は、恋文って書いたことある？」

「ないよ」

「ふうん」

そしてふたたび手紙に目を落とした。『わたしはすっかり、あなたに恋をしてしまったようなのです』――これいったい、どういうことなんだろうね」

「どういうことって、あんた、この前芝居でやったばかりじゃないの」

「そうだけど」

恋文を放り出し、ふたたび右脚をぶらぶらさせた。

――絵子ちゃんは、恋、したことないの？

問い詰めるようなまい子の言葉が、耳によみがえってくる。したことはない、と思う。そんな病気のような気持ちに、自分はなったことがない。それから、かつて抱いていた習いのことを思い起こした。美しいものを見ると、自分のためだ、と思おうとしたこと。たとえばそういうことなんだろうか。

でもそれは、もみじ葉であったり花であったり夕陽であったり、とにかく人間だったためしはなかった。ひとに対して、自分のためだとか自分のものだとか、思おうとしたことはなかった。まい子の嫉妬。恋とはひとりの人間を、自分だけのものにしたいという、そんな気持ちのことだろうか。

清次郎の伏せた目蓋の、睫毛《まつげ》がとても長いことに絵子は気がついた。骨も少し伸びたようである。この三ヵ月、キヨとしてしか接していなかったけれど、清次郎は確かに成長期だった。すらりとした手足。菫子が恋をしたのもわからないではない。

でも自分がそのように思うことは、あの好色な男たちの目線と何が違うのだろうか。

やがて上海での事変が収束するころ、満州に国が作られた。満州国、とそれは名づけられた。清太と小屋で交わした会話を、絵子はふたたび思い出した。

そのときはわからなかったけれど、のちのち、絵子は考えることになる。――この日本という国は、大陸のその土地を、自分のものにしようとしたのだと。草とか花とか景色ではない、人間の生きる、その場所を。

10

明け方に、訪れてくるものがある。眠っていると、布団の足許あたりがふと重い。気配がある。相部屋の誰かかと思うが、何か様子が違う。寮の寝部屋は六人部屋で、布団を敷きならべているはずなのに、畳の間はがらんとして、絵子の寝ている布団だけが、ぽっかりとした宙空に浮いているかのようだ。幽霊、という言葉を思った。いったい誰の幽霊だろうか。

その娘は、泣いているのだった。そうだ、あれはまい子だ。ならば生き霊だ。それとも、いっそ夢だった。半ば醒めたその夢のなかで、まい子は繰りごとを呟いていた。耳を澄ますとそれは、助けて、と聞こえた。——助けて、助けて、ここから出して。

絵子は意外の感に打たれた。どれだけ説得しようとしても、頑として聞き入れなかったというのに。あの清太という男は、まい子をいいように使っている気がしてならなかったし、そう伝えた。難民のこと、治安維持法に触れる運動家を逃がすということについては、それは口止めされたことだし、下手に言ったらまい子の身がさらに危なくなる。それでも、いまだって充分、危ない橋を渡っているのだ。まい子は、それを信念ではなく、恋とかいうもののためにやっている。

「恋だって、立派な信念やよ」

とまい子は言ったものだった。「信念がないのは、絵子ちゃんやないの」

村から逃げて、人絹の工場からも逃げて、行き当たりばったりに暮らしている。それに較べれば、手機を織りたい、と語った夢を叶えているのは確かにまい子かもしれなかった。

「うちは、うちは、ずっとこれをやってたの。女学校から帰ったら、織機の前にずっと座ってた。前に街で絵子ちゃんに会ったときも、それで忙しかったんやよ。機屋をしてたおばちゃんに教わって、だんだんひとりでできるようになって。いつでもひたすら織ってた。……そのときに、あのひとが来たの。清太さんが」

貿易関連の下請けとして仕事をしていると彼は言った。地方を旅してまわるなかで、輸出に適した品を探しているのだと。——欧州では日本の文物が人気なんだ。前世紀から流行している。御一新以降、下火ではあるけれど、よい品ならば売れるはずだと。

「そんなふうに、あのひとは言った。わたしの織る布は、とてもいい布だと」

——ねえ、絵子ちゃん。騙されてる、って言うけどいったいなんのこと？　うちは確かにつらい。そやけどこれは恋のつらさ。恋って、つらいものなんやよ。

ああ、けれど、恋の何をまい子はわかっているのか。絵子とおなじく、たった十八歳だ。だけど彼女はこう言った。

「絵子ちゃんは、誰にも恋をしないの？　ずっとひとりで生きていく気なの？」

まい子に投げつけられたどの言葉よりも、それは絵子に突き刺さった。

「ねえ、絵子ちゃん。絵子ちゃんは、青鞜派を勉強したって言ったよね。あたらしい女の生き方を知って、そうして職業婦人を生きてるって。

でもね、これだってそうやと思うの。好きなひとと、好きなように添い遂げる。これだって、あたらしい女の生き方やと思うの」

挑むように絵子を見つめたまい子の、強いはずの瞳が、なぜかそのとき泣きそうな表情に見えたのだった。

あたらしい、女の生き方。青鞜の女たちも、確かに奔放に生きていた。けれど、違う。何かが違う。そういうことじゃない。絵子は反論したかったけれど、できなかった。少なくとも、そのときは。

だからだろうか。だからいま、枕辺にあらわれたまい子は泣いているのだろうか。一度は絵子を突っぱねたくせに、助けて、助けて、と呟いている。夢が醒めるのと同時にその姿も消えてしまったが、啜り泣く声は鼓膜に張りついて、陽が昇るまで絵子はもう眠れなかった。

まい子だけではなかった。かつて夢で、ミアケにも助けを求められた。和佐だってほんとうは、助けて欲しいのではないか。

夢は絵子が見ているものだから、絵子の気持ちが反映されていて、だから村の女たちが助けて欲しがっていると感じているのは、絵子だ。けれど夢に誰かがあらわれるのは、その誰かの意志なのだという。遠の眠りの、の歌を教えてくれたお婆は、夢についても教えてくれた。少なくとも古い昔には、そう考えられていたのだと。

まい子が夢枕にあらわれた翌日は、食堂で皿を運んでいても落としそうになったし、歌劇団の練習を見ていてもうわの空だった。こころがここにないような、または体の半分をどこかに置き忘れてきたような感覚。寝不足だったからかもしれない。けれども、眠いのとは違う。かつて人絹の工場で女工をしたとき、力織機を前にして眠り込みそうになったものだが、今度のはそうではなく、ぼんやりしていても頭のどこかが冴え返ってもいるのだった。何かに取り憑かれているような、急かされているような感覚。ここにない半分のこころ、半分の体が、ここではないどこかで何かをしようとして、それを手伝えと絵子に求めるのだ。

起きていても、夢を見ているみたいだった。まい子が、和佐が、ミアケが、もう誰かもわからない女たちが、言葉で、または言葉でないもので、頻りと話しかけてくるのだった。昼休憩の時間や、非番の日の午後などに、急きたてるようにしてやってくる。放っておいてくれ、と絵子は言いたかった。わたしに、いったい何ができるのかと。けれどもそれは許さないのだ。そんな押し問答みたいないっときのあとで、とうとうその、夢のような何かに浸された。

絵子はそこで、またひとつの景色を見た。かつて清太と小屋で話したとき、さまざまの景色が去来した。朝子のストの様子や難民船の海。けれども今度は記憶ではなかった。誰かに告げられた物語でもない。どことも知れない、ただ自分のうちから、その景色は生まれてくるようだった。目を閉じて、ゆらゆらと浮きあがってくるものを内側の目で絵子は見ていた。しばらく覗き込んでいてから、そうっと顔をあげて、目を見ひらいた。夢のようなその何かから醒めてしまわないように気をつけて。それから、その景色を取り出していった。夢のなかにあるうちは、夢とおなじ物質でできている。ふわふわとしたゼリー状のそれを、こちら側へ持ってくるには輪郭をつけてやらなければならない。もともとのかたちを、崩さないように。と同時に、あたらしいかたちを与えてやる。手のひらのなかの鉛筆で。

そんなことがあって、ずいぶんと経ってから、絵子はそのことを忘れていた。そしてあるとき帳面を見返していると、それに気づいたのだった。鉛筆で、紙に記されていた。まだずいぶん覚束ないかたちだったけれど、それはお話というものだった。鍋川と約束した、お話。夢に似た何かから取り出され、文字という輪郭で縁取られていた。

はごろも、という題をつけた。それはこんなお話だった。

ひとりの娘が、部屋のなかにいる。部屋のなかには織機がある。けれど村の機屋のような場所ではない。床は畳ではなく板張りで、壁も藁を塗り固めたようなのではなく、といって壁紙も貼られていない。傍らには洋燈。和室ではなく洋風の部屋だが、モダンというわけでもない。古くて質素で、欧州の昔話の本に出てきそうだが、懐かしいような感じもあり、どこともわからない場所である。まい子のいる小屋にも、似ているかもしれない。

その部屋で、娘はたったひとりで機を織っている。片隅にはまぐさが積んである。それは娘の寝藁であり、彼女の食べるものでもある。娘は、自分が誰なのかわからない。人間なのか、動物なのか。山羊の仔みたいに草を食べながら、考える。この布を織り終わったら、その答えがわかるかもしれないと。

小屋の外には何があるのか、いつここへ来て、いつ出ていくのか。出ていくことができるのかも、彼女には判然としない。布ができあがったら、出られるのかもしれない。まぐさは充分にあって、食べ終わるまでにはとても長くかかりそうだけれど、それは布を織るのにかかる時間がそれだけ長いことを示しているようだった。

食事がすむと、また織機に向かう。かったん、ととん。杼を滑らせて、踏み木を踏んで綜絖をあげおろしする。筬框《おさかまち》を引けば糸が整う。またひと目、布になる。かったん、ととん。けれど観客は、そこで目を凝らすはずだった。きらきらと照明を反射するのは細い金属でできた綜絖ばかりで、経糸の張られているはずのところには何を見ることもできないのだから。それは、目には見えない布だ。彼女が織り込んでいる材料もまた——。

「鶴の恩返しのパロディみたいなものかな」

と鍋川は言った。

清書したお話を絵子が持っていくと、支配人は黙って目を通してから、いくつか所見を述べていった。

「パロディ、ってなんですか」

「下敷きにしている、ってことだよ」

「真似してるってことですか」

「いいや。似ているところはあるけれど、違うお話になっている」

昔語りに聞かされた物語に、それは確かに似ていた。娘が布を織る素材は、娘に生えた羽根なのだ。けれどその羽根そのものも、布と同様、目には見えない。背中の羽根をいっぽんいっぽん抜いていく仕草から、そのことはわかるだけである。

「裸の王さまという童話もあったな」

桜井の人絹工場にいたとき、思い出していた物語だった。豪奢な衣装を欲した王さまが、商人から装束をあがなう。ほんとうは何もないのに、徳のある人間ならば見えるはずだと言われて、騙されて金を払うのだ。

その王さまはやがてひとびとの物笑いの種となるのだけれど、絵子のお話では違った。布は、ほんとうはある布なのだ。けれどおおかたの人間にはないものと見える。それが売りに出されたとき、娘はお上を謀《たばか》った罪で捕らえられてしまう——。

結末を何度か読み返したあとで、「難しそうだな」と鍋川は言った。「ないものをあるように、あるものをないように見せなければならん」

「無理ですか」

「いや。やってみる価値はある」そして鼻眼鏡を押しあげ、にやりと笑った。「だってそもそも、舞台とはそういうものじゃあないかね」


前半はひとり芝居だった。主役を張れそうな女優は何人かいた。菫子も悪い役者ではなかったし、たおやかで可憐《かれん》な役なら月香《つきか》という女優もなかなかよかった。でもキヨに、やって欲しかった。理由はいくつか挙げられた。

菫子は、芯のところでは菫子という娘本人だったし、月香もまた芸名ではあったが、ヒヤシンスの球根を剝いていくみたいにその芸風を剝がしていけば、裡にいるのはひとりの娘だった。彼女たちは、少女として生き、少女として考えていた。その限りにおいて、究極的にはただひとりの少女なのだった。けれどもキヨは、そうではない。キヨの内側に少女はいない。彼女は架空の、まぼろしの少女なのだ。誰でもないもの、女ではないもの。けれどだからこそ、あらゆる女に、キヨはなることができる。そうして絵子のお話は、ただひとりの女の話ではなかった。たくさんの、誰でもない、女たちとの対話のなかで生まれてきたものだったから。

歌劇団では娘役にももちろん贔屓連はついたけれど、男役の足許にも及ばなかった。舞台という、かりそめの場所。ほんとうにはここには存在しない、照明と書き割りと音響でもって作りあげられた、はかない空間。性別を反転させた彼ら——少女の演じる青年たちは、いまこの瞬間にしかそこにいないだけに、よりいっそう客席を熱狂させた。それと同様のことだった。キヨはほんとうは女ではない。そのことを知る者はいない。けれどこころの底、観客の意識の底では見抜かれているのではないかと思うほど、彼女の演技は人気があった。男役の花形と張るほどの勢いだった。少女歌劇で娘役にこれほど人気が出るのはめずらしいことだ。

ないものをあるように、あるものをないように。それこそが舞台の本質だと鍋川は言った。レンズをひからせて不敵に笑った。彼は、知っているのではないか。キヨの秘密を、正体を、知っているのではないだろうかと、絵子にはふと思えてきた。鍋川の語った本質は、反転というものにほかならず、それをもっとも体現しているのはキヨにほかならなかったから。配役を提案しにいくと、果たして支配人は満足そうに頷いた。

もうひとつの理由はよりいっそう個人的なことだった。あの晩秋の日、清太と小屋で長い時間向き合い、話したあとで、絵子は自分が嫉妬と悔しさに駆られていることに気がついた。とても深い嫉妬と悔しさだ。当たり前なのに。かなわないこと、できないことは当然なのに、それでもとても悔しかった。自分がまだお話を書いていないこと、何も作り出してはいないことに、焦りと憤りを感じていた。

清太がやったことの半分、いや、その十分の一でも無理かもしれない。でもやってみたい。お芝居に、劇というものに関わって、立場を与えられたからには。分不相応な立場であるのは承知だ、でもこれが自分の仕事なのだ。これを全力でやることしか、いまの自分にはできない。そしてそのことにおいて清太に、清次郎の兄に、おおきく後れを取っている。

どうしてこうも彼を意識するのか。ひとつには、まい子を取られてしまった、という思いが底にある。けれど何よりも、清太が清次郎の兄であり、その日々を導き、多大なる影響を与えてきたに違いないからだった。たとえば東京から来た、えびす屋少女歌劇専属の演出家には、そんな嫉妬は抱かない。なぜ清太に、と考えると、清次郎のこと以外思い当たらなかった。

半分でもいい、十分の一でもいい、清次郎に、影響を及ぼしたい。自分の書いたお話の、その色で染めてみたい。実在しない、架空の、キヨという少女の、からっぽの中心をそれで満たしたい。

衝動といっていいくらい、強い欲求だった。とうとうやる気になったな、と鍋川にも言われていて、だから絵子は自分の感情を、舞台に対する前向きさだとずっと思い込んでいた。だけどキヨに――清次郎に向かっていこうとする気持ちの温度に気づいたとき、途轍《とてつ》もない不安にも駆られた。絵子は脚本だけでなく、演出にも携わりたいと申し出ていた。発声の技法など、専門的なことはもちろんわからない。だけどこれは絵子の夢から取り出したお話だったから、その原型からかけ離れたものになるなら自分が書いた意味はないと感じていた。その演出で、清次郎を染める。でもそれは、誰かを自分の意のままにするということではないか。役者である彼とほんとうの彼は、別物だともわかっている。それでもなお、どこか暴力的なものを感じ取ってしまう。かつて恋愛について、その独占欲について考えたときに生まれてきた恐怖と躊躇いの気持ちが、ふたたび絵子へ兆してきた。

ひとりの人間と、どう接したらいいのか。こんなにも臆病に、迷ったことはこれまでなかった。まい子との友情にも葛藤した時期はあったが、それは拒絶されることへの不安だった。いま絵子は、ひとりの子どもを、自分が損ない傷つけることを、ひどく恐れている。まだ何ひとつはじめないうちから。

芽吹きの季節だった。えびす屋の裏手を流れる足羽川の土手沿いに、桜が散ったあとで生まれてきたその芽はあっという間に新緑となり、視界を色で埋めながらどこまでも増え、広がっていった。目の底までも青く染まりそうな、眩しさだった。ひかりの強さに後頭部がじんとする。痺れるほどの、春は、はつなつへと向かいつつあった。

絵子の迷いをよそに、五月になって早々に配役は発表されていた。キヨにもほかの役者たちにも異存はないようだった。べつの公演もこなしながら夏のあいだ稽古をして、〈はごろも〉の上演は秋ごろとなる見込みだった。

それでもなお不安は去らなかった。訊かなければ、と絵子は感じていた。キヨにではなく、清次郎に、直接。

「どうして」

と彼は言った。答えではなく反問だった。どうしてそんなことを訊くのかと。〈はごろも〉の主演をほんとうにやってもらってよいのかと、そんなふうに問うたところだった。

川風を受け、そのたびに広がっては膨れる青い並木の下に、絵子は清次郎と座っていた。話したいことがあると、稽古場の隅でキヨに告げたのが先週のことだった。彼女は——彼は合点して、それなら川のところで、と言った。稽古場でもなく食堂でもない、街と村との境にある、この川べりならばひとめにもつかずに言葉を交わすことができた。

「どうして、って」

絵子は返しに詰まった。輝くいちめんの緑のなかを、風が駆けめぐってゆく。まるくおおきな少年の目に、その動きが映っていた。

「キヨが演じるのが相応しいと思ったんだろ。だったら全力でやるよ」

明澄な声は、曇りのない思考そのものだった。迷いも不安も、この子にはない。「それが仕事なんだから」と彼は言った。

絵子の作ったお話だからやりたい、というふうには言わなかった。そのことに物足りなさを覚えている自分にふと気づく。そして、こういうところなのだと思った。清次郎は、仕事だからと言った。与えられた役を完璧に演じることが彼の仕事だ。いっぽうで絵子はお話係なのだから、いいお話を書くこと、そして演出にも関わることになったからには、よいと思える演出をせいいっぱい施さねばならない。それ以外の感情は、きっとすべて、要らないものなのだ。

「心配なの？　絵子は」

足許で揺れていた蒲公英の綿毛が、ひときわ強い風に乗って散った。絵子を見あげる清次郎は、歌劇に携わる者として、先を行く人間の顔をしていた。大人びた表情だった。

「失敗したらどうしよう、って思ってるの？」

「うん、そうかもしれない」

その通りかもしれなかった。はじめての脚本が上演される不安に、すべては拠っているのかもしれない。

「大丈夫だよ」と清次郎は言った。「ないものをあるように、キヨなら、見せることができると思う」

自分の演じる女優の話をするとき、一人称ではなく、キヨ、と彼は呼んだ。まるでもうひとりの人間が、自分のなかに住んでいるかのように。

そして絵子が相手にしなければならないのは、清次郎ではなくてキヨだった。清次郎のことはよく知っていた。もちろん、いまだわからない部分もある。けれどしばしば言葉を交わしたし、ほかの者には話さないことを打ち明けたりもした。でもキヨは、そうではない。うまく意思疎通できるだろうか。

考えようによっては、これは馬鹿げた悩みだった。なぜならキヨは清次郎の作る見せかけの姿で、キヨの内面というものは実際のところはないのだから。このことは、ほかの場面でも取り沙汰されることがあった。歌劇団で発行するプログラムには、演目や配役に加えて、贔屓のひとびとへのサービスとして団員たちの日常や交流の様子が記されていた。ことに舞台上で恋人どうしを演じた青年役と娘役とが、私生活でも親密に付き合っているとなると観客も色めきたつのだった。配役上の名前で呼び合う、または親愛と敬意を込めた敬称をつけて互いを呼び、休日にはともに出掛けていく。女学校でのエス文化、すなわちシスター文化を経てきたひとたちにはとくに、それは懐かしくも心惹かれる交流のありさまだった。

けれどもキヨがそうした欄に登場することはなかった。のちに「少女歌劇タイムス」と題される、月々の公演のたびに発行されるプログラムには、常連客からの投稿もまた寄せられた。感想というより批評というべき冷静かつ辛辣な文章もあったが、鍋川は分け隔てなく載せた。そうしたなかに、キヨの日常を読みたいという声が少なからずあった。けれど叶わぬことだった。家庭の事情で寮生活はしていないという噂は一部で広まっていたが、それ以上のことは誰も知らなかった。キヨには、キヨとしての生活がないのだから当然だった。彼女は謎に包まれていた。それゆえにいっそう興味を引いた。キヨに直接伝えられないことは、清次郎を通して伝えてもらうことになった。キヨは清次郎なのだから、これもおかしなことなのだが、絵子の実感としてはそうだった。

足羽川の川べりで、狐川のほとりの村で、〈はごろも〉について言葉を交わした。村へは時折そっと戻った。いや、いまとなっては戻るという言いまわしは不相応なものだった。絵子の軸足は完全にえびす屋に置かれていたのだから。ひとめにつかないよう、そっと行っては帰る。清次郎と話すため、そしてまい子に会うためだった。ただたんに心配だったし、こんな内容の劇を書いておきながら当のまい子を放っておくのはあるまじきことにも思えた。まい子は頑なで、清太との逢瀬《おうせ》は続いていた。何かがおかしいとは気づいている。自分が彼の恋人としては見られていないことを、どこかで知っている。仕事がすめば、清太はどこかへ去ってしまうであろうことも。どだい、流れ者である清太との結婚など、まい子の親が許すはずはない。そのことを知れば知るだけ——言葉のうえでは否定していても、意識の底では刻々と思い知らされていくようだった——まい子は布にのめり込み、織り目はより密になって、彼女の羽衣は妖しく美しく伸びていった。

清次郎は相変わらず女中部屋に寝泊まりしていた。少女歌劇の花形女優がこんなところで暮らしているとは、誰もゆめにも思わないだろう。清太が宿泊代を出し惜しんでいるのに違いなかった。彼がその部屋へ入っていくのを見るたびに、絵子はいよいよ過去の自分と重なって見えるのだった。

キヨの演じる〈はごろも〉は、当初思い描いていた像に較べると、いささか毅然《きぜん》としすぎていた。苦悩に囚われる演技をしていても、凜として媚びないのがキヨだった。絵子は清次郎と話し合いを重ね、その結果、役柄は女優にすり寄り、女優は役柄に導かれていった。キヨには、あたらしい試みだった。

夏が終わり、公演の初日には、絵子のこころは落ち着いていた。どこかやけっぱちな開き直った心持ちでもあった。そのくせ開演のブザーが鳴ると、心臓が破けるくらいに高鳴った。舞台上にあらわれたキヨは、海を思わせる深い藍色の打ち掛けを羽織っていた。まい子が貸してくれたものだった。絵子のはじめて作ったお話が上演されることを聞くと、自分は行けないけど、と言って、気に入るなら衣装に使ってもよいと、畳紙《たとうがみ》に包んで差し出したのだ。それはまい子の織ったものではなく、清太の持ち物らしかった。

キヨの演じる娘は織機の前へ腰を下ろし、首をかくんと左へ傾け、杼を手にした右手を高くあげた。青く染まった袖に照明が当たる。ハープを、またはピアノを演奏するような手つきだった。杼が滑ってゆく拍子にあわせて声と音楽が鳴り響く。彼女の独白は、彼女の織る布そのものだった。目には見えない布地の色を、小袖の青が補ってゆく。やがてお役所の人間が、彼女の小屋へ押し入ってくる。悲痛な声を、鶴のひと声啼《な》くように残して消えた娘のあとで、時の経過を思わせる明度の変化があり、ひとりの青年がやってくる。

男役で一番人気の槙《まき》という娘が青年を演じた。織機に掛かったままの布を、彼は外して持ちあげる。慎重な手つきだが、むろんそこには何もない。布のかたちを崩さないよう、手にしたそれをひかりへ翳す。と、照明が当たった瞬間、青く輝く何かがそこに浮かびあがるのだった。

このからくりを思いついたのは清次郎で、鏡を使った奇術師の技だった。昔どこかの興行に出たとき、共演した者のなかにそんな演し物をやったのがあったらしい。浮かびあがったその布に、青年は目を凝らす。愛おしげに、表面に書かれた文字を読みあげていく。それは長い長い手紙で、恋文のようでありながらまったくべつの何かだった。前半でキヨの演じた娘が独白したものと響き合っていた。よく似ている、けれど少しずつ違う。言葉に織られて閉じ込められ、書かれた文となったものは、おのずからべつの何かとなっている。青年が読み終えたとき、布は羽根の姿になる。綿毛がいっせいに散るようにして、舞台を満たし、消えてゆく。

ぱら、ぱら、と拍手が起きた。夢から醒めたかのように。眠っているひともいたかもしれない。まばらな音は、けれど間もなく喝采となって客席を埋めた。

のちに寄せられた感想を見ると、劇はまずまずの評判だった。〈はじめての脚本とのこと。それにしては、悪くないでせう〉〈一寸どう云ふ話かわからなかつた。ムヅカシイ？否、工夫が足りぬだけだらう〉〈キヨの新しきイメエジ！ますくファンになりました〉はかなく謎めいた演出を褒める声もあれば、初々しい脚本家を激励する声もあった。キヨにとってのあたらしい試みは、彼女のこれまでになかった一面を引き出してみせたようだった。絵子はいちいちの感想や意見に心臓が跳びあがる思いだったが、鍋川は終始穏やかな表情でそれらの投書に目を通した。そうして、「次も期待しているよ」と絵子に告げたものだった。

歌劇団ではマチネの上演は日曜と祭日だけ、平日は昼に練習をして、夜にソワレを行っていた。社員とおなじ扱いなので、朝八時半に稽古場へ出勤して基礎練習、歌や踊りや台詞の稽古をする。少女たちはどんどん上達し、と同時に練習も厳しくなった。真冬でも水着いちまいで汗だくになるほど、踊りも歌も稽古をつけられた。専用の舞台だけでなく、ときには食堂やえびす屋の外でも出張公演を行った。

キヨだけではない、多くの団員に、熱心なファンがついた。劇場からの移動の道のりに、護衛を何人も随行させなければならないこともあった。贔屓の引き倒しの思いが余って、常連客たちは暇さえあればその道の途にあらわれるのである。女優といっても、みな子どもなのだ。尋常小学校を出たきりの幼さなのだから、行き過ぎた好奇の目からは守ってやる大人が必要だった。鍋川は男の従業員に命じて護衛の役をさせた。

かつて教員だった支配人は、団員たちを慈しみながらも甘やかすことはしなかった。ときに横で見ていてはらはらするほど厳しい助言を与えた。教えること、教育ということについて、いつしか絵子は考えるともなく思いを致すようになっていた。子どもたちを、導いていくとはどういうことなのだろうと。それはただたんに上に立つことども、頭ごなしに叱ったり禁じたりすることとも違う。労働力として当て込んで、ぼろぼろになるまで使い果たすことども、もちろん違っている。

女学校へ通うこともなく、十四やそこらの幼さで百貨店の一員となり、働く少女たちは仕送りをして家族を支えていた。団員の給料は悪いものではなく、月二十円近くを受け取ると、寮の寄宿代金を支払っても相当の額を実家へ入れることができた。この労働は、確かに楽ではなかったが、といって身をすり減らすようなていのものでもなかった。苦しさはあったとしても、芸の道の苦しさだった。

芸ごととは教養であると、口癖のように鍋川は言った。ただ体の敏捷さのみでは足りないのだと。歌や踊りの型を身につけるだけではいけない、その言わんとする意味を理解し、繰り返して咀嚼しなければならない。

山伏に化けた弁慶《べんけい》が関所で義経《よしつね》をかばう〈勧進帳《かんじんちょう》〉、鄭成功《ていせいこう》をモデルとし、日本と大陸とを股にかけた壮大な〈国性爺合戦《こくせんやかっせん》〉。〈仮名手本忠臣蔵《かなでほんちゅうしんぐら》〉は仇討ちのチャンバラというよりも、亡き主君の潔白を証し立てにゆく浪士たちの信念の物語だった。戦記物はよくかかった。観客は子ども連れも多く、わかりやすく親しみやすかったからだ。絵子がかつて読み耽《ふけ》った、本のなかのお話だった。活字のときとおなじように、夢中になって舞台に見入った。それもまた戦争だったかもしれないが、昔の物語だった。満州事変後の戦意高揚を促す演目は、あれ以来組まれることはなく、そのことに絵子は少し安堵していた。

洋物ならば〈カルメン〉や〈椿姫《つばきひめ》〉が、ともに身分違いの恋と情熱、ドラマチックな演出と音楽で好評を博した。出演することになった少女たちは、メリメや小デュマの原作にも目を通し、舞台との違いについてあれこれと言葉を交わした。そうした議論は稽古場だけに留まらず、寮に戻っての夕食時や、共同浴室での入浴時間、果ては消灯後にまで続いていった。

少女たちのお喋りは、もちろん劇のことだけではなく、目に触れるあらゆることがその話題となった。支配人の奥さんが差し入れてくれる甘いグリコ・キャラメル、夏合宿に予定されている海水浴の楽しみなこと。友人のこと、淡い恋のこと。名づけようのない感情のこと。数えで十四、十五歳、十六歳の彼女たちに、話の種が尽きることはなかった。夢中になるあまり深夜二時まで大浴場の湯船にいて、寮母さんをあきれさせることもあった。翌朝が早くて寝不足になっても、いつまでも話していたいのだ。

その気持ちは、絵子にもわかると思った。吉田朝子との語らいのこと、ふたりで読みあった本のこと。このくらいの歳の少女たちにとって、時間はいくらあっても足りず、きらきらしくて黄金で、くらくらするほどよい匂いがして、そのくせ不安で、だからいつまでも話していたくなる。友だちと別れてひとりになった途端、胸のうちへぽっかりとあいた空洞に気がついてしまうから。

それは、その時間は絵子にとっては失われたものだった。過ぎ去ったものだった。そのつらさも甘さもそれゆえによくわかるような気がした。彼女たちは、まだ気づかない。それがどんなにとくべつな時間であるか。渦中にいて、風をたっぷりと孕んだ帆布のような日々を送っている。ただ必死で、仲間たちと。この共同生活は、状況が許せば通えたであろう上の学校での生活に、いくらか似ていたに違いない。

北陸特有の、水を含んだぎっしりと重い雪が積もった朝、まだ暗いうちから絵子は起きた。寒さで目が覚めてしまった。埋み火ばかりになった火鉢を搔き混ぜていると、薄い硝子窓の向こうから微かにひとの声がした。こんな早朝に、と訝りながら窓の露を拭ってみると、歌劇団の少女が三人ばかり、分厚い外套にゴム長靴を履いて、手を繋いだり放したりしつつ歓声をあげて走っていくところだった。嬉しくて仕方がないというふうに、まっさらの雪へ足跡をつけていく。あとで訊いたら、ピアノを触りたくて、と彼女たちは言った。朝早い時間なら、思う存分練習できるからと。日中、あれだけ稽古をつけられていても、まだ足りない、まだやりたいのだった。

県庁所在地といったところでちいさな田舎街だった。それでもこの街の、時代を象徴する文化の中心に彼女たちはいる。それを支えている自負があった。憧れを抱くひとびとに、夢を与えているという自負が。それは遠い世界への憧れであり、まだ見ぬ文物や知識、真に美しいものへの憧れだった。東京からやってきた客が舞台を観て、「鄙《ひな》には希《まれ》な」というような感想を残したが、口振りとは裏腹に、彼らの表情もまた驚きに輝いていた。

最盛期を迎えつつある歌劇団のなかで、キヨの立ち位置も少しずつ変わっていった。観客に対しては不動の人気を誇り、そこは変わらぬままだった。変わったのは、はじめのうちどこか敬遠するふうだった団員の少女たちの、キヨへの扱いだった。群を抜いて達者な彼女の芸を、団員たちは身につけたがり、ことあるごとに教えを乞うた。キヨのほうでは困惑しつつも、彼女なりの――清次郎なりの誠実さでそれに応え、すると少女たちは今度はキヨを慕うようになった。達磨ストーブを囲む冬の語らいに引っ張り込もうとし、キヨはおとなしく加わった。

絵子は笑いを嚙み殺しながら、清次郎はどんな気分だろうと考えてみるのだった。無表情を装いながらも上気した頰は、異性に囲まれた恥ずかしさゆえだろうか。それともあるいは、きっと、たんに同世代の子どもとおおぜいですごすことが、これまでなかったからかもしれない。男だろうと女だろうと、ひとに馴れない野良育ちの少年。それがこの少女たちに対しては、少しずつだが信頼を置きつつあるようだった。彼女たちの劇へ寄せる熱意が、高まっていくのに比例して。

女子寮の門口の梅が花をつけるころになった。少女たちは寒い寒いと言いながら、練習への行き帰りに仄かな紅を愛でていった。絵子は、ただぼんやりと見ていた。梅だ、と思った。これはただ、梅がつけた花。

楽しみにしていると、鍋川に言われた次の作品。そのお話が、絵子にはまったく手つかずだった。〈はごろも〉の公演から、四季のうち半分がめぐりつつある。思いつかないわけではない。けれど何かが違う、と思う。その何かのことを、始終考えていた。いまの歌劇団に必要なもの、彼女らへ渡すに相応しい花束のようなお話が、求められているのだとわかっていた。でも街の外には、村には、苦しんでいるひとたちがいる。

それも他人ではなく、家族だった。半ば縁は切れているものの、絵子は陸太へ給金から幾許《いくばく》か渡すことがあったし、鋤を振り立てて踊る父の姿も頭から離れなかった。農村救済事業なるものがいよいよ本格的に始動して、あちこちに道路や橋を造るよう行政から指示が出ていた。けれど時折そっと見にいく限り、狐川に橋が架かる気配はなく、材木は岸辺へ置き去りのまま、雨に当たって朽ちていった。

〈はごろも〉のことも、思い出しては考えた。はじめて作ったこのお話は、気に入っているところとそうでないところがあった。絵子の夢から転がり落ちたものには違いなく、その瞬間のこともよく憶えていた。だけど主役である織り手の娘は、あまりに弱かったのではないだろうか。はかなくて美しい、短い夢。人絹取引所で日々活発にやり取りされる作り物の布。ないものをあるように、あるものをないように見せる、経済という名前の魔法。そのなかで、自分の体の羽根を毟《むし》って布に織り込んでいった娘。それは彼女そのものだったのに、ない布として扱われた。それはよい。けれど捕まえにきたお役人に対して、彼女は無力なままだった。ひとりの青年が、男が、最後にその意味を汲みあげる。女ではなく、男というものに、拾いあげてもらわなければ、女の仕事は目に見えるようにならない――そう読み取れるような気もして、絵子は落ち着かなくなるのだった。

そうではない。そんなことではない。とある強さのことを、絵子は考えるようになっていた。今度は時間がかかった。いや、時間をかけたのだ。夢から落ちてくるもののことを、待っていたわけではなかった。今度は自分のほうから、その夢のような霧の内側へ入っていった。そうしてそこで仕事をした。ひとりになれる場所が必要だった。ほかの従業員が帰ったあとの食堂で、えびす屋の屋上で、そして足羽川の川べりで、絵子は文字を書き連ねた。今度は鉛筆ではなくインクで、書いたところを線で消して、またべつの文字を書いた。消したところのほうが多かった。〈はごろも〉みたいだなと、絵子は自分で思った。いつまでも織り続けている布みたいだと。夏の暑い盛りがすぎて、土手へ秋桜《コスモス》が咲いた。絵子は寮の部屋に戻ると、文机に原稿用紙を広げて、帳面に書かれた文字の列で枡目をひとつずつ埋めていった。引き写しの作業が終わると、千枚通しで穴をあけ、表紙に題字を記した。遠の眠りの、とそれは読めた。

11

槇が団をやめることになった。嫁入りが決まったためだった。

第一回公演から二年が経ち、団員のなかにはさまざまな理由で歌劇団をやめていく者が出るようになっていた。結婚など家庭の事情が多かったけれども、かならずしもそれだけではなかった。やめていくのは入ってきたときすでに年長だった者たちだった。歳を重ねて体型が変わっていくことを、彼女たちは理由に挙げた。娘役はともかく、男役の、それも美青年を演じていた者は、ふくよかでおうとつのある、成熟した体になっていくことに我慢できなかった。といって、まるで時計仕掛けのように、刻々と女性らしくなっていく体の働きを止めることもできない。青年役の衣装が似合わなくなり、細い腰つきで颯爽と舞台を歩くこともままならなくなる。支配人や演出家に、何か言われたというわけではない。彼女たちは、自分でそのように判断するのである。自身の培った美学に照らして、もう無理だと思うらしかった。

悲しいことではあったけれど、その先の未来を思えば晴れやかなものでもあって、彼女たちはそのことを、卒業、と称していた。男役で一番人気だった槇の退団はみなに惜しまれ、卒業公演と銘打たれた回は大変な盛況だった。すべての舞台で、誰かしらが花束を渡そうとした。

お別れ会の席上で、喧騒のなか脇へ目をやると、壁の近くにキヨが、空《くう》を睨むような表情をして立っているのが視界に入った。このごろでは団員にも打ち解けていたキヨが、またかつてのような野生の獣の目をしていることに、絵子のこころはざわついた。なぜだろう、と考えた。キヨは痩せたようだった。あごの線が引き締まり、鼻筋から目許にかけて意志的なものが感じられる。……絵子は、あっ、と息を呑んだ。清次郎は、成長しつつあるのだ。ただ手足が伸びているだけではない。少年期を抜け出して、男の体になりつつあるのだ。

絵子は動揺し、目を逸らした。どうしていままで気づかなかったのか。そのことに思い至らなかったのか。いったい誰が仕立て直しているのか、キヨの着物は幾度か裾を直され、体に合ったものになっていたから、骨張った四肢が目立つことはなかった。もとが小柄なので娘役をやれないほどの身長でもない。ただ、問題はそこにはなかった。体型など二の次だった。

彼の喉許は、いまだ子どものそれのように細くて平坦だった。練習のとき、また舞台に立つとき、歌う声は変わらず澄んで、誰よりも高く、天の遠くからまっすぐに降りてくるソプラノは、聴く者を恍惚とさせた。絵子はいま、そのすべての歌声を、耳に刻み込もうとした。けっして忘れないように。この声は、とくべつなものだった。なぜなら失われゆくものだから。

ボーイソプラノがこんなにも美しいのは、それが消えゆくものだからだ。この地上に、わずかなあいだしか留まることのできないもの。ひとときのまぼろしのように、やがて過ぎ去る。変声期を経て。

そのときキヨは、どうなるのか。消えてしまうのだろうか？　清次郎の、声と一緒に。

そのキヨに、自分はなんて役をやらせようとしているんだろう。〈遠の眠りの〉の脚本と演出は、少女歌劇においてはずいぶんと型破りなものだった。

海の上が舞台だった。暗いなかぼんやりとひかる波間に、一艘の小舟が浮かんでいる。うつろで、誰も乗っていないようだ。音楽はなく、波の音だけが響いている。あまりの静けさに、客席がかえってざわめきだしたころ、舟の上へ照明が当たる。すると誰もいないと見えたところに、ひとりの女が立っている。

女。確かに女だ。けれど歌劇団の舞台上に、これほど身なりの汚れた女が出てきたことはあっただろうか。戦い疲れてぼろぼろになった者が登場しても、それはこれまで男役ばかりだった。戦時にも女は家にいて、質素であっても身ぎれいにしながら男の帰りを待つばかりだった。それが、この舟に立った女は、彼女自身が戦ってきた果てのように見える。じっさい、続く独白のなかで、女はその戦いがいかなるものだったかを思い出し、語るのである。

聴くに堪えない物語かもしれない。お話ではなくて現実だったから。お話のかたちを取っているけれど、それはじっさいに起きていることだった。彼女は彼女のいた場所で、女であり、ひととしては扱われず、ひたすらに影となり働いてきた。でももう限界だった。だから逃げることにしたのだ。この舟は、そのための舟だった。

独白が途切れると、今度は舟のべつの箇所に照明が当たる。そこにはべつの女が立っている。彼女もまた逃げてきたのだという。昼間は無口で優しいけれど、酒を飲むと別人のようになる夫から。腕に、脚に、肩に、芙蓉《ふよう》の花の色合いをした痣《あざ》が点々とできている。三人目の女は子を産めなかった女。四人目は女工をしていた女。結婚の約束を破棄された女。騙されて廓へ売られた女。小舟は思いのほか広く、どこからともなく幽霊のように立ちあらわれる女たちを、乗せてゆくための空間が充分にあるのだった。たくさんの独白はやがて混じり合い、ひとつのおおきなうねりとなって波間を漂っていく。見つかったら殺される、とヒステリックに叫ぶ者がいる。逃げなければ。けれどもどこへ？　彼女たちが幸福に暮らせる土地はあるのだろうか。

難民船に、それはそっくりだった。女という難民たちだった。やがて外海へと漕ぎ出した舟は、高波に襲われ水をかぶり、揺れる。放り出されそうになり、怯える者がいる。怖い、と泣き叫ぶ。怖いから、歌をうたって。舟歌を、誰か、と、泣いたのとはべつの女が言う。すると艫《とも》のほうからあらわれた女が、旋律に乗せて声を放ってゆく。それは真っ暗な海上に、細いけれども確かなひと筋の糸となって伸びてゆく。

——長き夜の、遠の眠りのみな目覚め、波乗り舟の、音のよきかな。

あたらしい時代は、すぐそこまで来ている。それはいまだ眠っている。けれども半分目覚めてもいる。波音に耳を澄ませばわかる。そのずっと遠くのほうに、ほら、霧笛の音がする。

それは彼女たちを助ける汽船だろうか。それとも——？

キヨもまたほかの女たちと同様、襤褸をまとって髪を振り乱し、頰を土埃で汚していた。その顔には気品よりも疲れが多く見て取れた。それでもなお、彼女は歌うのだった。台詞は絵子が書いたものがすべてではなく、稽古中の役者が自然と口にし、そのまま脚本に採用された箇所もあった。女たちの語りの細部には、それゆえ生々しさが籠もった。

上演のなされた二月は大雪を記録した。中止せねばならない日もあったし、開演していても客の入りははかばかしくなかった。つねに満員御礼に近い少女歌劇にはめずらしいことだ。「雪のせいだ」と鍋川は言った。「もちろん、そうだ」

けれど観客からの投書を見ると、かならずしもそれだけではないようだった。〈はごろも〉のときよりも、さらに厳しい意見が連ねられていた。

〈これはいつたいなんでせうか。啓蒙的の狙ひを持つたもの？　だとしたら……いささかお節介〉〈忘れたかつたことを思ひ出させられた。夢を購ひにきたはずだのに、現実を突きつけられた〉〈青鞜派を気取つてゐるのでせうか。イデオロギイは嫌ひです〉〈演技には迫力があつた。キヨも菫子も凄かつた。けれど見たかつた劇かと問はれると、疑問は残る〉

絵子は黙って目を通していた。頷くでも首を横に振るでもなく、落ち込むでもなければ思惑通りと合点しているでもなかった。鍋川は、そのさまをじっと見ていた。寄せられた感想を眺める絵子が、心中で何を思っているのか、鍋川にはわからなかったに違いない。それくらい、彼女は無表情だった。

公演期間のあけた月末、食堂の終業時間に支配人が厨房を訪れた。従業員たちは顔を見合わせた。絵子は目を見ひらいただけで、皿を洗う手を止めると、さして驚いたふうも見せずに前垂れで滴を拭いながら戸口へと立っていった。呼ばれなくても、自分のことに違いないとわかっているのだった。「ちょっと話せるかね」と鍋川は言った。

給仕頭が淹れてくれたほうじ茶を前に、絵子は支配人と向き合って食堂のテーブルへ座った。

「あんな評など、気にしないでもいい。西野くんは、やりたいことをやった。書きたいことを書いたんだ」

団員の娘たちにかけるのと同様の、いたわるような言葉だった。冷えた手のひらを湯呑みであたため、絵子はそれを聴いていた。

「投書はプログラムの冊子に印刷されるからね。ひとに読まれるから、敢えて厳しいことを言いたい。鑑識眼があるように見せたい。そういう心理が、批評を行うひとには多少なりとある」

絵子はほうじ茶へ口をつけ、ひとくち含んでから言った。「そういう部分も、あるかもしれませんが、素直な感想だとうちは思いました」

鍋川は頷いた。「まあそうかもしれない。だがわたしの言いたいのはね、嫌にならないで欲しいということだ。お話を書くことを。また、次も書いてくれるんだろうね」

「それはできません」

自分でも思いがけないくらい、はっきりとした答えだった。鍋川は少しく狼狽えた様子で、飲みかけた湯呑みを口から離した。

「なぜだい。評判のことなら、さっきも言ったように……」

「そうじゃありません」絵子は言って、相手を遮ってしまったことに気づくと、ゆっくりと言い直した。「そういうことじゃ、ないんです」

「じゃあ、どうしたんだい」

絵子は黙ってしまった。自分でも、よくわからなかった。絵子は自身の内側を探るように見まわしてから、「お話に、したからかもしれません」

鍋川が眉をあげた。

「お話じゃなかったものを、お話にしたから。姉のことや、妹のことや、村にいる友だちのこと。それはほんとはお話じゃないです。ほんとのことです。なのに、うちはお話にしてしまった」

「そんなことは」と言いかけて、鍋川は言葉を切った。――気にすることではないよ、お話っていうのは、書くっていうのはそういうことだと、彼は言おうとしたのだった。けれども迷いが生じていた。自分よりずっと年下の、書くということをはじめて間もない娘の深刻さを笑い飛ばしてやることに、ふと躊躇いを覚えたふうだった。

「つまり」と鍋川は言い換えた。「書く気がしない、っていうことかい？」

絵子は上目遣いに相手を見た。視線を据えたまま考えていてから、「そうかもしれません」と答えた。

ふたりして、黙ってほうじ茶を飲んだ。給仕頭が厨房のほうから、何ごとかと覗き込んでいる。絵子は言った。

「えびす屋を、やめんとなりませんか」

鍋川がまるく目を見ひらく。なぜ、と問う風情だった。

「だって、うちはお話が書けるからって言って、ほれで雇ってもらったんです」

「ああ」合点した様子で彼は言ったが、溜め息のようにも聞こえた。「そうだったね」

ふたたび目が細められた。笑みに疲れが滲んでいた。

絵子の問いに、支配人ははっきりとは答えなかった。

席を立つときに彼はもう一度訊いた。

「ほんとうに、もう書かないのかね」

絵子もまた、判然と答えることはできなかった。

なにか、ひどく依怙地なものが、自身のなかに居座っていた。——とうちゃんも依怙地なさけ、と、かつて陸太が言ったことを思い出した。自身の依怙地さ、頑固さは、もしかすると芳造のそれを引き継いでいるのかもしれない。あるいは、あの村ぜんたいがひどく依怙地な何かだという気もした。石田のおばちゃんの依怙地さ。寒くても雨が降っていても、どうしても畑を見にいかなければ気がすまないというようなこと。……そうだ、自分はどう転んでも、街の人間にはなりきれない。

憤り、というものもあった。何に対する、何の、憤りかはわからない。考えて考えて書いたお話が、これまで信じてきたお客さんたちに受け入れられなかったこと。それも、なくはないだろう。でもそれだけではない。名前のつけられない、つめたい憤りが、絵子の内側に固まっていた。と同時に、後ろめたさもあった。鍋川に語ったことだ。絵子は何のちからにもなれないというのに、まい子の、和佐の、ミアケの苦しみを、お話にしてしまったということの。自分は一線を越えて一歩を踏み出してしまった。けれどもそれが正しい方向への一歩だったのかがわからない。

そんなすべてが綯《な》い交《ま》ぜになって、溶けない雪のようにわだかまっていた。春が来ても、変わらなかった。

歌劇団ができる以前の生活に絵子は戻っていった。日々食堂へ出勤し、注文を取って料理を運び、厨房を手伝った。うっかりして皿を落としたりするようなことはもうなかった。誰よりも熱心にその仕事をやり、たくさんの皿とコップを洗った。ひとが変わったように働く絵子を、同僚たちは不思議そうに見た。

鍋川は何も言わなかった。やめるべきか、と問うた質問の、答えはあのとき得られなかった。ひと月経っても、半年経っても、支配人は何も言ってこなかった。あるいは絵子が、またお話を書く気になるかもしれないと思っているのかもしれない。一年経てば、二年経てば、気が変わるかもしれないと。それは絵子自身にすらわからないことだった。感情が豊かで不安定にもなりやすい思春期の子どもたちを前に、鍋川はときに驚くほど忍耐強かった。待つと決めたらいくらでも待つことができるらしかった。演技がうまくできずに悩む役者たちを、そんなふうにして幾度となく待ち、立ち直らせてきたのだ。最良の治癒効果をもたらすのは時間なのだと、大人である鍋川にはわかっているようだった。

あるいは、と絵子は考えた。ほかにやることがたくさんあって、絵子のことにまで手がまわらないのかもしれない。何しろ彼は二百人にものぼる従業員みなの父親みたいなものだった。そのうえ、この百貨店を日々経営しなければならないのだから。かくして絵子は働き続け、給金も変わらず支払われていた。

清次郎が、訪ねてこないだろうかと思うことはあった。たとえば夏の昼下がり、平日で客の入りも少なくて、すべてのテーブルをパン屑ひとつ残さず片づけてもまだ時間が余るようなとき、誰もいない食堂に射し入る陽がふと翳る。ひらいた窓から草いきれと熱く湿った風が吹いてきて、絵子はここが、西洋のお伽話に出てくるお城ではなくて、日本の、海から遠くない、ちいさな街だったことを思い出す。するとあのときの、はじめて見にいった練習で耳にした、清次郎の——キヨの、どこまでも気高く澄んだお初の台詞が響いてくるような気がするのだった。そんな折に目をあげると、食堂の出入り口の敷居に彼が立っている。所在なげに、たったひとりで、痩せた両脚を床へ突っ張っている。

けれどもそれは、まぼろしだった。ただの記憶の作用にすぎない。絵子がお話係をやめてから、清次郎がこの場所を訪れることはなかった。薄情さのゆえではない。彼は彼の問題を、たぶん絵子よりずっと切実な問題を抱えていた。そうして、それは絵子にしたところでどうしてやることもできなかった。

キヨの出番は目に見えて減っていった。稽古を見にいかなくなっても、公演は客としてこっそり観ていたし、プログラムの冊子のほうは以前にもまして隅から隅まで読み込むようになっていた。キヨは体の調子を崩していて、とりわけ喉の何かを患っているということになっていた。彼女の体調を気遣う投書と、それに応える支配人の、お詫びという気休めのような言葉のやり取りが毎号見られた。けれども、去る者は日々に疎しということだろうか、そんな応答もいつしか間遠になってゆくようだった。

よほど、村へ帰ろうかと思った。そうすれば杉浦屋に彼女は——彼はいるはずだから。

だけどどんなふうに接したらいいのか。そもそも絵子は、歌劇団から手を引いている身だった。それは絵子の臆病さであり、依怙地さかもしれなかった。同時に絵子は、清次郎の振る舞いにも依怙地さを感じた。もう前のように主役を張らなくなった彼が――キヨが、喉は使わずに細い体軀《たいく》だけで演技をするため舞台へ出ることがあると、骨の目立ちはじめた関節に、何か憤りに似たものが宿っているように感じられた。いつか彼の体を突き破り、荒ぶるいのちとして迸《ほとばし》るであろう何か。やめていった少女たちの〝卒業〟に、未来があるのとおなじように、その何かはちからであり、強さなのだとはわかった。それでも、その何かのちからが勝つとき、キヨという少女は、死ぬ。舞台から降りてゆくときの彼女は、この世のすべてを憎むかのような目つきをしていた。まだ演技は完全に終わっていないというのに。以前には考えられなかったことだ。

キヨの姿を見ていると、絵子は胸が潰れそうになった。そうして、自分の気持ちがいまだ歌劇団にあることを知るのだった。

お話係をやめてから、一年が経ち、二年が経った。けれど三年は保《も》たなかった。絵子ではなく、少女歌劇のほうがだ。

昭和十一年、内務省からとある通達が来た。百貨店における客寄せ目的の興行を控えよというものだった。

全国的に増えつつある大規模百貨店に押され、昔ながらの小売業が立ちゆかなくなりつつある。それを保護するために、百貨店の運営を一部規制しようという動きだった。今後公布されるという百貨店法への流れを受けてもいた。

大阪のそごうが新装開店した折、七、八階をぶち抜いて造った大劇場を認めるか認めないかで起こった議論が発端らしかった。そごうの劇場は大変な話題となり、周囲のほかの百貨店でも真似ようとする動きが生まれた。そこで府の保安課は慌てて、これは小売店のみならず、百貨店の外の一般的な演劇興行をも阻害するとして、許可しない方針を決定した。このことを大阪だけでなく、全国的な基準とするという内務省の取り決めらしかった。

えびす屋に限っていえば、これはいささか不当な措置だった。このちいさな地方都市には、ほかに興行らしい興行もない。小売業の話でいえば、福井駅前にもとからある路面店の営業を邪魔しないよう、開店当初から鍋川はあれこれと頭をめぐらせていた。えびす屋の売り場の商品を近隣の店から仕入れたり、あるいは店舗を直接出張させるなど工夫していた。そうしてその恩恵を、小売店の側でも受けていたのだ。えびす屋の一画に店舗を出すと、本店のほうの売りあげも伸びた。だから少なくとも表面上は、さしたる軋轢《あつれき》があるとは思われなかった。

――それにそもそも少女歌劇は客寄せ目的の興行ではない。少女歌劇の目的は、少女歌劇そのもの以外にはない。

鍋川はそう主張した。一律になんでも決めつけてかかるのは間違っていると。納得がいかないと言って、関係者を説得するため東京まで出向いていった。幾度かの話し合いが、そこでは持たれたはずだった。けれどえびす屋内の劇場で公演を続ける許可は下りなかった。その七月が、ここで行われた公演の最後となった。

それはことのほか賑やかで、あかるく華やかな舞台だった。横幅いっぱいを使って巨大な恵比寿さまを描いた幕を背景に、団員の少女たちがずらりとならんでレビューを披露した。桃色の薄衣へ縫いつけたスパンコールが、くるくると移動する照明を反射し虹色に輝いた。全身を思うさま使い、高々とあげた脚をすばやくたたんだかと思えば、次の瞬間には弓なりに背中を反らせる。すべての動きがよく揃っていて、彼女たち全員があわさってひとつのおおきな生命をかたちづくっているかのようだった。これが、歌劇団の成果だった。あどけなかった少女たちの成し遂げたことだった。

「みなさん、いままでほんとうにありがとうございました」

艶やかに黒い燕尾服を着込んで、ステッキを手にした支配人が中央へあらわれた。

「けれども、これで終わりではありません。この劇場での公演は、なるほど終わりかもしれない。けれど歌劇団がなくなるわけではない。これからも、えびす屋の外で、少女歌劇は活動を続けます。彼女たちの今後に、どうぞご注目ください！」

客席から拍手喝采とともに、贔屓の役者の名前を呼ぶ声が次々と飛んだ。色とりどりの紙テープに花束も。ひとりが立ちあがるとみなが次々に立って、観客たちの表情があらわになった。頰を涙で濡らす者がひとりならずいて、すると舞台上の少女たちも、化粧の落ちるのも構わずに泣かずにはいられないのだった。

絵子は、キヨの姿を探した。厚く白粉を塗った顔たちを、順繰りに何度も確かめた。けれどもどれも、それではなかった。キヨの顔は見当たらなかった。

支配人の締めくくった言葉の通り、少女歌劇はその後も存続することになる。けれど毎月二十五日間にもわたって連夜公演を行っていたころとは変わらざるを得なかった。えびす屋の外での活動といっても、定期的に芝居を打つことのできる場所があるではない。時折どこかから声が掛かれば出かけていくというにすぎないのだ。興行収入も減るどころか実質なくなるも同然だった。従って団員への給金も、これまで通りに払うわけにはいかない。歌劇団の少女たちは、勢い、百貨店の売り子を兼任することになった——というよりも売り子として働いて、たまの出張公演の際には舞台に立つ、役者のほうが副業となると言ったほうが正確だった。

全員が残ったわけではない。なかにはこれを機に田舎に帰ったり、嫁入りを決める者もあった。そうしてキヨが、清次郎が、売り子としてえびす屋へ残るはずもなかった。

狐川のほとりの村へ、絵子は駆け足に走って戻った。けれどももう遅かった。杉浦屋へ辿り着くと、兄弟の姿はどこにもなくて、裏手の小屋のほうへまわると、そこにはまい子がたったひとりで、手機の傍らに座り込んで泣きじゃくっていた。

まい子の恋。けれど恋とはいったいなんなのだろうか？　幼かったその恋は、もう終わってしまったのだ。ある予感に捕らわれて、朝早くに目覚めた彼女は清太の使っている部屋に行った。そこはすでに空っぽで、聞けば兄弟は荷物をまとめて、まだ暗いうちに出ていってしまっていた。清次郎の寝泊まりしていた女中部屋には、キヨの着ていた橙色の絣がぞんざいに置き捨てられていた。

まい子の背中に、絵子は手を当てた。――だから言ったではないかと、そんなふうに諭す気にはなれなかった。まい子にだって、きっとわかっていたのだ。……けれどそれなら、自分にだってわかっていたのではないか。清次郎が、あの子がいなくなってしまうということは。だってあの声が失われていくだろうことは、このうえなく明白だったのだ。キヨでなくなった清次郎が、この田舎街に留まる意味があるなんて、どうして思うことができたのだろう。あるいは清太のゆえだったかもしれない。兄がここですることがあるなら、そのあいだは弟も出てはいかないだろうと、高をくくっていたのかもしれない。でも実際は、清太もいなくなってしまった。ここでの仕事は、終わったのだ。まい子は捨てられた。そして、自分も。

そんなふうに考えが及んだ瞬間、絵子ははっと胸を突かれた。なんていう自意識過剰でおおげさな考えだろう。捨てられた、だなんて。でもそれは、絵子の気持ちの奥底の、何かを確かに言いあてていた。行ってしまった、あの子は。わたしになんにも言わないで。

そう思ったら堪らなくなって、絵子は目の前の古い友人の背中をぐいと抱きしめた。まい子の嗚咽が呼び水になって、絵子の内側からもそれは溢れてきた。ふたりで、思うさま声をあげて泣いた。なぜ絵子がここにいるか、どうして泣くことがあるのか、まい子には知るよしもないはずだった。けれど友人は訝しむこともなく、絵子の背中に腕をまわすと、さらに大声で泣きはじめた。

抱き合って泣き続けているうちに、絵子はふたりして小舟に乗って、なんにもない大海原にぽつんと揺られているような気がした。かつてこの小屋で、清太の話を聞いた。大陸から渡ってきた孤児の物語を思うと、小屋そのものが舟になって、戸外に水が満ちていったものだった。いまその舟に、まい子とふたりで乗っている。〈遠の眠りの〉の物語。女たちという難民。わたしもまい子も、その一部なのだ。わたしたちはべつべつに、それぞれに戦ってきたのだと思った。それぞれにぼろぼろで、またここでふたりになってしまった。

気がついたら、日が暮れていた。小屋にあかりはなくて、影ばかりになったその場所で、まい子は絵子から離した腕をぐったりと垂らしていた。疲れ果てているみたいだった。長い黒髪がもつれて湿った頬へかかっていた。着物の裾が乱れていた。乏しいひかりのなかで、絵子は先ほどまで腕に抱えていた幼なじみの姿を見た。まい子は、もう少女ではなかった。ふくよかな太腿は、陽に当たらないからなのか、はっとするほど白かった。ここで、この小屋に籠もってひたすら布を織るうちに、彼女の体の時間もまた流れたのだった。そのくせ泣きじゃくっていた様子は、まるで子どものままだった。

やる瀬のなさが、絵子に募った。まい子は、首をかっくりと垂れたままで立ちあがった。

「帰ろ」

ぽつりとそう言った。「お腹すいた」

うん、と絵子も頷いた。まい子はいったい、どこへ帰るつもりなのだろうかと考えていた。

その後の歌劇団の活動は、限定的なものとなった。福井放送局の番組に出演したり、在満軍隊への慰問金を募るための公演に出たりした。そして昭和十二年の六月、鯖江《さばえ》歩兵第三十六連隊の慰問として行った出張公演が、ほんとうの最後となった。

七月には大陸の盧溝橋《ろこうきょう》で、日本軍と中国軍の衝突事件が起きた。くすぶっていた大陸情勢が、これを機に全面戦争へと突入していった。いよいよ戦争がはじまったという報《しら》せにひとびとは熱狂し、世のなかは特需に沸いた。かつて国策映画を一緒に観にいった絵子の同僚カヤ子は、いまとなってはすっかり戦争というものに魅せられているようだった。事変の映像に怯えたことなど忘れて、新聞やラジオの伝える戦況を、まるでスポーツの実況中継を聴くかのように楽しんでいた。カヤ子だけではなかった。どこに行っても、少なくとも都市部では、狂騒のようなこの景気に誰もが浮かれていた。えびす屋もまたかねての計画通り、売り場を四階まで増築した。と同時に、少女歌劇の活動を停止させた通達の延長のように、百貨店法というものが公布された。大陸での戦争がはじまった現在は非常時なのである。従って経済もまた統制しなければならないと。けれども節制とは名ばかり、かたちばかりのことだった。次のオリンピックが東京で開催されることが決まっているからには、帝国日本の行く先に憂いなどはないかのようだった。

農村部にも好況の兆しが生まれていた。政府が米の買いあげを宣言し、それによって米価がじわじわとあがっていた。生まれ育った村へ行っても、鋤を振り立てて踊る男たちの異様な光景はもう見られなかった。けれどあのとき彼らの額にあった日の丸の赤色が、絵子の脳裏に刻まれていた。それは皇軍の快進撃を言祝《ことほ》ぐ都市部のひとびとの浮かれ騒ぎに、かたちを変えて引き継がれつつあるようにも感じられた。西野の家をそっと訪ねると、陸太がひとり家にいた。いずれ自分も軍需工場の労働へ行くことになると弟は言った。そうしてそれは家計をおおいに助けるはずだった。

えびす屋の食堂の、天井が高くて広々とした、清潔でモダンで洒落《しやれ》た空間に立ち続けることに、絵子はだんだん馴染まなくなっていった。制服を着て、笑顔を着込んで――笑顔もまた制服のうちだった――食堂や売り場で働くこと。百貨店でのこうした仕事は若い娘たちの憧れの的、言ってみれば花形の職業だった。でもそれはもう、絵子の身の丈には合わないような気がしていた。清次郎がいなくなったからかもしれない。彼がいないえびす屋は、どんなにモダンで洒落ていてもがらんどうのように感じられるのだった。あの子が野良に帰ったなら、自分もそうするべきではないのかと。あるいはまい子と抱き合って泣いたことも理由のひとつかもしれなかった。あの日以来、杉浦屋を訪ねると、まい子は魂が抜けてしまったみたいにうわの空だった。日がないちにち何をするでもなく、ただ惚けたように座っていた。

絵子は鍋川のところへ行った。支配人室は四階の奥にあった。本館の増築された部分には、コドモの国に見られたような鏡の間も滑り台もなく、いたって普通の建築だった。けれど鍋川の部屋へ一歩入ると、壁いちめんの飾り棚にブリキの人形や飛行機、キャラメルのおまけの玩具などが所狭しとならんでいた。まるで子どもの部屋、それも欲しいものを惜しげもなく買い与えられた男の子の、子どもという子どもが憧れる、そこは夢の部屋だった。片隅にはミニチュアの舞台装置もあった。ひとりのときでもここで、歌劇団の演出について思いめぐらしていたに違いない。

絵子が辞表を出しにきたのだと、鍋川は思ったらしかった。

「いえ、そういうわけでもなくて」言いづらそうに絵子は答えた。「ただ、ちょっと立場を変えてもらえたら、と思うてます」

支配人は頷いた。絵子の望み通り、彼女を社員寮の雑用係にした。お話係をやめたときと同様、鍋川にしてみればまるで不可解な頼みだったに違いない。苦労して手に入れたものを、なぜみずから手放そうとするのか。きっと彼にはわからなかった。けれど世のなかには自分には理解できない願望があるのだと、そのことだけは理解していた。配置換えを願う絵子に、鍋川は理由を問わなかった。ただ微笑んだだけだった。その笑みはかつて同様優しかったけれど、絵子が思いも掛けなかったほど老け込んでも見えた。

社員たちの住まう部屋の埃を払い、まかないを作って寮母さんを手伝う。その仕事は十代のころ、生家を追い出されて杉浦屋でやっていたことや、桜井の人絹工場で機場を追い出されたあとでしていた仕事にとてもよく似ていた。もう十年も前のことだった。長い年月が経って、絵子はまたこの仕事へ帰ってきた。そう考えると、不思議な安らぎを覚えた。自分はふたたび、目には見えない存在になったのだと思った。ちいさくて取るに足りなくて、するべきことだけすませたら、あとは勝手に好きなところへ行く。とても気楽なことだった。守るものも手放すものもない。絵子にはふたたび、何もなくなった。

朝の片づけをすませたあとは、またかつてとおなじように、街を歩きまわるようになった。世のなかは変わらないようでいて、少しずつ変わりつつあった。防空演習に灯火管制。道を行く女性たちの身なりも徐々に簡素になっていった。えびす屋の売り場もまた縮小されつつあるらしかった。そうしてあいた空間で国防展が催されたり、慰問袋の販売が行われたりしていた。心待ちにされていたオリンピックも、いつの間にか開催が取りやめになっていた。そんなことに割いている予算は、この国にはないらしかった。

あるとき絵子は、新聞を拾った。早春のことだった。公園で梅を眺めながらベンチへ座ろうとすると、誰かが置き忘れた新聞が、そこにたたんで置いてあった。食堂をやめて以来、社員たちのあいだでまわし読みされていた日刊紙に目を通す習慣もなくなっていた。そもそもあんなに好きだった活字を、あまり読まなくなっていた。日々を霧のなかのように漠然とすごしていた絵子の視界に、その記事の見出しは飛び込んできた――〈新欧閉出しのユダヤ人　続々わが国に流入　敦賀へ毎航海に三百乃至《ないし》四百〉。

背中に電気が走ったみたいに、さまざまなものが繋がった。絵子はその紙面を取りあげると、夢中になって読み進めた。ドイツに誕生したヒトラー政権が、ユダヤ人を隔離しているという話は聞いたことがあった。そのドイツが一昨年ポーランドに侵攻し、それがためにヨーロッパぜんたいを巻き込んだ戦争になっていた。ポーランドのユダヤ人たちは、国を逃れて隣国のリトアニアへ流入、そこで日本行きの査証を入手すると、シベリア鉄道経由でロシアを横断して浦塩――ウラジオストクへやってきているというのである。そうして浦塩から、今度は船で、海を渡って敦賀へと、続々と到着しつつある――。

震えが足許からあがってきた。このことだったのだ。清太の言ったのはこのことだったのだ。地元新聞の論調は、いささか困惑気味だった。日独の同盟が結ばれている現在、ドイツの国家政策に反するような難民の受け入れを、どう捉えるべきか測りかねているらしかった。けれどもこれは人助けなのだと、絵子にははっきりとわかった。あのときの、あの晩の、清太の暗い瞳に映った海の色のこと。

地図が必要だ、と彼は言った。

ああそれならば、とうとう、まい子の布が仕事をしたのだ。

12

その年、つまり昭和十六年の十二月に、日本軍がハワイの真珠湾《しんじゅわん》へ攻撃を仕掛け、大《だい》東《とう》亜《あ》戦争《せんそう》がはじまった。

早朝のラジオは臨時ニュースで大本営の発表を繰り返し流した。「帝国陸海軍は本八日未明西太平洋においてアメリカ、イギリス軍と戦闘状態に入れり」寒い朝だった。けれど眠気も寒さも吹き飛ぶような何かがそこにはあった。

街へ出ると、どこもかしこもその話題で持ちきりだった。――ついに来た、とうとうはじまった。――こうなったからには、是が非でも勝たないと。

日米交渉は長く難航していたから、アメリカへの宣戦布告は、みなどこかで覚悟していたようだった。――経済封鎖に輸出制限、こっぴどくやられていたからなあと、そんな声が耳に入ってきた。ニュース映像を専門に流す福井駅前の劇場にも、たくさんのひとが詰めかけていた。日中戦争ですでに多くの人手を戦役に取られ、国内での物資統制も続いていたが、これからは輪をかけて頑張っていかなければならない。そんな決意が、道ゆくひとたちの表情に見て取れた。事実その数日後には市内のおおきな神社で、戦勝を祈念する催しが立て続けにひらかれた。大東《だいとう》亜共栄《あきょうえい》という理想の実現のために、なんとしても勝たなければならないのだと。

翌年の正月は、早々からマニラ占領の報せが入り、世間はこの戦果に沸いた。二月にはシンガポール、三月にはラングーンと、日本軍の勝利が次々報じられた。

けれども世のなかが盛りあがったとしても、喜びの気持ちに駆られた客たちが百貨店に溢れるようなことはもうなかった。南京陥落の折には、光華門《こうかもん》突破の先陣を切ったのが郷土部隊の若者だったこともあって、戦勝セールにはたくさんのひとが詰めかけたものだった。けれどいま、ひとつの勝利はさらなる節制を意味した。ひとつ勝つごとに、さらに我慢する。大陸で、南洋で、戦っている兵隊さんのために、つましい日々の糧さえも差し出そうというのである。または差し出さなければならないと。異議を差し挟む余地など、どこにもないようだった。米や酒はすでに配給制になっていたが、続いて塩や味噌も配給へ変わり、衣類は切符制になった。百貨店はいまや、それらの切符の交換所と化した。贅沢品は禁じられ、呉服売り場は灰色の布で覆い隠された。切符で手に入れることのできる衣類はもちろん正絹ではなくて、そして人絹ですらもなかった。ステープル・ファイバー、略してスフなる、人絹よりもさらに廉価で質の悪い布でできていた。それすらもだんだん品薄になった。

どこもかしこも物がなかった。百貨店の百は無限を意味すると、かつて絵子が感じたえびす屋の、くらくらするようなあの売り場は見る影もなかった。鉄もブリキも軍事用品の製造のために使われたから、陶器で作った羽釜や湯たんぽ、フォークやナイフといったものたちが代用品として売られることになった。けれどそれで売り場が埋まるはずもなく、皇軍の成果を知らしめる展示や国威発揚のための催しがたびたびひらかれた。天井を見あげれば、そこには花綵《はなづな》と万国旗のかわりに、日の丸と、そして帝国陸海軍の象徴たる旭日《きょくじつ》旗《き》がひらめいた。男性は国民服、女性は着物を縫い直して作ったもんぺ姿でやってきた。切符と引き替えに砂糖や油を手に入れると、足りないぶんの代用食、代用油を購っていった。

えびす屋の社員寮での雑用係を、絵子は続けていた。けれど仕事は目に見えて減っていった。店を訪れる客が減っているのだから、社員も当然減っていく。必要がないからというばかりではない、戦争へ駆り出されていくからだった。男であれば徴兵され、女であっても軍需工場で働かなければならなくなる。召集が来たら断ることは許されない。社員寮の仕事がなくなるのも時間の問題だった。

絵子はコドモの国へ行ってみた。少女歌劇団専用の劇場が入っていた、あの別館の建物だ。かつてはつねにお客で混み合っていたこの建物には、さらにひとがいなかった。もはや動かなくなった自動階段の段々を絵子は昇っていった。なめらかに動いていたころのこの機械は、上昇する滝を思わせた。動かなくなったいまは、凍りついた滝のようだった。間もなく供出になるという鉄製の段々を、絵子は歩いて昇っていった。鏡の間の鏡はすでになく、木馬遊歩場の回転木馬もところどころ欠けていた。

上階へ来ると、劇場の扉には錠が下りていた。ここであったすべてのことを、絵子はゆっくりと思い出した。遠い昔のできごとのようだ。絵子がお話を書いた〈はごろも〉が上演されてから十年が経つ。藍色の打ち掛けを羽織ったキヨの――清次郎の姿がまなうらに浮かんできた。すると胸が締めつけられるようになって、そうしたすべてを、自分が思い出さないようにしていたことに気がついた。絵子は二十九歳になっていた。郷里にいれば、嫁に行け、とさんざんうるさく言われた挙げ句、周囲がとうとう諦める、そんな年頃だった。劇場の、びろうどを張った重たい扉に手のひらを当てた。その感触を確かめたあとで、屋上への階段を昇った。手入れをされずに放られた樹木の陰に立つと、清次郎とはじめて語らった宵のことが思い出された。飴玉を頰張っていた彼の横顔がよぎっていったとき、射していた陽がふいに翳って、顔をあげると見知ったひとが立っていた。

「西野さん」懐かしい声は、吉田朝子のものだった。

「吉田さん……」と絵子は返したけれど、その先へ続ける言葉に迷った。「なんで、ここに」

思いも寄らなかった場所で出くわしたためばかりではない。記憶のなかの彼女と、いま目の前にいる朝子とはずいぶんと印象が違った。かつての朝子は、何があっても毅然として見えた。ほつれ毛ひとつなく髪を結いあげて力織機に向かっていたころだけでなく、あの雨の朝のストライキの、髪を振り乱して改善要求を叫んでいたときですら、彼女はどこかしら、こう言ってよければ余裕があった。懸命に、ちからの限り、生きていることには違いない。けれど絵子にはそう感じられていた。朝子の余裕は、正しさから来ていた。どんなに苦しい目に遭っていても、自分は信念を貫いている。そのことを疑わないひとの余裕だった。けれどいま、ポプラの植え込みへ凭《もた》れるように立った朝子は、その正しさという貯金を使い切ってしまったかのようだった。あるいは信念という元手をもってしても、世界の側がこうなってしまっては、もう太刀打ちのしようがない。そのことに、気づいているかのようだった。

「隠れてるの」と彼女は言った。「労働同志会は解散した。どこもかしこも監視の目がひかってる」

ふっと流れた風に、朝子の体臭が乗った気がした。しばらく風呂を使っていないのかもしれない。ふたたび返す言葉を迷っていると、

「こんな戦争、勝つはずがない」

ひそめた声で、けれど思いがけなく強い調子で彼女は言った。

絵子はあたりを見まわした。政府や国や戦争を批判する言説は、現在の翼賛体制のもとでは禁じられていた。人心を惑わし団結を乱す流言飛語であるとされ、特高《とっこう》へ通報されれば逮捕されることも充分あり得るのだ。だが朝子は続けた。「馬鹿な戦争。動機も馬鹿なら、やり方だってあまりにも馬鹿だ」

「吉田さん」

困惑した絵子に朝子は、「大丈夫」と応えた。「ここにはもう、誰も来ないでしょう？」

その通りかもしれなかった。えびす屋のコドモの国は、いまや廃墟のごとくにがらんとしていた。鍋川の作った、夢の国。子どもたちの理想と夢と、憧れのすべてが詰まっ

ていた場所。

「うん」と頷くと、その事実がいよいよ迫った。

朝子はベンチへ腰掛けた。絵子が倣うと、こう言った。「西野さんの作った劇を観た」

絵子は朝子の顔をまじまじと見た。思いもかけないことだった。「ほんとうに？」

朝子は頷いた。彼女のような運動家が、少女歌劇のような浮ついたものを観にくるはずがない、と思った。これは、きっと夢なのだと。

「だって話題になっていたから。少女歌劇らしくないって。それで興味が湧いたの」

風が吹いて、朝子の頰にかかっていた髪が揺れた。傷んだ桃の表面にできるような、淡く色づいた痣がそこにはあった。〈遠の眠りの〉で女優の手足に施したのとおなじような痣だった。

朝子はそれを隠すこともせずに、「よい劇だった」と言った。「またやればいいのに」

絵子はどう答えていいかわからなかった。というより、どう感じればいいのか。こころの奥の、お話を書いていたころの自分が固く閉じて、いまの自分とまっすぐには繋がらなくなっている。長く閉じていたその回路を、絵子はおずおずとひらこうとした。するとそこには朝子の言葉を純粋に喜ぶ自分がいた。自分のお話を認めてもらいたかった相手のひとりに、吉田朝子がいたことに気づいた。山の動く日来る、の、あの詩を教えてくれた朝子が。……けれどもいま、彼女はなんて疲れ果てていることだろう。

「だけど時局が許さないわね、いまは」

朝子は体ごと絵子へ向き直り、「生き延びましょう」と言った。瞳の奥に、かつて絵子を捉えたあの強さがよみがえっていた。「この戦争が終わるまで、生き延びて、逃げ切りましょう」

――わたしたちが、わたしたちのようでいられる世のなかが訪れるまで。

そうして絵子の手を握った。痩せてひび割れた指先は、驚くほどつめたかった。絵子が何かを言おうとしたときに、

「もう行かないと」さっと手を放して立ちあがった。

「行くって、どこへ」

振り返ってこちらを見た表情が、どうしようもなく淋しそうで、朝子がこのままひかりに消えてしまいそうな感覚がした。

「吉田さん」引き留めようとしたときにはもう、べつの植え込みの向こう側へ行ってしまっていた。

何も考えられない数刻があってから、我に返って立ちあがった。けれど屋上は風が吹くばかりで、朝子の姿は見つけられなかった。

自分はほんとうに、吉田朝子に会ったのだろうか。あれは彼女の幽霊だったのではないか――憲兵に暴行を受けて、ほんとうはもう……。

そんな思いがふとよぎり、なんていうことを考えるのかと、絵子は慌てて頭を振った。不吉な思いは、けれども、しばらく脳裏を去らなかった。

半鐘の鳴る音で目が覚めた。まだ零時を少しまわったところだった。窓の外を見ると、夜闇を背景に、空の一部が赤く燃えていた。「火事だ」と叫ぶ声がした。燃えているのはえびす屋だった。

早春のことで、絵子は綿入れを背中に羽織って飛び出した。えびす屋だけでない、駅前の繁華街ぜんたいが燃えていた。火の元がどこかはわからないが、飛んできた火はまず屋上の社、蛇をまつった木造のちいさな神社へ燃え移ったらしい。そこから四階、三階と、順々に燃えているようだった。あちこちの署から消防車が駆けつけ、消火に当たった。

正面の表戸は、夜間のことで降ろされていた。集まった社員たちのなかには、物資の乏しい時節柄、戸をあけて運び出そうと言う者もいた。けれど出張中の鍋川にかわり現場を指揮した総務部長は、怪我人が出るからと許さなかった。モルタルを塗った外壁までも炎は呑み尽くし、夜の明けるまで燃え続けた。

絵子の頭にあったのは、朝子のことだった。屋上で出くわしたのが去年の夏。あれから戦局は悪化して、年が明けてのガダルカナル島転進を機に、不安の心持ちが内地へ兆しつつあるようだった。勝つはずがない、と言った彼女の言葉が予言のように思い出され、絵子は屋上へ行ってみたけれど、もう会うことはできなかった。

だから、あそこにはいないはずだ。あれが生身の朝子だったとしても——。事実焼け跡から誰かの遺体が出てくるようなことはなかったし、建物は全焼したけれども怪我人はひとりもいなかった。

一夜明けて東京から戻ってきた鍋川は、焼け跡の眺めに虚ろな表情を見せた。しかしそれも束の間だけのことで、すぐに従業員の安否を確かめると、みな無事でよかった、と深く頷いた。

えびす屋がなくなってしまったので、絵子はとうとうほんとうに、村へ帰らねばならなくなった。

街へ出てきたときはまったくの手ぶらだったが、いまとなっては行李ひとつぶんくらいにはなった身のまわりの品を集めて荷造りをした。そうして、まっすぐには帰らずに、ひとまずの見納めとして中心地を歩くことにした。

「撃ちてし止まむ」と書かれたポスターが街角に貼られていた。戦意高揚のためのそれは、よく見れば滋養強壮剤わかもとの広告で、兵隊さんと手を携えた勤労報国隊員の絵が描かれていた。おなじような意匠の広告が、複数のべつの企業によってあちこちに打たれていた。

桜井興産の運営する人絹工場へ行くと、それは軍需工場になっていた。プロペラを作るらしかった。ここに入っていたたくさんの力織機は、おそらく国へ供出されたのだろう。窓から覗いても、見知った顔の女工はもういなかった。そこで働いているのは、かつての絵子とおなじくらいの年齢、女学校へ入ったばかりのようなあどけない娘ばかりだった。入学はしたものの、制服のスカートをもんぺに穿き替えさせられ、工場で働かされることになった少女たち。人絹景気はとうに終わりを告げていた。世界ではじめて作られたという人絹取引所は、去年解散になっていた。

あるいは道の途中で絵子は、べつのちいさな機屋を見た。そこは螺子《ねじ》の工場になっていたのだが、裏手には木製の織機を、木槌でもって叩き壊す報国隊員の姿があった。

またべつの機屋、いまだ羽二重を織っていた絹織物の機屋では、織機や備品を持っていかれないために落下傘を作っているということだった。軽くて丈夫な絹製品は落下傘に適していた。絹という贅沢品を織る行為は、いまとなってはそんな名目のもとでしか許されないらしかった。

足羽川のほとりを抜けて、村へ入るときには背筋が震えた。これまでも、何度も戻ってきていた。けれどもそれは両親のいない隙を見計らってのことだった。今度という今度は正面切って、西野の家へ戻してくれと頼まなければならない。

柿の木のところまで来た絵子は、立ち止まらずに坂を登っていった。立ち止まったら、進めなくなりそうだった。戸口に蹲る人影が見えた。母だ、と思ったら足が竦んだ。引き返そうかとしたとき、顔をあげた。目を細めてこちらを見定めると、

「絵子け」

とひとこと言った。

絵子は頷いた。

「帰ってきたんけ」

また頷く。

「ほうか」

母は応えると、手許の作業へ戻っていった。軒先に吊っていた大根の縄をほどいているらしい。ふと母が、石田のおばちゃんのように見えた。いっぺんに二十も三十も老け込んでしまったかのように。やがて立ちあがると、

「入らんのけ」

と言った。

絵子はそれでようやく敷居を跨ぐことができた。頬くらい張られると思っていた。母は驚いた顔もせず、怒りをあらわにもしないかわりに嬉しそうでもなかった。絵子が時折戻っていたことに、あるいは気づいていたのかもしれない。かつて陸太がしてくれた

ように、お茶を出すこともなかったし、ちゃぶ台へ一緒について話を聞くこともなかった。絵子は放っておかれた。またはそもそもこの無関心こそが、この村の心性だったのだろうか。

二階を使っていいかと問おうとしたところで、

「陸太に令状が来た」

居間を横切っていく母親が、顔を伏せたままで言った。

令状。それは召集令状のことにほかならなかった。

「昨日のことや。ほんであんたを呼びにやらなあかんと思ってたとこやった」

「ほれで、いま陸太は」

「工場のほう。いろいろ片づけて、入隊は五日後やと」

忙しねえの、と言ったきり、奥へ引っ込んでしまった。

陸太はだいぶ以前から勤労動員へ取られていた。その働き先は何度か変わっていて、遠くの現場へ飛行場の建設のためにやられたこともあれば、このごろでは通えるほどの距離なのに寮生活をさせられて、早朝から夜遅くまで働いているということだった。

日暮れどきに帰ってきた陸太は、風呂敷ひとつぶんの荷物を手にしていた。絵子の顔を見ると、「ねえちゃん」と言ったが、こうして家族に交じっていても、さして驚きはないようだった。

ひさかたぶりの、全員で囲む食卓だった。ミアケはむろんいなかったし、和佐も嫁に行ったままだった。ヨリは今度はその和佐の若かったころによく似て見えた。やはり工場へ勤労動員されていて、疲れて帰ってきたというのに母親を手伝って夕餉を支度した。嫁に行ってもおかしくない歳だったが、若い者はみな兵役に取られていた。

食卓では芳造ばかりが喋っていた。それもかつてと変わらなかった。ほかの家族は訊かれたら答えるくらいで、相槌を打ちながら黙って食べる。お膳にあがったものの味を、絵子は静かに噛みしめていた。代用食、代用米ばかりの都市部での食事をしてきたあとでは、ここの食べ物は信じられないくらい美味しく感じられた。申し訳程度の魚と煮物というお菜は、絵子が飛び出していったときと同様につましいものだった。けれど少なくとも、ここにあるのは本物の米だった。

「よう帰ってきたの、絵子も」

唐突に呼びかけられて、絵子は思わず「はい」と声が出た。信じられないことだったが、芳造は上機嫌だった。「こうやってみんな揃って。陸太にもとうとう召集が来て。なあ、めでたいことやの」

そう弟の背中を叩いた。配給でもらったわずかばかりの酒を、水で薄めて飲んでいるらしい。

「ほうや、ほうや、頑張ってこんと」

母は陸太にも酌をしてから、徳利を置いたあとの右手で目尻を拭った。

「ほや、こんな名誉なことはねえ」

言ってからぐい呑みを干した目が真っ赤だったので、父が破れかぶれになっていることを絵子は知った。母はそのまま啜り泣いた。

あんなに将来を楽しみにしていた、ひとり息子の出征だった。当の陸太はそのあいだ、宙の一点を見つめ続けていた。


弟がいなくなってしまうと、絵子は家に居づらくなった。母も芳造も、面と向かって絵子をなじるのは控えているようだった。いまさら言っても仕方ないと思っているのか、それともこんなご時世だから、残った者でなるべく協力しようと思っているのかもしれない。それでも食事どきにはともすれば、芳造の癇癪が起きそうになる。ヨリがさっと宥《なだ》めるのだけれど、絵子には居たたまれないことだった。

そうしたことを知ってか知らずか、杉浦屋のおかみさんから、誰か手伝いを寄越してもらえないかという話が来た。ヨリは工場があったし、この村でいまだ何をするとも決まっていない絵子が行くことになった。杉浦屋には泊まり込んでいたこともあるので、勝手はよくわかっている。母と顔をつきあわせて畑や家事をするのも気詰まりになりつつある頃合いだった。

行ってみると、なるほどこれは人手が要るのも道理だった。近場の機屋が軍需工場になり、杉浦屋は徴用工員の寮として宿泊施設を提供させられていた。本来の旅館業など贅沢すぎて、この時局には許されないことらしい。あの優雅だったおかみさんも、さすがに参っているようで、「絵子ちゃんが来てくれて、助かったわ」とめずらしく礼を言った。

工員たちは垢じみてくたびれ果てており、部屋もおおぜいの雑魚寝状態で、掃除するのも並大抵のことではなかった。食糧も日に日に不足していくので、どんなに工夫して煮炊きをしても、彼らの空腹を満たすことはできず、恨めしげな表情をされた。杉浦屋の従業員がそもそも減っているため、箱入り娘だったまい子も世話係として駆り出されていた。

ひさしぶりに顔を合わせたまい子は、いまだどこか虚ろだった。彼女が生家にいるということ。恋愛に憧れ、花嫁に憧れていたあの少女が、絵子とおなじく行き遅れていることに、少なからず衝撃を受けた。抱き合って泣いたときのことを思うと、あの日の悲しみがよみがえってきた。

――まいちゃんの布は、人助けをしたんやよ。ユダヤ人の地図になったんやよ。

彼女の両手を握りしめ、伝えてやりたい衝動に駆られた。まい子の恋、それそのものは間違っていたかもしれない。実を結ぶようなものでは確かになかった。けれどもその生み出したものは、動機よりも、感情よりも、遥かにおおきな役割を果たしたのだと。ここにないこころに訴えかけて、呼び戻してやりたかった。かつてのまい子、元気だったまいちゃんに戻ることができるように。……けれども絵子は、ぐっと堪えていた。監視の目はあちこちに潜んでいる。朝子も言っていたではないか？　秘密は秘密のままにしておかなければ、どんな危険があるかわからない。

杉浦屋で、絵子はふたたび女中部屋へ寝泊まりするようになった。階段の下のちいさな引き戸をあけて、足を踏み入れた瞬間、息が止まりそうになった。橙色のあの着物、キヨが着ていた絣の着物が、文机に投げ出されたままになっていた。絵子はしばらく立ち尽くしていたが、やがてその着物を、まっすぐに見ないようにしながら片づけた。……錯覚を起こしそうになったから。あの子のいた日々、あの平和で幸福だった毎日が、いままたここにあるような気がしそうになったから。目につかない隅へと仕舞い込んだ。そうでなければ、頑張れない。あの日々を思い出してしまったら、こんな毎日は乗り切れない。

工員たちの油の染みた衣類を大量に洗濯し、飯がまずいと小言を呟かれながら働くのは楽ではなかった。慣れない旋盤を長時間使う作業で神経をすり減らし、体を壊してもなかなか医者にかかれない、そんな彼らが下働きの女にあたるのはわからないでもなかった。誰も手を出してこなかっただけ、まだましだったかもしれない。夏はさらに酷かった。少しでも気を抜くと、蚤《のみ》や虱《しらみ》が大量に湧いた。

空気にひんやりとしたものが混じり、庭の草木を風が撫でていくのが目に見えるような頃合いになると、張り詰めていたものも緩んだ。そんな夕べに絵子は、狐川のほとりへ行った。おかみさんに、今日は休んでもいいよと言われたようなときには。ほんとうは、まい子も誘いたかった。青くなってゆく川面を眺めたり、なにくれとない語らいを、小屋の床に座ってしたかった。けれどまい子の、抜け落ちた魂を捕まえられずにいるような、宿泊中の工員にどやされても気づきすらしないような、そんな様子を見ていると、声を掛けることはできなかった。

虫のすだく音を聞きながら、湿った土の感触を草履の裏に踏みしめて歩く。ちいさなヨリを背中へ負ぶっていないこと、あともう少しで帰らなければ、夕餉に間に合わないといって叱られるようなこともないことが、不思議に思われた。自分がもう、十三歳の娘ではないということも。

岸辺の小屋は夕暮れの陽射しが入り込んでいて、洋燈を使わなくてもまだかろうじて字が読めた。灯火管制が敷かれていて、夜間は窓に目隠しをしなければあかりをつけてはならないことになっていた。そして小屋には暗幕がなかった。淡くなってゆくひかりのなかに、まい子が布を織るのに使っていた木製の手織機がたたずんでいた。これは壊されずにここにあるのだ。手近に、よく椅子がわりにしていた木箱が転がっていた。位置を整えて腰を落ち着けると、ちょうど目の高さのところに、南総里見八犬伝の七巻が置かれていた。あたらしいのを借りるときに返したのを、まい子が放ってあったらしい。表紙はさらに黄ばんで埃が溜まっていた。ページをひらいて目を落とした。太陽が細く糸になり、消えてなくなってしまうまで、そのまま文字を追い続けた。

……どれくらい経っただろう。かたん、と引き戸を動かす音がして、絵子は自分が眠ってしまっていたことに気がついた。咄嗟に、まい子だと思った。絵子がときどきここへ来ていることを、知ってはいるはずだから。それにかつては、まだ幼かったころは、どちらからともなくこの小屋へ来て、もうひとりのやってくるのを待っている習慣だったから。

けれども戸がひらいたとき、目に飛び込んできたのはべつのものだった。まず、ひかり。出入り口付近に置いてあった洋燈に、そのひとは火を入れた。

見つかったら注意されるのに、と思う間もなく、そのあかりに照らされて青の色が浮かびあがった。青い、布の色だった。それでも絵子は、まい子だと思っていた。彼女の織っていたあの布にそれは似ていたし、でもよく見ればそれは打ち掛けで、まい子の部屋の壁いっぱいに飾られていたものだったから。

綺麗な着物を目にするのはひさかたぶりだった。贅沢品の絹織物は、着て歩けば非国民と指弾されたし、簞笥や長持《ながもち》へ仕舞っていても、闇での食糧入手のために消えてしまうご時世だった。

だけど、あの着物。あのあとどうしたのだっけ。〈はごろも〉の劇をして、そのときにまいちゃんから借りて。そのあとで、一度当人に返したのだったか。清太と清次郎の兄弟が、そのまま持っていったのではなかったか。

「絵子」

夢うつつのその思考が、やっと現《うつつ》の側へ追いついたとき、声が絵子を呼んだ。聞き慣れない声だった。低くて、どこかまろやかで優しく、けれど芯のところは硬い。知らない声だけど、知っている。似ている。よく知っていた誰かの声に——。

「キヨ」

と呼び返したその瞬間、川べりの小屋は劇場になった。

そこにいたのはキヨ——清次郎だった。青い着物で額を隠しながら、いにしえの貴《あて》びとがひとめを忍ぶときのような仕草で、彼は——彼女は敷居を跨いだ。青の色が、小屋へ入ってきた。それから、いとも優美な手つきで洋燈を織機の傍らへ運ぶと、かつてよりずっと長く伸びた両腕で、絹の薄物をかかげて見せた。そのままひと呼吸置いて、打ち掛けの裾をひらめかせながらゆっくりと回転し、同時に片袖だけ腕を通した。

一連のその動作が、キヨの、清次郎の舞台挨拶だった。

「帰ってきたの？」

彼は頷いた。「もうすぐ、出発だから」

出発。どこへの出発だろうか。清次郎と清太がやってきた——やってきたのだと絵子が思っている——その異国の土地へだろうか。

「お別れを言いにきた」

その台詞は、前にも聞いたことがあった。少女歌劇の舞台がいよいよはじまって、キヨの正体をあばかれないために、もう食堂へは来ないと言ったときだ。……でもあれは、ほんとのお別れではなかった。杉浦屋で、または足羽川の土手で、絵子と清次郎は言葉を交わしたし、一緒にお芝居を作ったのだから。

けれども、あのときとは違う。こんな世のなかになってしまったからには、一度別れたら、二度とは会えないかもしれない。

——行かないで、と絵子は言いたかった。どこへ行くのかわからないけど、どうか行かないで欲しいと。

けれど言葉は喉許で止まった。引き留めることなんてできない気もしたし、それ以上に、たぶん見とれていた。目の前ではじまったこと、一幕物のお芝居と、成長した清次郎の演じるキヨに、絵子はまったく魅入られていた。

鼻筋の高く彫りの深い顔だちに、彼は薄っすらと化粧を施していた。意志の強さがあらわれた瞳。かつて持てあましていた青年の体は、いまや完全に彼のものだった。歌劇団にいたころは細っこかった首すじや前腕に、ひかりを浴びて陰影を作る筋肉のおうとつが見て取れた。背も、絵子よりずっと高い。背筋を伸ばして床の中央へ立つと、絵子とは直角になる角度で顔をわずかに伏せた。そうして右だけ通した袖を肩から水平に持ちあげた。その青い袖だけを舞台装置に、そのひとは、語りはじめた。

「……照明が当たると、ぼくは、海のことを思い出した。夜の暗い海の、船の甲板で、揺れるカンテラに照らされながら眺めていた波のこと。清兄は、そのときにはすでに親がわりだった。最初の記憶は、海の上、船の上にいたことだ。

うんとちいさかったときのことは、憶えていない。父のことも母のことも。でも憶えている。あのカンテラのひかりを。波の音を、揺れていた船艙を。どうしてそう思うんだろう。憶えてる、って清兄に言ったら、そんなはずはないと言われた。お前はほんとうにちいさかったんだ、記憶があるはずはないと。

もしくは胎内記憶というやつじゃないかと。母親の子宮にいたときに、あたたかい水に満ちていたから、それと清兄の船の話が重なって、頭のなかで作られたんだと。

でも違う。そうじゃない。ぼくは確かに船に乗っていた。ひどくお腹がすいていた。四六時中泣き喚いていたけれど、だんだんその元気もなくなった。大人の女のひとが一緒に乗っていて、そのひとが瓶から乳をくれた。空腹なのはぼくだけじゃなかった。清兄も、ほかの子どもたちも、みんな痩せ細ってぼろぼろだった。

そうやって着いたのが、この国の、とある港だった」

これはなんだろうか。ひとり芝居だろうか。かつて言葉を持たなかった少年が、自身の声で語りはじめている。骨張った強い喉から溢れる声だ。ひろやかで深く、海そのもののようで、青に満たされていく小屋のなか、絵子はその場所へ思いをはせた。かつて不安を掻きたてた海、逃げる者たちの眼前にはだかり、先を阻むかに見えた海は、希望の象徴でもあったはずだ。海原の続く限り、船は進んでいくことができる。地図を、そう、海図を頼りにして。まい子の織りあげた布もまた、日用品に紛れ込んではひとびとの道しるべとなったのだろう。

そうして絵子は考えていた。――かつて書いたお話は、あれはやっぱりお話だった。女たちの現実ではあったけれど、それでも、とても現実には追いついていなかった。いっぽうでそのお話が、いかに清次郎の幼少期と重なっていたかにも驚かされた。〈遠の眠りの〉をキヨが――清次郎が演じたことは必然だった。わたしのお話は、まさにこの子から生まれていたのだ。そのことに思い至ると、身内から震えるようだった。絵子の記憶のなかの劇場がよみがえり、灯芯をまるい硝子で包んだ洋燈はスポットライトに変わっていた。ほかには誰もいないはずの小屋に、目には見えない観客たちが座り込んで息を詰めている。満場の拍手へ持ってゆくために、かつてキヨだったこのひとは、どんな演出を考えているのだろう。

「物心ついてから、ぼくが演じ、歌ってきたのは、うらさびれた小屋掛けの、かたちばかりの舞台上だった。この街へ来て、おおきな舞台に出て、そこではじめてキヨという少女と会った。それはぼく自身だったけれど、知らない子どものようだった。少女というのがどんな生き物なのか、ぼくにはよくわからなかった。自分が少年と呼ばれる生き物だってことも。ただキヨは、とても強くて、その子を演じているあいだぼくは、怖いことなど何もなかった。

キヨの化粧をして、キヨの衣装を着て、キヨの声で舞台に立つ。ゆっくりと幕があがっていく。ひかりに脱色されたような眩しいその視界のなかに、お客さんたちの顔が見えてくる。ぼくは照明をいっしんに浴びて、体の底から浄化されるみたいな、真っ白な、違う何かに作り替えられるような感覚がした。それはものすごく快くて、気がついたら誰よりも高く、綺麗な声で歌っていた」

キヨの歌声が耳へと響く。実際に聞こえているのは、もう彼女の声ではないけれど。キヨの声であって、キヨの声ではない。天上から響く硝子のソプラノではなく、その地上の影のような、投影のようなアルトだった。けれどもそれは美しかった。消えてしまったものを補い、悼むものの美しさだった。

そうして清次郎は歌った。〈遠の眠りの〉の歌を、また〈はごろも〉の歌を。語りは歌と入り交じり、歌はいつしか独り語りへ戻った。継ぎ目のない移り変わりに、自分がいったい何を聴いたのか、聴いているのか、わからなくなった。魔法にかけられたかのように、ぼんやりとして、そして心地よかった。彼が歌うのは、絵子の教えた歌。演出家と一緒に旋律を練って、そうして声の抑揚と、それへ添っていく心情とを、キヨと一緒に考えた歌だ。彼が魔法を使っていたならば、だからそれは、絵子の魔法だった。かつて自分自身のかけた魔法が、長い時間を経過して、絵子のところへ帰ってきたのだ。

「えびす屋を離れたあと、どこで何をしていたか。ぼくはただ清兄についていった。清兄の言う通りにすること、清兄の行くところへついていくことしか、知らなかったしできなかったから。絵子、だけどきみが心配していたみたいには、ぼくは不幸せではなかったんだ。ぼくは影みたいなものだった。体があってこころもあったけど、ぼくの意志というものは、ずっと清兄と一緒だった。その意味では清兄の一部みたいなものだった。いまはもう違うけれど。

福井の停車場から列車に乗って、長い隧道《ずいどう》を抜けてやってきたところは港町だった。敦賀と呼ばれていたその場所を、ぼくは確かに知っていた。帰ってきた、と思ったから。かつて長い船旅の果てに、辿り着いたのとおなじ港だった」

清次郎はそこで、ふいと視線を絵子に合わせた。舞台の上から半分だけ降りて、こちらへ踏み出すような仕草だった。

「両親のことは、憶えていない。けれどふたたびその港町へ来てから、清兄が教えてくれた。波国からの孤児の名簿に、ぼくたちは名前を連ねていた。でも生粋のポーランド人じゃなかった。母はそうだった。でも父が違う。白系露人に味方して命を落とした日本人、それがぼくたちの父だった。……そう、そのころの浦塩には、貿易や交通に携わる日本人が多く居留していた。

清兄によればぼくたちの母は、ぼくを産んで間もなく死んだ。涙も凍る寒さの列車のなかで。

シベリアから逃れてきた波国の孤児たちは、みながそのままアメリカへ渡って、大西洋経由で本国へ引き渡されたと言われている。でもそうだろうか。国に帰っても両親がいるわけじゃない。親戚だって見つからない。だから名簿からそっと姿を消した。その少年と幼い弟、それが清兄とぼくだった」

絵子ははっとした。でもなぜだろう。なぜいまになって、そんな話をしてくれるのか。

「どうして」と絵子は問うた。「どうしていま、話してくれるの」

「お別れだからだよ」と彼は言った。青い袖をひと振りすると、ひかりが揺れて波が立つ。眩しさに気が遠くなる。と同時に、現実にも引き戻された。あの洋燈は、そろそろ消さなければ。灯火管制下なのだから。

だけど何のお別れなんだろう。ポーランドへ、その遠い故郷へ、とうとう帰ってしまうのか。彼らのほんとうのふるさとへ。

絵子の心中が聞こえたかのように、清次郎は首を振った。「ぼくの国は、ここだ。この日本という国だ」

いつか木箱に腰を下ろした彼は、もう歌ってはいなかった。その後の人生を語っていた。それまでのアルトより、さらに落ち着いた低い声で。――敦賀へ一時的な居を定めた兄弟は、かつて孤児として面倒を見てもらった知己の幾人かを訪ねていった。やがてそのうちのひとりの養子となり、この国の戸籍を得たのだと。

絵子は何かが引っかかる気がした。「でも、どうして……」

なぜなら、戸籍を得るということは、いまこの時勢にそれを得るということは。

清次郎は答えなかった。いや、それが答えだったのかもしれない。

彼は静かに微笑んで、半身を捩りながら立ちあがった。貴びとがかずきを脱ぐようにゆっくりと、青い打ち掛けを滑らせた。

そこに立っていたのは、国民服姿の若い兵士だった。

……よく晴れた秋の昼下がり、四つ辻へひとが集まっている。手に手にちいさな日の丸を持って、出ていくひとたちを見送るのだ。

青年は赤い襷《たすき》を肩から掛け、背嚢《はいのう》を負い、ゲートルを巻いていた。兵役に必要な持ち物を身につけ、新兵のなかへ交じっていた。かぶった帽子の下のまなざしは、よく知っているもののはずなのに、いまとなっては絵子の知らない、どこか遠くを見据えている。

——出征が決まったから。

清次郎はあの晩、そう言った。入隊の前に、別れを告げにきたのだと。

白昼のなか絵子は、その姿をただ見ていた。青く煌《きら》びやかな女物の着物から、あらわれた国民服は草色だった。アキアカネの飛ぶ畦道に、その色は馴染み、溶け込んでいた。

万歳三唱が終わると、右手をあげて敬礼した。見送りのひとびとは、それぞれの家族や友人のもとへ走ると、手を取り、肩を抱いて泣いた。絵子は突っ立ったままだった。清次郎は絵子を見て、少しだけ笑ったようだった。あるいは陽射しの眩しさに、目を細めただけだったかもしれない。

やがて列車の時刻が近づき、応召した新兵たちは駅へと向かっていった。草色の、土色の、おなじ服に身を包んだ後ろ姿のなかの、どれが清次郎だったのか、絵子にはもうわからなかった。


翌年には学童疎開がはじまった。福井の郊外にある村々にも、大阪の都市部から子どもたちがやってきた。マリアナ群島が占拠され、日本の陸海軍基地が機能しなくなったので、本土のいたるところに空襲があり得るという状況になったのだ。いまや国民学校初等科と呼ばれるようになった小学校の、三年生から六年生まで、縁故疎開のできなかった生徒が三千人近く到着し、杉浦屋ではそのうちの三十人ほどを受け入れた。

戦局が差し迫っていくなかのことで、子どもたちの世話をするのは徴用工員の相手をしていたころよりさらに厄介だった。両親の心遣いなのだろう、あたらしい靴に糊の利いた制服で、引率の教員に導かれながら、村の子どもたちと顔を合わせた児童たちは緊張している様子だった。せめて美味しいものを腹いっぱい食べさせてやりたいと思うものの、配給米ではとても足りない。芋や雑穀を加えてなんとかそれらしく拵えてやった膳を、父母のいるはずの南西へ向かってお辞儀をし、兵隊さんありがとうと言ってから食べるのが、どうにも哀れで仕方なかった。昼間は我慢していても、夜になれば夜泣きをする、または不眠を訴える、あるいは弱い子どもを虐めにかかるなど、目を離す隙がない。やがて絵子はあることに気づいた。国から時折供されるバターや砂糖といった配給は、子どもたちの口に入る前に減っているようなのだ。あるいは子どもの両親が、自分たちのぶんを節制して必死で溜めた食糧。たとえばお手玉に縫い隠されて小包に紛れてくる炒り大豆などは、見つかれば没収されてしまう。付き添いの教員が、一度集める規則になっているのだ。全員でわけるべきものだからと。けれどそうした食糧を、教員自身が食べてしまうことが少なくないらしかった。きっと平和な時代なら、よい先生なのだろう。絵子はやりきれなくなって、せめて配給の食べ物は台所でしっかり管理した。時間があるときは野外へ出て、椎や茱萸《ぐみ》の実を集めもした。いなごもまた貴重な食糧だった。少しの油で炒めてから、塩で味をつければ悪くなかった。

ちいさい子どもと一緒にいると、鍋川を思い出した。小学校の教員だった彼の、作ろうとした夢の国。あるいはえびす屋の売り場を行き来していた、幸福に輝くような母親と子どものこと。都会の家で大切に育てられてきたのであろうこの子たちも、少し時代が違ったならば享受できたはずの幸せだった。絵子は自身の子ども時代も思い出し、ともすれば彼らの不安がこちらへ伝染しそうになるのを抑えながら、大丈夫、大丈夫と、我が身に言い聞かせるように、幼い者たちに言い聞かせた。習い覚えたお話を、聞かせてやることもあった。

十一月にB29による帝都への初の空襲があり、昭和二十年に入ってからは各地の主要都市が襲撃を受けるようになった。福井も危ないということで、七月には市内中心部の強制疎開がはじまった。絵子の住む村へも親類を頼って移ってくるひとがいた。リヤカーに家財道具を積んでやってくるひとびとの話によれば、建物疎開というものもなされており、家の密集しているところは爆撃で狙われやすいからと、繁華街の店や住宅を取り壊しているというのだった。一昨年、火事に遭ったえびす屋は、べつの場所で仮店舗をひらいているということだったが、残っていてもどのみち壊されてしまったのかもしれないと思った。

そんなふうに考えていた矢先のことである。七月十二日の夜、敦賀に空襲があったのだ。こんなちいさな港町に、と誰もが驚いた。威力の強い爆弾の雨が降り、それが焼夷弾というものだったことを、地元の新聞が少し遅れて報じた。次々入ってくる被害の知らせに、絵子は胸騒ぎがした。ユダヤ難民が来ていたのはもうずっと以前のことだが、清太が内地にいるとすれば、それは敦賀なのではないかという気がしていた。でもいっぽうで、いまごろは浦塩あたりにいるようにも思えた。輸送に関わる人間は、適齢であっても徴用を免れることがある。法の網の目をすり抜けるようにして、生きているのではないかと思った。清太は、あの男は死なない。願望かもしれないけれど、絵子はそう思いたかった。

一週間後の十九日、今度は福井の街が燃えた。B29の爆撃機が飛来したのは夜半近く、絵子は床に就こうとする時間帯だった。寝入りばなが騒がしいので目を覚ましたところ、杉浦屋の廊下をみなが右往左往している。何ごとかと外へ出てみたら、真夜中なのに信じられないくらい空があかるかった。火事だろうかと思うけれど、半鐘の音は聞こえない。番頭をしている老人が足羽川のほうを、そのさらに向こう側の中心街のほうを見ていた。こんなところからでもわかるくらい、天のまんなかの高みへ向かって炎の柱が伸びていた。

火は翌日の昼過ぎまで鎮まることがなく、ラジオも新聞も地元のものは機能していなかったが、行って見てきた者によれば地獄そのものだということだった。足羽川に架かる橋、九十九橋《つくも》のあたりまではかろうじて行くことができるけれど、そこから先はとても入れない。熱さを逃れて水に飛び込んだひとの死体が川面いっぱいに浮いている、防空壕もなんも役に立たんかったらしいと言う。もうしばらくすると街にも入れるようになり、絵子の村でも兵役へ取られずに残っていた男たちが、救援や焼け跡の片づけに通うようになった。

敦賀には月末に二度目、八月に入ってから三度目の空襲があった。その間に広島へ新型爆弾が落とされた。福井空襲で焼け出されたひとが村へも移ってくるようになり、宿を提供する杉浦屋での仕事はさらに増えていった。目の前に起こることを次から次へとこなす日々だった。忙しければ、考えなくてよい。福井にいたはずの鍋川がどうなったかも、戦地へ赴いた清次郎や陸太が無事でいるのかも。怪我人の手当てをし、たまに元気な者がいれば、えびす屋の消息を尋ねてみた。はっきりしたことはわからないけれど、支配人とその家族は無事らしいという噂だった。

絵子がふたたび中心街の土を踏んだのは、終戦を告げるラジオの放送があってさらにひと月後、内地へと引き揚げる復員兵が戻ってきはじめたころだった。玉音——つまり天皇陛下のお声による放送を、みな何ごとかと膝を揃えて聴いたものだった。嘉仁陛下が崩御され、大正の終わった日のことを絵子はぼんやりと思い出した。あのときも、こんなふうにして杉浦屋でラジオを聴いた。音の出る黒い箱は、ずっと小型で性能のよいものに買い替えられていたし、地元放送局からの電波は聴き取りやすかった。子どもだった絵子も大人になり、いまとなっては判断をする権利だって持っている。こんなふうにぶつ切りに、戦争に終わりを告げられたことに、そもそもそれがはじまって、こんなにも長く続いていたことに、怒ってもいい、悲しんでもいい、あるいは終わったのだと喜んでもいいはずなのに、何の感情も湧いてこなかった。

——お兄ちゃんを迎えにいこ。

ヨリの言葉に従って、福井の停車場まで行く気になったのは、あるいはそのせいかもしれなかった。……迎えにいく。陸太を、あるいは清次郎を。ここから出ていったひとは、ここに帰ってくるのではないか。

何の確証もなく、疲れ果ててもいたけれど、とにかく絵子は妹と連れ立って村を出た。中心地の惨状は、聞いて思い浮かべていたよりずっとひどかった。空襲からふた月ほどが経つというのに、焼け跡にはいまだ噎せ返るほどの煙の臭いが溢れていた。むろん煙そのものは立ちのぼっていないけれど、それが残していったさまざまの、物質の焼け焦げた細かな灰が、道に、燃え残った建物に、あらゆるものに付着していた。そうしてひとびとは臭いのなかで、かろうじて住める場所を見つけ出しては、トタンの切れ端や板で屋根を作り、生活用品を掻き集めて暮らしているのだった。

福井駅にはひとが溢れていた。迎えの者たちもそうだし、到着する列車にも鈴なりに客が乗っていた。車両の連結部や乗降口にも立ったまま摑まっていた。けれどそのなかに陸太はいなかった。絵子とヨリとは終日ホームに立っていたが、会うことはできなかった。出迎えの日々がそうしてはじまった。弟に会うことができたとき、それは停車場ではなくて、今日も駄目だったと帰路に就いた先の自宅でのことだった。どうやら入れ違いになっていたらしい。陸太は左腕を怪我していたし、いっそう寡黙になっていたものの、ともかくも生きていた。

だからいまとなっては絵子が、中心街へ足を向ける理由などないのだった。あの子は停車場へ何しにいくんやと、家族も村のほかの者たちも訝しがっていた。冬が近づき、あちこちに闇市が立つようになっても、絵子はひとりで出掛けていった。清次郎を探そうとするのかも、もうわからなかった。彼のことは、周囲の誰も知らない。時折絵子は、あの子のほうがまぼろしだったような気すらした。キヨという少女の生んだ、幻影だったかのように。

えびす屋の跡地にはまだ何もなく、一度焼けたところから草が生えだしていた。やわらかなその葉を、しゃがんで撫でた。

この場所に、かつて劇場があった。子どもたちの国があった。

目を瞑《つむ》ればまなうらに映った。わたしの向かおうとしているのは、あるいはそこなのかもしれない。また、お話を作ろう。作りたいものを、思う存分。子どもたちをたくさん集めて――。

こころに思い浮かんだそれは、学校、というものに、もしかしたら似ていたかもしれない。

表面のまだ黒ずんだ小石を、ひとつ拾って懐へ入れた。

そうしてゆっくり立ちあがると、停車場へは向かわずに、どことも知れないところへと、一歩ずつ歩いていった。

引用文献・主な参考文献

『新・ふくい女性史』田中光子（勝木書店）
『生きているふくい昭和史　上・下』福井新聞社編集局編（品川書店）
『福井県史　通史編6　近現代二』（福井県）
『少女歌劇の光芒』倉橋滋樹・辻則彦（青弓社）
『わたしの「女工哀史」』高井としを（岩波文庫）
『諜報の天才　杉原千畝』白石仁章（新潮選書）
『命のビザ、遥かなる旅路』北出明（交通新聞社新書）
『『青鞜』女性解放論集』堀場清子編（岩波文庫）
『青鞜の時代』堀場清子（岩波新書）
『『青鞜』の冒険』森まゆみ（集英社文庫）
『戦争中の暮しの記録』暮しの手帖編集部編著（暮しの手帖社）
『宝塚戦略』津金澤聰廣（講談社現代新書）
『近代日本の都市と農村』田崎宣義編著（青弓社）

協力
松村英之氏（はたや記念館　ゆめおーれ勝山）
蕗谷虹児記念館

解説

斎藤美奈子

大正末期から昭和初期にかけて、西暦でいえば一九二〇年代〜三〇年代。戦間期（第一次大戦と第二次大戦に挟まれた時代なので）とも呼ばれるこの時期は、いろいろな意味で光と影が交錯した時代でした。

消費社会が到来して文化の西洋化が進み、都市では華やかなモダニズム文化が花開きます。洋装に断髪のモダンガールは、その象徴といえましょう。その一方で、農村の経済は疲弊し、農家の次三男は故郷を捨てて都市に流れ、家計を支えるために、娘たちも工場労働者（女工）として出稼ぎに出ていきます。が、その工場も劣悪な労働環境の下にあり、昭和初期には労働争議が多発しました。

本書『遠の眠りの』は、都市と農村、富裕層（有産階級）と貧困層（無産階級）の格差が広がった、そんな時代の物語です。すでに読了した方は、まさに光と影が交錯するドラマチックな物語に魅了されたのではないでしょうか。

主人公は福井市郊外の農家に生まれた西野絵子。尋常小学校を出て家業を手伝っていましたが、長男である弟・陸太との扱いの差や、本も自由に読めない環境に反発。父と衝突して、家を追いだされるところから物語ははじまります。それが大正一五（一九二六）年の末で、当時の絵子は一三歳。そこから絵子が三二歳を迎える昭和二〇（一九四五）年までの二〇年弱が、物語の時間ということになります。

本書の魅力は多々ありますが、第一に特筆しておくべきは、この小説が福井県という北陸の一地方を舞台にした物語である点でしょう。

『遠の眠りの』はあくまでフィクショナルな物語ですが、主人公の絵子をはじめ、すべての登場人物がこの地と密接に結びついています。フィクションなのに、どこか「ほんとうのお話」のように思えるのは、舞台装置としての福井の歴史と地理的特性が物語をしっかり支えているからです。

福井は繊維産業で栄えた県で、とりわけ絹織物の羽二重は明治期に一大輸出産業に成長。明治末期には西陣《にしじん》（京都府）、足利《あしかが》（栃木県）、桐生《きりゅう》（群馬県）といった名だたる絹織物の産地を抜いて、日本最大の生産量を誇るまでになります。が、第一次大戦が終結すると輸出量は激減。代わって台頭したのが人絹織物（レーヨン）です。

米国を中心に輸出されていた羽二重に比べると、人絹は「二級品」のイメージがありますし、輸出先は英領インドや東南アジアなど、当時は「二等国」とみられていた国々でした。ですが、転んでもただでは起きないのが福井の繊維業。人絹の生産量は急激に伸び、昭和初期の福井県は「人絹王国」と呼ばれるまでになります。

絵子が人絹工場で働きはじめたのは、ちょうどそんな時期でした。

この時代のベストセラー『女工哀史』（細井和喜蔵・一九二五年）を例に出すまでもなく、当時の繊維女工（製糸女工や紡績女工）の労働条件は最低最悪だったのですが、絵子が入った桜井興産の工場は、仕事自体はきつくても、女工たちはそれなりの誇りを持って働いているように見えます。それは当時の人絹工場が好況だったせいかもしれません。後に帳簿を盗み見て雑用係に回されるとはいえ、彼女がここで自立への第一歩を踏み出すことができたのは、幸いだったというべきでしょう。

絵子が転職した「えびす屋」を連想させる百貨店もありました。昭和三（一九二八）年、福井県初の百貨店としてオープンした「だるま屋」です。

創業者は福井師範学校を出た元教師の坪川信一。経営理念に「教育の商業化」「教育の生活化」を掲げ、「コドモの国」や「だるま屋少女歌劇」を創設するなど、異色の経営で成功。作者はだるま屋の少女歌劇団に着想を得て『遠の眠りの』を構想したと述べていますが、それも納得のゆくところです。

もうひとつ、物語の進行上、重要な役割を果たしているのが敦賀《つるが》港です。

黒船来航以降、海外に開かれた港は横浜や神戸というイメージがありますが、北前船《きたまえぶね》が行き来していた徳川期から、海上交通の表舞台はむしろ日本海側でした。とりわけ明治三九（一九〇六）年にウラジオストクとの間に定期航路が開かれて以来、敦賀港は大陸への玄関口で、敦賀からウラジオストクを経てシベリア鉄道で、というのがヨーロッパへ向かう最短ルートでした。ロシア革命の混乱の際にはポーランドの孤児を、第二次大戦中は杉原千畝《すぎはらちうね》を通じてユダヤ難民を受け入れたのも、れっきとした史実。この件は物語の特に後半で大きな意味を持つことになります。農村、工場、百貨店、そして外国航路を持つ港。これだけの舞台装置がそろった地域だからこそ、これは成立した小説だといっても過言ではありません。

本書の第二の魅力は、絵子を中心にしながらも、物語全体がこの時代を生きたさまざまな階級、さまざまな立場の女性たちの群像劇になっていることです。

なかでも特に強い印象を残すのは、二人の女友達でしょう。

まず絵子が人絹工場で出会った吉田朝子。自覚的なフェミニストである朝子は、一見近寄りがたい雰囲気の人ですが、イプセンを読んでいた絵子に声をかけ、「青鞜《せいとう》」を貸してくれることで、絵子の目を外に向かって開かせます。もしここで朝子に出会わなければ、絵子の人生は大きく変わっていたはずです。

もうひとり、別の意味で絵子に影響を与えるのが小学校時代の同級生・杉浦まい子です。まい子は地元の裕福な旅館の娘。女学校に進んで一時は絵子と距離ができますが、家を追いだされて行くあてのない絵子に部屋を提供したのも、建設中のえびす屋に誘って、絵子に人生の転機をもたらしたのもまい子でした。どちらかというと場当たり的、突発的に動くことで先に進んできた絵子とはちがい、朝子もまい子も、はっきりとした意思の持ち主です。

後に工場の待遇改善を求めてストライキの前線に立った朝子と遭遇した絵子は〈うちと一緒に百貨店で働こ?〉と誘いますが、朝子はきっぱり断ります。〈やめたら、このままだから〉〈何も変わらないから。誰かが、やらないといけないから〉

一方、おっとりとしたお嬢さんに見えていたまい子は、伝統的な手機で羽二重を織りたいという夢を抱き、人知れず努力してきたのでした。が、やがて夢をかなえると同時に、報われない恋愛に苦しむことになります。そして心配する絵子に向かって決然といい放つのです。〈恋だって、立派な信念やよ〉〈好きなひとと、好きなように添い遂げる。これだって、あたらしい女の生き方やと思うの〉

目標に向かって、あるいは自身の信念にしたがってまっすぐに突き進む朝子やまい子に比べて、自分にはいったい何があるのか。絵子は激しいショックを受け、自分の使命はお話を書くことだ、とようやく悟るのですが……。

「新しい女」は「青鞜」が開発した(もっといえば「青鞜」に集う女性たちに浴びせら

れた揶揄《やゆ》と嘲笑を逆手にとった）キーワードでした。方向性こそちがえ、朝子もまい子も「女はかくあるべし」「嫁に行って子を産むべし」という当時のジェンダー規範に逆らって、独自の道を選んだ点では「新しい女」です。

しかし「新しい女」になれなかった女たちもいた。というか、そっちのほうがはるかに多かった。絵子の姉の和佐や妹のミアケはそちら側の代表でしょう。子どもに恵まれず、婚家に居場所のない姉の和佐。後に絵子はぼんやりと考えます。〈かつて夢で、ミアケにも助けを求められた。和佐だってほんとうは、助けて欲しいのではないか〉

こうして、絵子は渾身《こんしん》の脚本を書き上げます。「遠の眠りの」と題された新作は、たくさんの女性の声を背負った、まさに「女の群像劇」でした。

舞台上には一隻の舟。そこには何人もの女性が乗り、独白が続きます。ひととして扱われず、ひたすら陰で働いてきた女。夫の暴力から逃れてきた女。子どもを産めなかった女。女工だった女。結婚の約束を破棄された女。騙《だま》されて廓《くるわ》に売られた女……。〈難民船に、それはそっくりだった。女という難民たちだった〉

本書のクライマックスは、本来ならば、この場面だったはずです。鳴り止《や》まない拍手。好意的な劇評。劇場は満員御礼で、絵子の名声は上がる！

という風に、しかし小説は進まないのですね。客の入りははかばかしくなく、観客の投書は〈夢を購ひにきたはずだのに、現実を突きつけられた〉〈青鞜派を気取つてゐるのでせうか。イデオロギイは嫌ひです〉などの酷評ばかり。

しかし、クライマックスになり損ねたからこそ、この場面には価値がある。この小説では、朝子もまい子も、そして絵子も、誰ひとり成功を手にしていない。別言すれば、自らに課したゴールに到達していないのです。

本書の最大の魅力は、あるいは『遠の眠りの』が小説として傑出している点は、じつはこの「道半ば感」にあるのではないかと私は考えます。

最初に申し上げたように、戦間期は農村から都市へと人口が流出した時代でした。それを反映するかのように、近代の小説も、多くは主人公が青雲の志を抱いて上京し、都会で成功する（あるいは新しい人生を見つける）物語です。

ところが県外に一歩も出ることなく、『遠の眠りの』は進行します。登場人物はみなこの地でもがき、華々しい成功に浴することもない。いいかえると、この小説は西野絵子という女性の「一代記」を目指してはいないのです。

では彼女の役割は何なのか。それはもう「お話係」でしょう。歌劇団の「お話係」であると同時に、彼女はこの小説全体の「お話係」なのです。たくさんの埋もれた女性たちの姿を伝えるための。そして彼女たちの声を代弁するための。

絵子が「お話係」なら、彼女と秘密を共有し、物語に絶妙な陰影を与えているのが、少女歌劇団にもぐり込んだ謎の少年・清次郎です。性別を偽り、舞台上では「キヨという女優」として少女役を演じる清次郎は、ジェンダーを攪乱《かくらん》するトリックスターに近い存在です。すばらしいボーイソプラノの持ち主である清次郎（キヨ）は、成長とともに美しい声を失う運命にあり、しかもその先にはもっと過酷な現実が待っている。何より清太と清次郎兄弟は、紛《まが》う方なき本物の「難民」なのです。

　さて、時代が日中戦争から太平洋戦争へ向かう中、物語もしだいに重苦しさを増していきます。最後に会った日、吉田朝子は特高警察に追われていました。恋に破れた杉浦まい子は、実家の旅館で虚《うつ》ろな日々を送っています。そして「お話係」に挫折した絵子も、えびす屋の火事でとうとう村に帰らなければならなくなった。

　それでも『遠の眠りの』は最後まで希望を捨てません。

〈長き夜の、遠の眠りのみな目覚め、波乗り舟の、音のよきかな〉

　作中に何度となく登場するこの文言は、非常によくできた回文（上から読んでも下から読んでも同じになる文章）ですが、劇中にこの回文を取り込むにあたり、絵子はその意味を次のように解釈します。〈あたらしい時代は、すぐそこまで来ている。それはいまだ眠っている。けれども半分目覚めてもいる。波音に耳を澄ませばわかる。そのずっと遠くのほうに、ほら、霧笛の音がする〉

そう、いまはまだ夜明け前。でも朝はきっと来る。

谷崎由依が手がけた小説や翻訳書の中で、本書と特に響きあっている作品はコルソン・ホワイトヘッド『地下鉄道』（二〇一六年）でしょう。一九世紀前半、ジョージア州の農園から逃亡した黒人奴隷の少女を描いたこの小説は、ピュリッツァー賞や全米図書賞など、この年の文学賞を総なめにしました。その「訳者あとがき」で、谷崎由依は、東日本大震災以降「逃げる」の意味は変わったと述べています。かつては〈逃げるのは臆病者のすること、逃げてはいけない、立ち向かえ〉といわれていたが、現在の「逃げる」は〈生き延びるために必要なこと〉になったのだ、と。

『遠の眠りの』の中では、絵子との別れ際に朝子が〈生き延びましょう〉と語りかけます。〈この戦争が終わるまで、生き延びて、逃げ切りましょう〉

この一文は読者に向けたメッセージにも思えます。戦後、女性の地位は一面では向上しました。しかし二一世紀の現在、私たちが直面しているのは過酷な格差社会であり、多くの「難民」が彷徨《さまよ》う「道半ば」である点は変わりません。ゆえに本書は過去を懐かしむ物語ではありません。現代の読者が「生き延びる」ための小説なのです。

（さいとう・みなこ　文芸評論家）

本書は、二〇一九年十二月、集英社より刊行されました。
初出「すばる」二〇一八年六月号～二〇一九年五月号
本書はフィクションであり、実在の個人・団体等とは無関係であることをお断りいたします。

谷崎由依の本

鏡のなかのアジア

台湾の雨降る小さな村の不思議な出来事。熱帯雨林にそびえる巨大樹だった男の過去……。遥かなる土地の記憶を旅する珠玉の幻想短編集。第六十九回芸術選奨文部科学大臣新人賞受賞作。

集英社文庫

集英社文庫 目録（日本文学）

集英社文庫

遠《とお》の眠《ねむ》りの

2023年１月25日　第１刷　定価はカバーに表示してあります。

著　者　谷崎由依《たにざきゆい》
発行者　樋口尚也
発行所　株式会社　集英社
東京都千代田区一ツ橋2-5-10　〒101-8050
電話　【編集部】03-3230-6095
【読者係】03-3230-6080
【販売部】03-3230-6393（書店専用）
印　刷　大日本印刷株式会社
製　本　大日本印刷株式会社

フォーマットデザイン　アリヤマデザインストア　マークデザイン　居山浩二

ISBN978-4-08-744478-0 C0193